在南方

北京出版集团公司
北京十月文艺出版社

献给文森特

目录

旅途

这个早上，她醒来时大概是四点钟。但她已经听到外面走廊上有人走动、低声说话，她也听到从远处传来的某种机器发出的细微的“嗡嗡”声，她猜想在一间白色的大屋子里，清洁女工们正在准备早晨更换的床单和浴巾……整个城市和她一样从黑暗中醒过来，昏沉、混乱而孤单。很快，在这个庞大的城市，黑暗释放出来的凝重的空白会被千百种声音汇集而成的白昼填满。她意识到自己是在洛杉矶，躺在一个陌生城市的旅馆里。

她尽力让自己只想有关行程安排的事。她们应该八点就吃完早餐，八点半就去前台办理退房手续，然后乘出租车到洛杉矶下城的某个长途车候车点。她们的整个旅程计划都是南希定的：从旧金山开车到洛杉矶，在洛杉矶逗留几天，把车扔在按日计费的停车场，再从洛杉矶下城坐长途汽车去拉斯维加斯……南希不愿意在乏味的内华达公路上开车，她说她也可以开，但南希说不能把她的生命交给一个精神恍惚的人。

在洛杉矶的这几天，她仍然没能从沮丧的情绪中恢复过来，尤其是早上醒来的那段时间。她在自己那张床上小心翼翼地翻来覆去，痛苦、困惑像一团火，在她心里烧起来。她一直醒着，酸痛的眼睛不时溢满泪水。她一会儿觉得冷，一会儿又因为焦躁不安而变得汗淋淋。然后，闹钟响了，而她的旅伴还在酣眠。于是，她先起床，疲惫万分，但也有点儿庆幸终于摆脱了失眠的折磨。她把自己关进洗澡间。在镜子前，她用冷水按摩肿胀的双眼，并在眼圈周围涂上遮瑕膏。她总会在后脑勺和鬓角处发现好几根新生的白头发。她这时会想那个人是否痛苦，他是否会在睡醒时想到她所受的痛苦而感到懊悔？她觉得他不会很痛苦，甚至想到，他现在总算感到轻松了。

她从洗澡间出来，接下来要叫南希起床。南希的中文名字叫郭晓楠，但她喜欢别人叫自己的英文名。对她来说，这很难理解，不过，南希的很多事她都难以理解。她俯视着那张脸，发现它的表情像个小姑娘，和往常那种刁蛮、尖刻截然不同。南希看上去从未遭遇过失眠问题，在她弄出的各种噪声中，她依然微张着小嘴酣睡，或者在柔和的台灯光里把那双充满甜蜜睡意的眼睛睁开又闭上——她在赖床。她们以前没有这么亲密，过去，她甚至有点儿……有点儿瞧不起这位朋友。如今想到南希为她所做的一切，她感到惭愧。

南希在洗澡间时，她就拉开遮光的第二层窗帘，把写字桌前的那张椅子拉到窗边，坐在那儿等待。她知道打扮好的她仍看起来疲惫不堪。透过白色钩纱的窗帘，她看着被半环形的楼围拢在中间的小园林，园林里种着叶子宽阔的常绿植物，一条溪流在黑色的圆石间流过，在某一处，还搭建着一座中式的小木桥。她毫无感情地看着这些景物，听着流水的声音和鸟儿的叫声。她发觉一个人这么待着，会感到生命极度空虚。有一次，正当她恍惚的时候，南希突然走过来，拍拍她的肩膀说："好了，好了，别以为世界上就你一个人纯情，就你为情所困。"南希说得很冷漠，她不觉得这是安慰。

她想南希终于对她这个抑郁的人感到厌烦了，她暗自期望到了内华达自己的状态会更好些。出发的这个早晨，她试着多笑、多说话，试着让自己不想那件事。她注意到天气很好，外面阳光普照。

吃早餐时，她对南希说："我昨天睡得很好。"

"太难得了。"

"我觉得这几天心情还是比以前好了。"

"是吗？那就好，旅游的目的达到了。"南希微微一笑。南希讨厌早起，早上不大爱说话。

她们坐在出租车上，当车子终于下了市区高速、在下城区较为狭窄的路上慢慢行驶，当各种色彩的面孔在洒满阳光的街头掠过，她再一次意识到她的确是在洛杉矶，在与他相对、离他很远的大陆的另一端。而不久以前，她还在波士顿，一个寒冷、严整得肃穆的城市。就像一个梦，她想，尽力让自己感觉那是很久以前发生的事。这些天来，她心里塞满了另一个城市的寒冷和阴郁，那种充满疑惑、失望而最终变得坚硬如壳的阴郁。她记得唯一感受到某种接近"放松"的情绪是从旧金山到洛杉矶的途中。这一段一号公路的景色比她想象的更美，那是一种可以令人暂时忘记自己的明朗而壮丽的美。中午，她们在宜人的海滨小城圣巴巴拉吃饭，然后去斯特恩斯码头走了走。下午，她们继续往洛杉矶开，中间又在一个不知名但仍然美丽祥和的小镇停了一会儿，加油、喝咖啡、到 Walgreens 药店买零食和大桶装矿泉水……她们在快进城的地方遭遇了一个小时的堵车，而后进入市区高速，根据卫星定位系统的指引，找到位于圣莫妮卡区的“双树”旅馆。那一天，她的心情甚至称得上快乐。

外面的阳光还留着一抹清晨光线里那种淡淡的金色，它显得柔和，照在地上的各个角落，尤其照在街角处交叉成十字的绿色街道牌上，令毫不气派、甚至有点儿破破烂烂的街道和建筑蒙上一层温煦、清透而具有崭新意味的光。

她们下车后才发现出租车并没有把她们载到确切的候车点。她们询问了一个小伙子，又往前走了两个路口，找到“春天”街和七十四街的交叉口。已经有一群人在那里等候，多半是带小孩儿的黑人妇女和一些西班牙裔男人。他们提着简陋的布包或笨重的大箱子，很少有谁的衣着称得上光鲜体面。南希低声对她说：“好了，现在我们在穷人堆里了。”

长途汽车离开洛杉矶城就用了差不多一个小时。它经过的似乎是这个城市最萧条、破落的街区，和她们之前住的圣莫妮卡区俨然不在同一个世界。街区的居民主要是底层的西裔移民和黑人，也有少数贫穷的亚裔。半坍塌状态的房子勉强支撑在路边，用铁皮搭成的车库里停着破皮卡、长着杂草。南希说：“真丑，我要睡觉了。”但她注意到，即便如此贫穷，有些人家的院子和窗台上仍然种着花。那些花鲜亮的颜色在荒凉的街景里显得静谧、单薄，但它能穿透周围厚厚的灰，散发出明丽动人的气息。

她不时想到东海岸边的另一座城市，猜那边是什么时间。两个城市都靠着海洋，但一座城市此时是零下十摄氏度的严冬，而这一座还很温暖，行人穿着夹克、毛线衣，信步走在街头。

那件事发生后，她没法在波士顿待下去，她在那里连个亲近的朋友也没有。她从西海岸的波特兰飞到大陆另一端，仅仅是因为他。以往，在他们相互探访或在别处相聚的短暂时光里，他总是说："为什么你不在波士顿呢？我们应该住在同一个城市。"夜里，他们打电话，他抱怨时差、催促她让他早点儿再见到她。她喜欢听他构想他们未来的生活。在电话里，她是踌躇犹豫的那一个，而他是施与安慰的那个，于是她渐渐确信了……但等她决心抛下自己熟悉的城市和三年之久的工作，去波士顿和他团聚，他却退缩了。

他们一开始也没有住一起。他帮她租了一套离他住处不远的公寓。这让她觉得很惊讶，但她没法问："为什么我们不住在一起？"她就是问不出口。偶尔，她去他的地方住，但大多数时候他会来她这里。后来，他们见面的时间间隔越来越长。她觉得他变了，变得言不由衷，仿佛在敷衍她。这让她苦恼、害怕，但她想也许是突然的变化让他无所适从，也许他还没有做好结婚、过家庭生活的准备，他需要时间……她后来想到，她其实应该早有预感。当她告诉他自己终于在"他的城市"找到工作时，他甚至没有表现出特别的惊喜，只是觉得突然。

有一天，他在电话里告诉她他们不能在一起了。尽管这就是她一直在担心的事，但听他这么直接地说出来，她还是忍不住哭了。“你以前说过……”她愚蠢地试图用他以前说过的话来反驳现在的他。他说他“非常、非常抱歉”。当她再说下去，他说：“别再提以前说过的话了，好吗？你就当作我以前是随便说说。”那个电话打了很久，但她现在记得的只有这么一些伤人的话，一些被反复说着、最简短乏味但足以把过去的美好都推翻的话。直到她离开波士顿，他们再也没有见面。他给她打过两次电话，但再也没有见面。在电话里，他们做出决心遗忘的姿态，像朋友一样嘘寒问暖一番，就匆匆挂了。她错愕、心如刀割，没有一个晚上能睡得安稳，但自尊心不让她追问什么。

她工作的研究所有指定的心理治疗诊所，她每星期去两次。每一次，她都坦白地告诉她的医生，前一晚她是否想到过死，是否又喝酒了，是否哭过……可她从来不坦白她做的梦。在某个凌晨的梦里，她梦见自己到他工作的地方找他，那是在一座山上。他一开始对她像过去一样好，让她坐在他的办公桌上，他们面对面、手拉着手说话。突然，门开了，一个人走进来说有人找他。她不知道什么时候从办公桌上跳下来，躲到了一边。她看到一个面目模糊的女人走进来，他于是陪着她说说笑笑，似乎完全忘记了她的存在。她羞愧得要命，想在他们不经意时装成不相干的人溜走。这时候，他朝她看过去一眼，他看她的样子和脸上的神情在她梦醒后仍然清晰地刻在她心上——他的眼神里流露出悲伤。但他没有站起来，也没有和她说一句话。她逃出那个办公室，发现她的眼前是一座荒山——她身在一个全然陌生的地方。她只能一个人在山道上摸索，希望找到一条路，回去她熟悉的地方，她自己的地方。她绝望地到处走，想找到一个车站或地铁站……她发觉这个梦是另一个梦的重复，那还是他们相爱时她做的一个梦。她梦见他带她到一座圆形的大楼里参观，但他们越走下去，看到的景象越残破、怪异。最后，她发现他不见了，只剩她一个人。她到处找他，最后在楼下一个露天咖啡座看到他和一些她不认识的男男女女在一起，他看见她却仿佛不认识她。她告诉他这个梦，他听了怪她悲观。“梦是反的，”他说，“再说，我永远不会这么做，我不会让你伤心。”

她又回到西海岸，但没有回波特兰。她害怕遇到熟悉的人，怕他们问起她的恋爱。她想到住在旧金山湾区的南希。当她拖着行李箱走进南希在俄罗斯山上那栋小公寓时，还能微笑着夸奖屋子里的装饰和朝向山坡敞开的精巧的阳台。吃过午餐，她们坐在沙发上，面对着通向阳台的那扇玻璃门。纯净的阳光照在对面草坡上，还有阳台上的植物上——其中一盆只有阔大的叶子，另两盆开着淡粉色的花。她想到自己需要的不过就是这么一处温暖的地方，一个简简单单的家，在家里，她会用天真和温柔使她爱的人幸福。可他并不要这幸福。她想若无其事地谈起自己的不幸，但一开口就泪如雨下。她在这位并不算太亲密的朋友面前哭个不停，连她自己都觉得惊讶。南希只好把一盒面巾纸放在她的膝盖上。事后，她回想起自己仿佛失控的这一幕，发现当一个人的心都碎了，她也就顾不得难堪了。

南希开着她那辆红色甲壳虫，带她在旧金山附近游逛，还带她去比较远的雷耶斯角、纳帕谷，凡是觉得能让她散心的地方，她就带她去。她看到的旧金山美丽而拥挤，虽然有些地方狭小陈旧，但总显得热气腾腾。相比而言，波士顿是那么整饬而冰冷。当南希开着车在到处是单行道指示牌的弯路上兜圈子，她就觉得心安一些，仿佛始终纠缠着她的那个阴影被风、流动的景物、身边的人散发出的气息冲散了。但当车停下来，她们走进某个封闭的空间，她觉得那阴影又聚拢起来，跟随着她、钻进她心里，折磨她。

大部分时间，她们俩在这套50多平方米的公寓里团团转。公寓里有一张king - size大床，但她执意睡在地上。几乎每天下午，南希都会和那位“姓方的”（南希如此称呼他）男友打电话。南希从不表现得神秘，也不欣喜，仿佛这是她的工作。由于客厅和卧室是连在一起的，打电话时，南希会走到洗澡间去。有时候，南希把她留在公寓里，出去和男友约会。她知道自己给他们造成了很大不便，因为如果不是她寄居在这里，他一定会直接到这儿来，她相信他有公寓的钥匙。可每次南希出门约会，她仍会焦虑地问：“你晚上会回来吧？”南希笑着说：“你放心，我告诉姓方的，家里有个濒危的病人。再说，这混蛋也要回家。”

然后，她就坐在屋里等。她一个人不愿出门，任何电视节目她都看不下去。她可以一整个下午坐在阳台的落地玻璃门前。有时候，她感到他正在阳台上站着，和她仅仅隔着一扇透明的门，有时感到他会从对面山坡上的树丛间走出来，会一眼望见坐在这里的她。然后，他就会像上次争吵了以后紧紧抱着她、哀求她，他会像小孩儿一样把头伏在她腿上，告诉她他多么疼惜她、多么后悔。刹那间，她眼里充满泪水。她不明白为什么他可以推翻以往的一切，变成另一副心肠。她知道问题不在她，因为这是她认真追求过的幸福……但正因为问题不在她，她才会感到令她透不过气的羞耻和困惑。

她拉开玻璃门，走到阳台上去，俯视着楼下的山道和车流。旧金山白日温煦，日暮时却很冷，在高处“哗啦啦”刮着从大洋上吹来的湿冷的风。她冻得浑身发抖，双手紧紧抓住冰凉的、刻成涡形花纹的金属栏杆。带着复古曲线朝外突起的栏杆多像他们在新奥尔良看到的栏杆，那时他们住在法国角，常常在那些每扇门里都飘出音乐声的狭长的街巷里散步。他们很晚才回到酒店，他仍然很兴奋，几乎整夜不让她睡觉。每一次相聚，他们都睡得很少。在那些恍恍惚惚的早晨，在毯子般柔软的昏暗中，她会看到那双向她低垂下来、因过于专注而显得严肃却仍然温柔的眼睛。她仿佛受了极大的侮辱，身子剧烈抖起来，她的手紧抓住冰冷的栏杆。她想到她并不是个贪欢的女人（他或许以为她是），她之所以放下一切矜持和戒备，因为她爱他。他可能厌倦了，当然，每个人都可能厌倦……

她发觉街上的灯亮了，山坡上那些公寓的窗户里溢出暖黄色的光。在一面窗帘完全拉开的落地窗前，她看见一个衬衫笔挺的男人正往海湾的方向眺望。她回到屋里，找一条毯子紧紧裹在身上，呆坐在沙发前的地板上。她觉得她应该到街上随便找个男人睡觉，以此来侮辱他，但她并未完全丧失理智，想到他可能也不在意了。于是，像她这些天经常做的那样，她又嘲笑自己，确定自己做的一切傻事不过是自取其辱。

阳台上的植物已经变成暗影，从外面的某个地方照进来一些微光。她感到整个世界都离她很远，一切变得那么似是而非、不可信任。她又想到南希也许正和那个人在酒店里。她觉得厌恶、瞧不起她。但她又有什么资格嘲笑南希呢？她也瞧不起自己。

一天，南希回到公寓，看到她脸上是介于恍惚与疯狂之间的表情。南希吓坏了，说："亲爱的，你想要在这里住多久就住多久，但是，千万别在我不在家时做傻事。"

"我不会的，也不值得。"她说。

"你早该醒悟了！你那个情圣把你害成这样，连电话也没有一个，我还从来没有见过这种男人，从来没有！"

她虚弱地说："可能，他有他的苦衷……"

"有什么苦衷？别处藏了个女朋友？算了吧，他一开始为什么不说他的苦衷呢？你看看你！他自己倒撇得干净。让我说，他比姓方的还混蛋。"南希轻蔑地说。

南希看了她一会儿，说："告诉我他的号码。"

"为什么？"她惊慌地问。

"我要给他打电话，至少要骂他一顿，让他心里不好受。他不能这样就算了……"

"你千万不要打！"

"我就要打，我可不像你，你就算自己愁死了又怎么样？你不告诉我是吧？你的手机呢？我自己找。"南希说着，起身去找她的手机。

她突然浑身是劲儿，冲上去紧紧攥住南希的手腕儿，喊道："你绝对不能打。求求你，给我留点儿自尊吧！"

南希惊呆了。

她们在客厅的中间僵持着。她们对视的目光里没有怒火，只有疑惑和失望。

“我不打。”南希摇摇头说，“你松开手吧，我的手腕要被你抓出血印子了。”

她迟疑地松开手，看着南希走到沙发那儿，从包里翻出她的圣罗兰香烟和打火机。南希脸上带着一丝嘲弄的笑意，对她说：“来吧，抽根烟。”

她接过一支。

南希又走过去把阳台的玻璃门拉开一条缝，夜里冰冷的空气立即渗进厅里来。

“女人要坏一点儿，”南希突然大声说，“坏一点儿，自私一点儿，要懂得自己保护自己，就像我。我才不会傻乎乎地去爱谁呢，让他们滚一边去！”说完，她自己也忍不住笑起来。

她没说话，看着南希，为刚才的暴躁后悔。她认真地抽南希分给她的香烟。在缓缓升腾的烟雾中，烟头一明一暗的光仿佛在很远处闪动。他以前也抽烟，但在她的劝告下戒掉了。他大概想不到吧，她现在正在抽他戒掉的烟。

南希仿佛已经忘记了刚才的事，开始绘声绘色地讲述她如何耍弄姓方的。

她有点儿讶异地听着，心想南希毕竟是她不理解的那种女人，而她也不会成为她那样的人。

汽车离开洛杉矶后，在帕萨迪纳停了一站，上来一位黑人妇女，带着三个从三四岁到十二三岁之间的小孩儿——两个男孩儿，一个女孩儿。司机下车去便利店，过了好一会儿才回来，带着报纸和咖啡。车里没有人抱怨，人们都安静地等着。车站是一处破旧而宽大的停车场，在洛杉矶、芝加哥、达拉斯这样的地地道道的美国城市，一切都是破旧而宽大的，街道、停车场、房屋……环绕着空荡荡的停车场，有一排土褐色的单层建筑，开着六七家像是没有人迹的商店。

车后面坐的几个人在低声聊天，说的是西班牙语。在她们前面两三排，是几位东南亚的游客，说着泰语或是印尼语之类的语言。你能一眼辨认出这些人是游客而非本地的亚裔居民，因为他们穿得过于庄重，女人都穿着尖细的钉子高跟鞋和连衣裙，这不是美国人出门坐车的打扮。另一方面，他们提着好几个购物袋，上面印着“卡尔文·克莱恩”“汤米·希尔菲格”的大字母……她猜想在他们自己的国家，他们的日子过得很不错，因此会对美国感到失望。向往繁华的亚洲人受不了这种大面积的荒凉，的确，帕萨迪纳这个车站所在的地方几乎和洛杉矶外围那些赤贫区一样冷清、荒芜。但美国人会觉得无所谓，觉得世界本就是这样，他们安之若素，不向往改变或者给什么东西涂上一层崭新的、彩色的漆。

汽车出了帕萨迪纳，然后就一直在荒漠里行驶——加州和内华达相连的红褐色、无边无际的荒漠。车子几乎没有发出什么噪音，也感觉不到速度，如同在公路上安静地滑行。但不久，她听见车里两个女人争执起来，其中一个说车里太闷热，让司机打开冷气；另一个说现在天气已经很冷，要大家注意外面只有四十华氏度……她们的争执甚至算不上争吵，只是用黑人那种夹杂着浓重鼻音的唱歌般的腔调，轮番陈述自己的理由。司机的解决办法是每隔半个小时开一次冷气，二十分钟后再关掉。车里的很多人都觉得开冷气太冷，但既然有人觉得热，他们也就忍受了。在忽冷忽热的折腾下，南希醒了，问："你没有睡？"

"没有。我看看外面。"她说。

"那有什么好看的。"南希说着，从包里拿出外套盖在身上，"真是神经病，这么冷的天开冷气。"

南希的眼睛一会儿睁开，一会儿又闭上，嘴里说："这有什么风景可看？除了沙漠还是沙漠。真乏味！幸好我做出英明决定，没有开车。拜托你，别在我睡觉时偷看我，看你的风景。"很快，她就又睡着了。

她不时看一眼沉睡中的朋友：她看起来似乎没有经历过痛苦，也不想什么，但也许她经历过、想过，很可能她也心碎过，只是最后把它们忘了……如果是那样，自己没完没了的自怜、沉溺其中的抑郁，这一切在南希眼里大概非常可厌。但南希始终陪伴着她，正是这个曾被她视为"那种女人"的南希，用最简单的善意和忠诚，把她从虚无中拉了回来。当她对南希说她想去洛杉矶看看时，南希马上决定陪她去。"其实，你不用担心我。"她对南希说。"谁担心你？"南希说，"我是自己想出去玩儿。"

临行前，姓方的终于来了，说是给她们送行。

他的样子和她想象的完全不一样。在她以往的想象中，这种男人或者一副酒囊饭袋相，或者看起来猥琐。他却看起来很谦和，五十岁左右，身体没有臃肿发福的迹象，衣着得体，在他那副方框眼镜的衬托下，他甚至不乏斯文。在他身上，唯一使她感到不舒服的是他脸上过分殷勤的笑。他有点儿小心翼翼地对待南希，处处表现出长者的宽容，他脸上那过火的笑令她感到，他的确就是个理应当南希的父辈却因贪色而沦为情人的男人。

方先生对她说："我希望你在湾区住下来，晓楠这些天有你陪着，高兴多了。我也比较放心。我毕竟工作太忙。"她注意到他用"晓楠"来称呼朋友，表示其待遇的特殊。

她感谢他的好意，说她在波士顿有工作，她只是休假，随后又解释说她不能不工作，因为她需要工作签证留在美国。她想强调这一点，避免他误以为她和南希是同样的状况。

他笑着说工作签证不是问题，如果她需要，他也可以让自己的公司帮她申请。他还顺便提到晓楠的绿卡就是公司帮她申请的，但没有显露出来邀功的意味。

她不置可否，感谢了他的好意。

他们坐在一起吃饭，围坐在那张四把椅子的黑色餐桌前。她第一次注意到在餐桌上方有个烛台形状的银色小吊灯，而在她面对的那个角落，放着一个双开玻璃门的白色餐具柜。餐具柜里并没有放餐具，放的都是一些小摆设，例如水晶雕刻的一朵花、色彩鲜艳的瓷娃娃、只用做摆设的金色的咖啡套杯，每个小咖啡杯上都用过大的黑色字体极不协调地写着"Café au Lait"……这都符合南希少女般的趣味。她还看到在南希不断打开又关上的冰箱门上粘贴着许多磁铁卡片，标识着主人曾去旅行的地方。她发现自己这些天对一切多么视而不见！

她吃着南希做的菜，很多天来第一次品尝到了食物的香甜。

她非常喜爱那道粤式茄汁猪排，但他们问她是否愿意“干掉”最后剩下的那块时，她怕他们察觉她胃口大开，反而拒绝了。方先生提到等她们旅行回来，带她去唐人街吃“岭南小馆”。南希解释说那是旧金山最好的华人餐馆，方先生立即补充说，在旧金山最好，也就是在全美最好。她惊讶地发现他们之间竟有种妇唱夫随的默契，只是，它又和一层无色无味、稀薄却始终弥散在二人之间的隔膜感混杂起来，显得古怪。有时气氛突然冷下来，方先生脸上就立即浮上那种过分和蔼的笑。

吃饭及饭后喝茶的时间里，她不时偷偷地观察他。她想到他每天都回到他的家里，和他的妻子、孩子们在一起，显露出工作一天之后的疲惫，还有种回到家的慵懒和满足；他对他们说话温和，在孩子们面前表现得可亲，也保持着一点儿威严。他会和他妻子谈到公司里的事儿，每天都谈，因为这事关他们的家庭收入……谁会怀疑这样一个人呢？当他妻子看到他疲惫地翻身睡去的样子，她会想到他心里正回味着刚才缠绵的一幕或是期待着明天的秘密约会吗？她觉得冷。她在餐桌下面神经质地把双手拧来拧去，仿佛要用一只手紧抓住另一只手，不让自己掉下去。

九点半一到，方先生起身告辞。南希到楼下送他，她在楼上收拾餐具。她发觉她很难谴责方先生，也不怎么讨厌他，让她不舒服的只是那个联想。在她的意识里，已经把他当成和方先生一样的人。于是，她满怀怨恨而又不无快意地想，与其以后当他被蒙骗、侮辱的妻子，现在分开倒是件好事儿……

南希回来了，她的脸颊和额头上染着一层淡淡的红晕，看起来有些气恼。

她想说“你去了很久”，但意识到这么说很没意思，改口说：“把他送走了？”

“送走？应该说赶走！”南希露出一副不屑的表情，“男人真不要脸，如果不能和你去开房，就要占你点儿别的便宜。”

她怔了一下，脸变得绯红。

南希大笑起来，指着她说：“你笑死我了，你害臊个什么？别告诉我你还是处女。”

她不理会她的嘲弄，红着脸说：“但我看得出来，他对你很好，只要他对你好……”

“对我好？老天爷，你看得出什么？你单纯得就像个高中生。”南希嘟嘟哝哝地说，似乎不好意思承认，但也不愿否定。

南希倚在厨房水池边上，发了一会儿呆。突然，她仰起下巴，意味深长地看着她说：“你要知道，男人比女人自私得多。你要是不妨碍他们，就你好我好什么都好，要不然你就看到另一副样子了……记住了吗？所以，什么好不好，自己顾好自己吧。我不管人家怎么看我，我现在过得很好。我什么都有。That's it！”

南希一口气说完，跑到客厅里胡乱扭动着跳起舞来。她越跳越兴奋，对她说，她怀疑对面有个变态常年偷窥她，叫她去把遮住玻璃门的窗帘拉开。“让他看个够！”她边跳边说。

而她只是微笑着、两眼湿润地看南希跳舞，并没有去拉开窗帘。

她眼前是荒漠中延伸着的一条孤独的公路，公路上偶尔出现一辆卡车。当两辆车靠近时，卡车的银色货柜就变成制造强烈反光的镜子，刺得她睁不开眼。戴着露指黑皮手套和墨镜的墨西哥司机总会猛烈加速，超越这些怪物般巨大的货车。之后，他们眼前的路又是一片寂寞荒凉。就像南希说的，“除了荒漠，还是荒漠”。路面变得粗糙了，铺着一层薄薄的碎石和沙砾。碎石常常被汽车轮胎碾得跳起来，硬邦邦地砸在车身上。

外面阳光灿烂，她能感到沙砾和山丘在阳光下变得灼热，一切景物在活活的日光里仿佛变得柔软了。眼前的公路白亮炫目，在远处，它却变成了灰色的尘雾。再也没有比这更单调乏味的风景了，但她一直看着，不觉得疲倦。强烈的光线把她靠近车窗的那半边脸晒得发烫。

这些山区里看起来没有居民，但高架扯起的电线仍然很整齐地在山丘间行进，从未间断。零星的人迹都集中在公路以及紧贴公路的加油站。每家加油站都有快餐店和食品杂货店。偶尔，加油站附近还会出现一家餐馆或两三栋简陋的民房，不是木屋就是旧车改造成的可移动房子。她猜不透会有什么人住在这样的房子里，他们在这布满粗砂和碎石的不毛之地干什么。在这样的小屋旁，有时生长着一棵孤零零的树，它显然是从他乡被移植过来的，勉强地活着，长得歪斜、瘦弱，在风沙里也变成了那种半透明的灰色。一路上除了加油站招牌，几乎看不到任何鲜亮的颜色。

也有美好的回忆，她想，有些非常美好，譬如在刚上车时的一片嘈杂中、她记忆中浮现出的那幅安静画面。那是他第一次去波特兰看她。接了他已到机场的电话，她就跑到公寓大门外等着。幸好是早春，天气已经不太冷，可夜里仍然得穿薄薄的羽绒衣。公寓门口有一家 7—11 便利店，但她不好意思一直待在店里，就在外面的街上来回走。她等了多久？大概二十分钟，也可能半个小时。一些人从她身边走过去，但她没有留意看他们的脸。她看到的只是将她和天空隔开的头顶的树杈，还有悬挂在街对面上方那一带蓝色夜空中的星星。然后，她看见他坐的蓝色出租车停在公寓的入口处。她急忙跑过去，他刚下车就拥抱了她，然后才去拿他的行李。他问："冻坏了吧？你为什么要在外面等呢？"她说不冷，她似乎的确没感到冷。他们走去她住的单元，一路上他紧紧搂着她的肩膀，说："我要让你暖和起来。"或许她最初品尝到的幸福就是这种温暖的滋味，温暖而安稳。即使在最后那些日子，在他们的心因为疑虑而渐渐远离的时候，她仍然能感到这种温暖。有的早上，她醒来发现他正仰面熟睡，在宽大柔软的被子下面，他们本来抱在一起的身体在睡梦中分开了。她听到取暖机发出轻微却持续不断的"嗡嗡"声，还有一些更微弱的声音，例如在卧室外、厨房里那台冰箱发出的声音，还有在大厦里某一处的水管里水汩汩流下的声音……在所有这些暗涌般的声音上面，她倾听着他的呼吸声，如果她不去想不好的问题，例如她和他还能这样在一起多久，她就会感到那种温暖充实、让她身心都甜蜜动情的幸福。她翻过身，忍不住轻悄悄地贴近他。有时候他会醒过来，有时候不会，但下意识地，他会伸出一只手臂搂住她。她把头贴在他的胸上，嘴唇触着他的皮肤，仿佛沉默地、无声无息地吻着他。她想到，有一天这皮肤会变得松弛，散发出老迈而衰弱的气味，但她毫不怀疑自己仍会喜欢把嘴唇贴在上面，仍会感到这样的温暖和满足。这就是她要的幸福。

很奇怪，这些回忆竟不像以往那样刺伤她了，她也不急于把它赶走。它在她心中回旋，不断地沉落、模糊，又再度浮上来，带着酸楚而柔软的感伤。或许它有时候还会让人痛苦揪心，但她更害怕它因为太模糊而渐渐显得荒唐，害怕曾让人奋不顾身的爱到头来却是场荒唐的游戏，真的，她害怕的是一切白费、仿佛没有存在过……

汽车这时经过一栋深褐色的、结结实实的单层木屋。从门口的招牌看，它是一家墨西哥餐馆。在餐馆正门和两边对称的六扇半月形窗户上悬挂着长长的白色花串。这是她一路上看到的最美丽的颜色组合，像荒漠里的甘泉一样清新动人。车开过去了，她还在回头看那栋木屋。可她很快想到，那些花串一定是塑料做的，如果她走近去看，就会看到上面沾着的灰尘。

在无边的荒漠中行走，感觉就像迷了路，因为后面不过是前面的重复。她从未见过这么广袤而荒凉的地方，上百公里绵延无尽的褐色乱石山岗，山岗间是掺杂着碎石的沙地。一丛丛张着锯齿状叶子的沙漠植物紧贴地面生长着，呈半透明的灰色，卑微而坚强。沿途就是苍茫、无人迹的荒凉，但她发觉自己渐渐喜欢上了这里荒凉的气质。

她有点儿累了，她把头倚在车窗上，闭上眼睛。她的身体随着汽车一起震动，脑子里充满汽车发出的低沉的噪音。这些日子，她就像躲进硬壳里的受伤的虫子，做了个漫长、混乱而又灰暗的梦。在梦里，她沉浸在自己的幽怨和痛苦中。而在他们之间，横亘着那种冰冷的、墙一样的沉默，不出一声、不给予任何安慰。她突然意识到，毒害她的其实是这种沉默，是仿佛要抹去一切、否定他们曾拥抱、曾如此贴近、曾幸福过的可怕的沉默。她不明白人们为什么总选择这种断然的沉默和疏远来折磨自己和他人，总要用不可实现的遗忘来劝慰自己。为什么，他们不用另一种方式相亲相爱？

等她睁开眼睛，她看到外面的景色更加荒凉，周围笼罩着更深的静寂。她相信她们乘坐的汽车早已进入内华达，但她无从得知，因为不像在中国，这里没有任何类似“内华达州欢迎你”的标志。在舒适的轻微颠簸中，沉睡着的南希微微张开了嘴，那张脸看起来像个爱生气的小孩儿。南希盖在身上的外套不断滑下来，她就不断帮她拉上去。当她这么做的时候，她心里暗暗涌出一股怜爱。这个年轻女人也许并不像她表现的那么快乐满足。在寻找幸福的路上，她甚至没有旅伴。而在她自己寻找幸福的路上，有个人曾经陪着她，只是在某个地方，他把她丢下了。也许他们在之前的地方就走失了，谁知道呢？她想起美国人常说的一句话：这种事会发生。是的，这种事会发生，一个人容易受到激情的驱使，但他走不了太远的路，长途的沉闷、远方的未知让他退缩……

她觉得饿了，期待着汽车在途中某个加油站停下，让她饱餐一顿炸鸡加可乐。然后，她就可以走到荒漠里去，一个人消失在那儿，在灰色的植物和红色的山丘之间，然后，车上的人决定不再等她，南希会哭哭啼啼地上车，对所有人怨怒……然后，她就会在无穷无尽的荒漠里走下去，沿着那些山丘的脚下走，直到公路消失在她的视线之中，直到她心里最后一缕郁结也被清空，变得像这里的大地一样空阔、一无所有但坦荡坚强，如果阳光照上去，它就会变得灼热。

外面光线仍然明亮，但也露出了收敛的迹象。远处不再像强光交织成的明亮烟雾，因黯淡了一些反而更加清晰，仿佛涂在画板上的、勾勒远景的柔和色块儿。她想，也许有一天他们会和好，或者成了真正的朋友，到时候她会告诉他，他就像小时候学校里那些坏孩子，他们把女孩儿推倒在地，而当她真的哭起来，他们却害怕了，因为害怕而不去扶她，因为害怕而不愿说话，因为害怕而躲起来。到时候，她要好好嘲笑他一番，告诉他其实不用那么害怕，不用在沉默中缩成一团，告诉他在他迟疑的时候，就可以坦诚地说出他的感觉，不需要躲避、拖延，这破坏了他们之间最宝贵的信任……她确定自己会好好嘲笑他一番，笑他怯懦、幼稚，就像个坏孩子，但她不会把他当成自私虚伪的人，她不相信过去那些话只是“随便说说”，她的心不允许她这么做。

除了冷气启动时发出的呼啸般的噪音，车里完全静下来。大部分人都裹着外套睡着了，还有一些人戴着耳机，看他们的平板电脑。她把脸转向窗外，心想在陌生的地方真好，没有人注意谁莫名其妙地笑了，谁的眼睛湿了。

2014 年 1 月 18 日

失而复得

我已经很久没有去过那栋红砖灰顶的房子，以前，我是那里的常客。如果说有段时间我曾在此找到过家的暖意，也并不夸张。住在这房子里的一对夫妇是我大学时候就相识的朋友，或者说，男主人是我的朋友，女主人是我非常熟悉的人。只是后来由于某个原因，我不再来拜访了。

我把车从南赖斯大道左转到斯嘉丽路，驶入居民区。这是个幽静、整洁的社区，在上午的这个时间尤其幽静。丈夫们去上班了，主妇们还待在房子里收拾房子、自己或孩子。到了下午四五点钟，路上才会见着人影，早下班的人回家了，女人们带着狗和孩子出来溜达。这一带的景致几乎没有任何变化，像卡尔维诺在他的旅美日记中所写的那样："中产阶级都住在林荫道路旁，千篇一律两层楼，门前数尺绿地，加上按家庭成年人人数计可停放三或四辆汽车的车库……"看来自20世纪60年代以来，某种生活模式就未曾有过什么大的改变。生活看上去总是千篇一律，却也波澜不断。

我上次来拜访是在三年前一个极其闷热的夏日。我当时带着不太好的使命而来，要帮我那离家出走的朋友取几件东西。我说不上是他的“背叛行动”的支持者，但因为我没有像其他人一样反对、语重心长地劝他浪子回头，他自然地把我当成了支持者，而他的妻子陈蔚显然也如此误解我。我的心情说不上沉重，但就像那天的天气一样闷躁不安。我不明白自己为何就答应了朋友帮他这个忙，这使我被卷入他们夫妻两人的恩怨是非之间。而且，我了解陈蔚，知道她受到了多么大的打击，而我又会遭受怎样的冷遇。但闷躁又让我有种不管不顾的混乱乃至虚幻的感觉，我想，管他呢，我从来不想当人云亦云的和事佬。每个熟悉这对夫妻的朋友都知道他们的感情过多地建立在陈蔚一个人的热情上，而我更是比任何人都清楚。我知道从我们的大学时代开始，陈蔚就是狂热的追求者，小心翼翼的保护者、纵容者。她丈夫离开她、伤害她，这件事似乎总有一天会发生，不是谁能劝说或阻止的……况且，我们都处在男人闹中年危机的年龄，四十七八岁，像一位法国作家所描述的：“有一天突然发现自己爱上了小保姆。”我并非为他辩解。在我们这群朋友当中，如果有谁最可能闹中年危机，并且不顾后果，我认为那就是陈蔚的丈夫，因为他一直都被当成孩子对待，很难说他的任性只是他自己的错。

我去的那天，门打开时，陈蔚站在阴凉、昏暗的门廊里，她头顶上方依然垂着那盏带金属边的、复古样式的玻璃灯罩，身边放着两个箱子和一个一人高的背包——即便在这种时候，她还是把一切都帮他收拾好了。她看起来完全垮了，穿着睡衣裤，脸色暗沉，臃肿而苍老。她表情冰冷，装出无动于衷的样子，但似乎又随时会发狂。我说自己只是“顺路”帮他取些东西，她轻蔑地称我为“给他跑腿儿的”。她没有让我进门的意思。在她背后，我看见客厅里一片昏黑，窗帘没有拉开，一股沉闷、封闭、带着腐味的气味穿过筒状的过道，直传到我们俩站着的地方。这种气味也仿佛粘在她身上，由她身上那肥大、毫无线条感的睡衣裤上散发出来。“无论如何，你自己要保重。”我说不出更多安慰的话。她说：“麻烦告诉你的好朋友，女儿不会再见他的，就这样。”

如果你只看这一区的草坪、林荫、沥青小道和房屋，你会误以为时间凝滞不流，因为一切如旧。我要去的那栋房子朴实典雅的深红色砖块、灰色屋顶和一侧的烟囱，甚至门前的那棵大树看起来都和以往一样，可三年之中这一家的生活发生了多大变化呀！先是朋友在上海公干时结交了一个女友，然后女友来休斯敦和他团聚，他们理所当然地同居了，这就是为什么我扮演了那个不光彩的跑腿儿角色。不到两年，那位女友又离开了。我见过那姑娘，她看起来热情而直率，并不像是“那种”女人。我朋友告诉我，她离开的原因只是对美国、对休斯敦的生活失望了，他并不怨她。如果真是这样，那么这种失望我多多少少能理解。那姑娘看起来是个幻想力十足的人，这种人总对美国的生活期望过高，以为它是五光十色的花花世界，结果会发现它只是个舒适、生活缓慢而保守的巨大乡村。我所能想到的另一个原因是她对男女相伴生活也同样抱有热力十足的幻想，而这种热力不是一个已婚的男人所能匹配，她会更快地发现真正的结伴度日并非如她所想。除非有足够的爱和责任感甚至可以说是承受的智慧，否则就无法给予这种生活所要求的退让、忍耐以及牺牲，这重量不是那些单单追求快乐和浪漫幻想的心所能承受的……

就在她离开之后不太久，有一天，我朋友在他们曾同居而后由他独居的公寓里摔倒了。他被诊断患有血栓。听到这个消息的朋友都感到难以置信，因为他是我们之中看起来最健康也最热衷养生的一个。总之，在这些变故之后，他被陈蔚和女儿接回了家，于是，我又有了造访这栋房子的机会。

三年前的那个夏日之后，我不可能再和这里发生任何联系。我相信陈蔚也会听说我偶尔去拜访她丈夫的另一个“家”，但她不可能知道我的拜访只是出于朋友的义务，我对那里没有感情，它在我看来只是一对情侣的临时住处。当我慢慢行驶在几乎每个路口都设有“停车”标志牌的小路上，我发觉我仍然喜欢这里，尽管忐忑不安，却因终于又能回来这个家而由衷地高兴。在我还未结婚时，我在这里度过很多闲散、惬意的时光，有时候我还会住在楼上某个房间。陈蔚总是把一切收拾得很整洁，她总是知道你缺少什么，譬如一把牙刷或是一条更厚的毯子……我几乎可以把那段光阴看作我的黄金时代，我恋爱着但还没有成家，甜蜜、自由，在这栋房子里找到家的温暖却毫无负担。那时候还会有其他朋友来，大家在这里蹭饭、打牌、纵酒高歌，陈蔚全都容忍。她像母亲一样对待丈夫，像大姐一样对待丈夫的朋友们。在陈蔚身上，看不出官僚子女的骄横和懒惰，但我们几乎都无耻地认定风流倜傥的朋友接受她的追求多半是因为她的家世。她的气质、言行、衣着几乎都和她的相貌一样平淡无奇，除了对丈夫近乎狂热的溺爱，她似乎没有任何特点。对我和其他几个单身朋友来说，这栋房子当年的亲切之处正在于女主人不会构成任何“威胁”，而且殷勤地提供一切帮助。

天气出奇地好，没有休斯敦夏天常见的潮湿和酷热。我把车停在车库前的车道上，感觉周围一片静寂。我有点儿羞于见陈蔚，尽管我觉得自己并没做错什么。我打量了一下屋前那片园地，它仍然被照料得很好，在暖柔的阳光里散发出植物特有的带着一丝苦味的香气。我按了门铃，注意到种在大门两边的两棵夹竹桃长得高大茂盛，盛开着满树粉红色的花。花的色彩就像一道清亮的光，突然照亮了我脑海中一些不着边际的回忆，例如我们三个还在同一所大学读书时的情景……你说不清楚那时候是否真的更好，但想起这些总会让人惆怅。我看着这些花在风里微微摆动，竟希望没有人来开门。

门打开了，一个深肤色的西裔妇女出现在门廊底下。她看起来四十岁上下，身体低矮壮硕，一脸老实可靠的神情，系着那种带护胸的长围裙。在她头顶，仍悬挂着那盏带铜黄色金属罩的古董式廊灯，我注意到门侧的鞋柜上多了一个插着几枝大百合的花瓶，花儿映在墙上的镜子中，静止不动——它们是假花。妇女什么都没问，仿佛她已经知道我的到访。她径直带我穿过狭长的门廊，走进客厅。在靠近窗户的一张桌子那儿，我看见陈蔚正往一个小托盘里分放着什么东西，我猜想那是病人要服用的药物。她的样子令我吃惊：她瘦多了，体形完全变了。她穿着一条深蓝色的亚麻连衣裙，头发剪短了，用一个宽大的红色发卡固定在后面。她看见我立刻放下手里的东西，朝我走过来。当她走近，我注意到她涂了眼影，还勾画了唇线。我从未看过她这副打扮。那张瘦下去的脸让她比两年多前看起来老了些，但也好看了一些。就像上次见面一样，我想主动说些安慰的话，却发觉自己并没有想好说什么。

“你总算来了，好久不见！”她站在我跟前，语气诚挚地说。

“是啊，很久不见。差不多三年了。”我说。

“已经三年了吗？时间过得真快！你和菁菁都好吧？”

“过得很快……我们都好。你也好吧？”我说，但这些客套话让我感到不自在。

“我？挺好的，你也看到了。”她说着，微微笑了一下。

过一会儿，她有些急促地说：“他很想见你。哎，我一直算着时间，我觉得该到了呀。”

我仍然觉得应该有所表示，笨拙地说：“我不知道该说些什么安慰的话。陈蔚，你能这么对他太好了。”

她仰起脸看着我，说：“安慰什么呢？我现在很好，我只要照顾好病人就行了。”

“你一定会照顾得很好，没有人会比你更细心。”我笑着说。

“谢谢你这么说。”她的声调突然有点儿变了，甚至夹杂着嘲弄的滑音。

我担心她误解了我刚才的话，多余地补充一句：“这时候最辛苦的就是你。如果有什么需要我们帮忙的，你尽管说。”

“辛苦是肯定辛苦，我有什么办法吗？我不管他谁会管他呢？那个女人吗？这时候能指望她来管他吗？”她激动起来。

我脸上发烫，感到她说话时灼灼的目光正落在我脸上。我没有看她，眼睛在客厅里匆忙扫了一圈。我感到这里发生了一些变化，但说不清这些变化究竟发生在哪儿。

一阵尴尬的沉默后，她说："哦，刚才带你进来的是唐妮娅，我请来帮忙的。我自己实在忙不过来，我得照顾老赵。现在老赵是半个废人，我这么说你可能觉得难听，可实际就是这样。他连路也走不稳，我每天早晚两次带他练习走路，练习将近一个小时。还要带他去理疗，一日三餐。他现在就像个小孩儿一样需要花费很多精力。唐妮娅每天来几个小时帮忙，干点儿杂活。"

她这么说的时候，那个唐妮娅正在厨房里忙碌，听到自己的名字，回过头来冲我们憨憨地笑了一下。

我说："我现在可以去看看他吧？"

"当然可以，他就在卧室里，你去吧，和他好好谈一谈。"

"你放心。"我说。

陈蔚把我领到卧室门口。很奇怪，卧室的门紧闭。我们站在门口，她又压低声音说："你要好好劝劝他。""一定的。"我说。"他不愿意出来，喜欢把自己关在屋里，有时候我想让他到院子里透透气、晒晒太阳，或者坐到客厅里，毕竟地方大些，采光、通风都好些，但他就喜欢自己待在房间里。"她说。我说："这也可以理解，一开始心情都会很不好，慢慢就调整过来了。"她仍然站在那儿，显得有点儿踌躇。我以为她要和我一起进去，问她："我们进去吧？"她这才如梦方醒似的看了我一眼，说："哦，你进去吧，我不打扰你们。你好好和他谈谈。"

我很高兴她离开了，因为我现在总算松了一口气。我一点儿也不讨厌她，甚至敬佩她能重新接纳背叛的丈夫，我想：这个女人的忍受力多强啊。况且，她也没有给我难堪。可我说不清楚哪个地方出了问题，面对她让我有种奇怪的压迫感。

我发现我朋友坐在轮椅上，我进来时他没有动，仿佛不曾注意到。百叶窗半开着，屋里阴凉、光线朦胧，他似乎正失神地凝视着从窗帘缝隙间射进来的这些光线。我轻轻走到他面前的桌子那儿，背靠着桌子。现在我们面对面，但我几乎不敢直视他，我隐隐觉得打量一个病痛的人是可耻的。但我们最后还是不得不看着彼此，他的眼圈红了。他给我的感觉并不是老，而是衰颓，他让我看到衰颓其实比老可怕得多。我们很快控制住情绪，开始假装理性地谈论病情和治疗。他说主要的后遗症在腿，还谈到一些理疗方法。我发现他说话时发音不像以往那么清楚，但他显然在竭力维持正常语速，甚至想说得更快些，以便掩饰那令他屈辱的缺陷。

他说有了轮椅，他还可以在屋里到处动一动。“这东西毕竟比我走路快。”

“可你需要练习走动。”我说。

“每天练习一个小时已经够我受了，我讨厌像瘸子一样走路，其实比瘸子还难看。”他说。

“你的胳膊、其他地方感觉还好吧？”我小心翼翼地问。

“其他地方问题不大，你看我的手还能使唤轮椅，我还没有全瘫。”

或许他并不像他妻子说的那么想见我。我发现他几乎是处于一种怨愤的状态中，像一头想要躲在暗处却被人硬拉到亮光下来的动物。如果我是他，我想必也会这样，一个健康的来访者会给他半瘫的朋友带来什么安慰呢？或许只有更多痛苦。

我们的谈话宛如裹挟着冰块的凝滞的细流，很多时间只是在突然的中断、徒劳的沉默中度过。

我说："现在任何安慰的话都是多余的……"

他说："你说得对，所以什么都不用说。"

"不过，如果你多注意锻炼，坚持理疗，应该很快就能恢复了。"

他说："希望如此吧。不过，说起来容易。"

……

"有陈蔚照顾你，我们都放心了。"我没话找话地说。

他抬头看了我一眼，语带讥讽地说："现在外面都说我什么呢？浪子归家？还是说我因为无法自理而被人收留了？我倒宁愿摔倒时就过去，谁也不麻烦。"

"你这是说气话。等你身体恢复了你的心情就会好点儿。"

"不是气话。"他加重口气说。

我没接话。

后来，他把轮椅朝我站的地方又推近一点儿，说："我说的是真的。我宁愿自己住在原来的公寓里，我也可以雇个护工照顾我。"

"可现在不是更好吗？在自己家里……"

"呃，你不明白！你们都不会明白！"他几乎发怒了。我看出他在努力控制着自己的情绪，也许看着我令他感到愤恨，他把脸转到一边去。

他不说话了，我也不说话，我有点儿失去耐心了。

过一会儿，他似乎和缓过来，又朝我转过脸，低声问："她最近没有和你联系吧？"

我立即明白了他的意思，冷淡地说："她怎么会和我联系呢？"

"我是想她万一联系不到我，可能会找你。"他有点儿怯懦地说。

"没有，她没有找我。"我说。

我看见他眼里的光暗淡下去，连那种让他脸部紧张的怨恨神情也松弛了。

"万一她和你联系，你千万不要告诉她我的情况。"

"如果你不想让她知道……"

"是绝对不能。"他说。

我点点头，没再说什么，我不喜欢这个话题。我们俩又沉默不语了，仿佛在暗中赌气，直到他突然对我咧了下嘴，似乎想笑，说："我刚才说'你不明白'，你可能还生我的气。你不知道，我现在什么都得通过陈蔚，我要找你都得通过她。她说我的手机不见了，自从我回来，家里的网络也被取消了……对，我是在家里，你们都觉得放心，可我没有自由。如果你可以……"

就在这时，卧室的门被推开了，他所说的那个"她"出现在门口。我愣住了。她出现的这个时候如此蹊跷，让我无法不怀疑她刚才就站在门外，听到了我们的谈话。我朋友似乎也意识到这一点，他不再说话，他的眉头、嘴角流露出他正忍受着怒气。可陈蔚的脸上看不出任何异常，她整个人显得很温柔，连步子和动作都平缓而柔顺。她轻声告诉我们说唐妮娅马上要来照顾病人吃药。我知道我该和朋友告辞了。

“我很快还会过来看你。”我说，想到他还没有告诉我我可以为他做什么。

“哦，看你的时间吧。”我朋友有点儿淡漠地说。我起身离开时，他朝我望了一眼，他的目光里交织着歉意、痛苦甚至恳求。我感到他非常孤独。

我走出房间，陈蔚也跟了出来。

“你不用送我，你去照顾他吃药吧。”我有点儿不悦地说。

“唐妮娅会帮忙的，不需要我。有时候我在旁边反而不好。”

“为什么？”我问。

“因为他会对家里人发脾气，故意不吃药，但不会对外人乱发脾气。”她说，笑了笑。

我们走到客厅里，我正准备告别，她先开口了：“你有事急着要办吗？”

我犹豫了一下，老实回答道：“没有。”

“那你能不能坐一会儿？我们喝杯茶聊聊。这么久没有见面了，如果不耽误你的事儿的话……”她过分拘谨地说。

“我没有什么事儿。”我重复说，意识到她在用一种极度客气的态度对待我，而我们以往不会这么说话，这可以看成是疏远的表示。

这时，我们站在靠近客厅窗子的地方，阳光透过窗子直照在我们俩身上。陈蔚脸上的皮肤在光底下显得灰白，她神情中我原本未曾注意到的一些细节浮现出来，更让我感到她不再是我熟悉的那个女人。她一方面看起来拘谨、不怎么自信；另一方面仿佛又明确地知道自己干什么，就像个心思缜密却外表羞怯、犹豫不定的棋手；她的温柔也变味儿了，以往她就像个木讷而顺从的母亲，但现在她的温柔里似乎掺杂了某种坚硬、事先酝酿好的东西……从我一走进这栋房子，第一眼看到她，像层雾般笼罩着这里、令我不安的奇特的陌生感如今更显清晰，我现在知道并不是因为这里的家具、摆设变了，而是它的主人变了，它仿佛因此变成了别人的房子。

外面阳光明媚，而且有风。陈蔚建议我们坐在后院带遮光棚的小凉台上。她给我一瓶星巴克的冰摩卡，自己喝冲泡的日本绿茶茶包。除了空气新鲜，她的后院倒没有任何可看，只是一片修剪得过分平整、在阳光下绿得晃眼的草坪。她的目光一会儿停留在草坪上，一会儿扫视着那排褐色的木围墙。她在光线里微微眯着眼睛，看起来似乎心情还不错。

我本以为我们会简单地叙叙旧，却发现她只想打听我和她丈夫刚才在房间里谈了些什么。她迂回地问我一些问题，我虽然不喜欢这种说话方式，但也不愿让她太失望，尽量言简意赅地回答她。

最后，她叹口气说："他心情不好，可能会说些不中听的话，你不要介意。"

"没有。即使他说了，我也不会在意。"

"是啊，没有人比你更了解他，他也一向最信任你。"她说着，意味深长地看了我一眼。

我笑笑，不置可否。

“他问起那个女人了吗？”她假装平静地问。

我想：这就是她一直想问的吧。

“没有。怎么可能呢？他们已经断了，恐怕你想太多了。”

“你骗我了。我知道你不愿意说，是害怕我难过。”她自己给了自己一个解释，然后说：“恐怕不是我想太多，他还想和她联系。人生病的时候不怎么理智……”

她低声说：“不管怎么样，如果那个女人和你联系，问老赵的消息，或是老赵让你帮他们联系，你最好……不要这么做。你能答应我吗？”

她突然提出如此非分的要求，让我大吃一惊。

这时，唐妮娅的身影出现在客厅里。她在窗户后面闪一下就走进厨房里，开始在操作台那边擦拭什么东西。我想她已经伺候病人吃过药了。她暂时让我们分了神，我希望借此避开这个问题。但陈蔚显然不这么想，她又问了一遍：“你能答应我吗？”

我只好说：“她不可能和我联系，我也没有她的联系方式。”

她看看我，我注意到她的脸涨得通红。我想她是鼓足了勇气才向我提出这个要求的。

我突然觉得应该和她坦诚相见，劝她说这么做毫无必要，只会适得其反。于是，我尽量温和地问：“这就是你为什么要没收他的电话，把家里的网络也掐断吗？”

但没等我继续说下去，她已经发作了：“他对你抱怨了吧？他不知道我这么做都是为他好吗？他现在都这副模样了，全是那个女人害的！可她管过他吗？她才不会管他呢，她只会把我们这个家拆散、拿走他的钱！他现在变成这样，一个半瘫的老头儿，你觉得她还会看他一眼吗？看他一眼恐怕会让她恶心吧。”

她嘴里一连串地迸出这些恶毒的话，让我愣住了。我明白我先前说错了话，现在无言以对。我觉得这一切很怪诞、令人摸不着头脑，我只想赶紧把杯子里的咖啡喝完离开。我突然想到她刚才的温柔、拘谨之所以散发着怪味儿，令人感到压迫，是因为它在怨恨里泡过了。

在难挨的沉默中，我才注意到某个地方有人在除草，割草机的噪声就像遥远处的蜂群，它填补了静默的空虚，倒让我觉得安心了一点儿。我心里正焦虑着找个什么时机告辞，却发觉陈蔚抽抽搭搭地哭起来。

“你怎么了？是你想太多了。算了，我们本该谈点儿高兴的事儿。”我说。

“没什么，没什么，让我们谈点儿高兴的事！”她抓过垫在杯子下面的餐巾纸擦着眼泪。

“过去的事已经过去，回头去看是没有意义的。”

“对，完全没有意义。”她重复道。

我怀疑她是否只是在奚落我，但继续说：“如果要说点儿高兴的，你现在看起来很精神，我一进来就发现了。”

她仍然带着哭腔说：“很精神？你是说我瘦了吗？哎，我不需要瞒你，我两年前去做了手术，抽脂手术，我何必瞒你呢？”

不知道为什么，她这种不管不顾的势头倒让我脸红了。我说：“我指的不光是这个，你整个人气色都很好。”

“你别骗我了，我知道自己老成什么样了。你不知道女人多容易老，不知道时间搁在我们女人身上，分量有多重！我现在想起过去真难受。可怕的是人老了，可心还没有变呀。你是写作的，你怎么会不知道这些？你应该知道。”她仍然流着泪，却惨淡地对我笑了一下，“看见你忍不住想到我们大学的时候……那时候什么都简简单单，什么都不用想。我本来想对你说说我的感受，不知道怎么又抱怨起来了。唉，我老是唠唠叨叨地抱怨，自己可怜自己，我知道这样很讨厌，我女儿也讨厌我这样，她现在看见我都想躲起来，可我就是控制不住。”

“你想说什么就说什么吧，我能明白。”我的心软下来。我觉得如果她需要一个朋友吐苦水，我不妨当这个人。

“哦，你知道我这些年对他怎么样，所有的朋友都知道。一个女人只能做到那样了。你服侍他、娇惯他几十年，还不是希望老的时候能好好做伴儿？可是，等你老了，等你给他生儿育女、青春都陪葬了，他又去找那些年轻的女人了，他要把你一脚踢开，丢下你一个人……他都不承认爱过你，你不想让他走，他还恨你……”

更多的泪从她眼睛里涌出来。我看见她攥在手里的那片餐巾纸已经湿透了，赶忙把我杯子下面那张递给她。我从未听到过她说这样的话，从未想到过她能说出这样的话。她现在的样子有点儿笨拙，她本来化得不怎么细致的妆被泪水晕染得一塌糊涂，脑后的发卡也松了，一些散乱的发丝掉下来，但这一点儿也不可笑，只是让我更替她难过。我开始为刚才曾有过帮助朋友“逃脱囚笼”的意图而感到惭愧了，我的确曾这么打算：如果他需要我背着他妻子做一些安排，我别无选择，只能这么做……

一大片云飘过来。在陈蔚稍稍修整自己的时候，我就看着这片厚厚的、边缘呈灰色的云，看它在炫亮的草坪上投下一层深沉的蓝色阴影，又慢慢飘走，草坪重新变得发亮炫目。我仍然不能相信她竟会在我面前或是在任何人面前如此吐露心声，也许，我竟从未认为她有什么心声，这是我的自以为是和冷漠。现在，她的话甚至牵动了我身上那根麻木的痛惜的神经，我可以很自然地把它联想到我妻子身上，或是任何人身上。我觉得我自己也一样，我们并不怕老，而是怕孤独，怕被遗忘，怕过去珍视的东西被一笔勾销……可我该怎么劝慰她呢？我偷偷看了她一眼，更觉得自己无能为力，因为她一直是这样一个女人：她把幸福像押宝一样押在她这辈子唯一爱的男人身上。我可以理解她所说的那种老之将至被伴侣抛弃的凄凉和失望，但我不能理解她至今仍把幸福系于一个发丝般脆弱的东西上。事实是：她是个没有自我的女人，你根本无法帮助这样一个人。

在我试图从自己纷杂的念头中理出一个头绪来安慰她的时候，突然，我听见她破涕为笑了。她笑得如此突兀，而且，那并非苦笑或冷笑，而是真心的笑，正因为如此，才显得格外怪异。

“现在好了，”她看着我说，仿佛大大松了一口气，“老天有眼，这才叫老天有眼呢！”

“老天有眼？”我不太明白她的意思。

“老天有眼，让他得了这个病。”她说，显得出奇的平静，“如果他不病成这样，他就不会回家。现在他还有别的地方可去吗？你信不信？那个女人再也不会要他了，没有人会要他，除了我！这就是感情，他不明白。他变成什么样我都会对他好，不会不管他，无论他以前怎么对我。”

眼前这个女人已经把脸擦干净，头发也重新整理过。她这时看起来就像她说话的腔调那样平静、笃定，和刚才哭泣、诉说的样子瞬间判若两人。我茫然地看着她。

“你不明白那种感情，我不是说你和林菁没有那么深的感情，绝不是那个意思。但你知道我对他怎么样，我敢说，没有几个女人能做到我这样。”她的脸上泛起了红晕，因为她说得兴奋起来，几乎忘乎所以，“你知道吗？我一点儿也不嫌弃他，就算他全身瘫痪、天天卧床，就算他大小便失禁……我一点儿也不嫌弃！我希望他这样，你可能不明白，但我就是……自从他回来，我又能天天照顾他了，以前我的生活还有什么意义呢？他病得越重越需要我照顾，到时候他就知道我会怎么尽心尽力伺候他，他就知道谁对他好……”

我知道她还在说着，而我也坐着、勉强地听下去，但事实上她又说了些什么，我几乎没有听到。在我眼前晃动、占据了我意识里大部分空间的就是那张忽而发白忽而涨红的脸，和脸上那无以名状、近乎疯狂迷醉的表情，她因为深受感动而两眼湿润了。与之掺杂在一起的是一个我几乎驱之不散的、想象中的画面：一个面目模糊的女人热切地守护在她瘫痪在床、虚弱痛苦的男人身边。她希望他瘫在那儿无法动弹以便她能更好地爱他，她为此感到幸福……这想象中的画面有股彻骨的阴沉，令我忍不住脊背发冷。终于，我顾不得礼貌，对她的宏论没半句评价就起身告辞。

“我以为你能在这儿吃午饭。”她急匆匆站起来说。

“今天实在不行，我中午约了一个朋友吃饭，我刚才忘了。”

我没想到编个更好的理由。

我慌慌张张、几乎有点儿狼狈地快步离开她的后院、穿过她那冰冷静寂的客厅，我甚至来不及和唐妮娅打个招呼，就径直打开那扇深褐色的沉重的木门走出去。陈蔚一直跟到门外，看着我钻进车里。在她的目光的笼罩下，我忘记了最经济的路线是原路返回，赶紧把车右转、往前开去。我急于逃离她，逃离她收复的领地。

我打开前座两边的车窗，让风吹进来。外面阳光普照、树荫匝地，但萦绕在车里的冷飕飕的气息仍然挥之不去，仿佛它从那个家一直跟随出来，黏附在我身上。我想象着在那座带顶楼的房子里，暗中滋生着许多无影无迹、有触角的植物，它们充满怀疑，又具有某种愚蠢的冥顽不化，它们像所有扭曲的爱一样会瞬间饱含恨意，它们悄无声息地占据了各个角落，像疯狂的藤蔓一样长满了所有空间，窒息了所有可能。我本以为能找到熟悉的那个家，可眼前这失而复得的东西已经完全没有了过去的温暖、无忧无虑的轻盈。我不知道是否还会回来，但现在想到踏进那个客厅只会让我感到恐惧。我不知道如何看待这一切：我的老朋友，一个变了味儿的、阴沉沉的家，还有我那可怜的怀旧感、无所适从的同情心……最后，我发现自己已经在居民区里迷了路，只能思绪混乱地继续往前开，试图找个出口拐上我熟悉的那条大道。

2013 年 3 月 7 日

夜色

1

珍妮丝走进咖啡馆时，迈克尔已经等在里面了。她看见他穿了一件青白相间的条纹短袖衬衫，坐在老地方——靠里的那个角落。他的左边是条通向库房的狭长的走廊，右边是扇方形小窗，朝向冷清空旷的停车场。迈克尔正望着窗外的停车场——那里稀稀落落停着几辆车，如果不是那些在朦胧的夜色中暗暗浮现出来的、整齐而单调的白色线条，它更像一块废弃的空地。空地上遥遥相对矗立着两个高大的灯柱，把雾一般的白光更多地投向空中，而非地面。

迈克尔是个身形瘦高结实的黑人青年，线条分明的俊秀五官如同黑檀木雕琢而成，他脸上最引人注目的是那双黑白分明的眼睛。当珍妮丝从玻璃门外看见他，不禁想：如果他们看见他，难道会不被他的眼睛、他那副沉静的样子打动吗？

迈克尔的神情有些忧虑，他已经从电话中知道了结果。但当他看到那华人女孩儿走过来时，仍然露出了笑容，仿佛看见她让他有点儿喜出望外。

像以往一样，迈克尔等她坐下来才去柜台叫东西。他给自己叫了咖啡，给珍妮丝叫了她喜欢的摩卡。

“你想吃点儿什么吗？”他关切地问。

“不想，我什么都不想吃。”她脸色严肃地说，不自觉地皱起眉头。

“别皱眉头，”迈克尔说着，用手指轻轻点了一下珍妮丝的眉心，“瞧，再皱眉头这里要有皱纹了。”

“你知道，我正在生气。”珍妮丝说，噘起了嘴。其实她已经觉得好些了，来的路上她一直在担心，担心迈克尔太过失望，气愤，不知道怎么面对他或者说和他谈起那个问题，但现在她知道迈克尔已经把球接走了。自从她在他对面坐下来，他的右手就一直紧紧握着她的左手，他试图安慰她，就像往常一样。他从来不像他这个年纪的男孩儿一样幼稚、粗暴，这是她尤其喜欢他的地方。而他们大概以为他是个粗坯。

珍妮丝循着迈克尔刚才的目光朝玻璃窗外看去，想知道在她进来之前他在看着什么。但她只看见夜色在淡薄的灯光里仿佛罩着一层浅灰的雾，迈克尔那辆黄色的“雪佛兰”孤零零地停在停车场一角，旁边没有其他车。天空是低垂而赤裸的一片蓝灰色，没有云，也看不见月亮。

“你认为会下雨吗？”她没话找话地说。

“我不知道，但最好不要，我确定我们俩都没带伞。”迈克尔说着，往咖啡里倒了点儿牛奶。

“你出来时没遇到什么麻烦？”他微笑着问。

她立刻明白了他的意思，说："他们还没有到不让我出门的地步。"

珍妮丝朝周围看了看。已经过了夜里九点，咖啡店生意冷清，侍应生已经开始在柜台后安静地收拾东西，准备在十点半打烊。除了他们，店里只有另外两桌客人——两位男性朋友和一对老夫妻，他们坐的桌子彼此离得很远。

过一会儿，迈克尔才问"为什么"。他的声音很低，但他的问题还是让她感到压迫。她低下头，专注地盯住眼前的杯子，然后转过头去看外面空荡荡的黑夜，涂了橘色口红的薄薄的嘴唇微微颤动。

"他们希望我找个华人。"她说，叹了口气。

他们的手仍然在桌子上紧紧交握着。迈克尔没说话，只是温柔地、逐个抚摸着她纤细洁白的手指。珍妮丝想到如果他们不是在灯光明亮的咖啡馆里，他会把她的手指轻轻含在嘴里，那是他们两个都喜欢的一种亲昵方式。最后，她感到他把她的手整个地握住，握在他有点儿潮湿的手掌里。

珍妮丝觉得不安，她几乎可以确定迈克尔已经察觉她并没有说实话，至少没有告诉他全部的东西。但她也知道尽管他们彼此信任，有些话她还是不能说出来。要她怎么说呢？难道告诉他她的父母是讨厌的种族主义者、两个歧视黑种人的黄种人？所以，当迈克尔开口说："这算什么呢？包办婚姻？抱歉我只是从书上读到过这类事。"她认为他只是觉得应该对她说点儿什么。

"他们就是这么荒谬！我和他们大吵了一架。"珍妮丝羞愧地说。

“我非常抱歉让你为难。”迈克尔说。她抬头匆忙看了他一眼，发觉他的眼睛正深深盯住她，仿佛在他眼里，她美丽非凡。他曾对她说，她就像蜜一样细腻，像“天使蛋糕”一样柔软，他说他就是这么感觉她也是这么向别人形容她的。而她知道，她只是个相貌普通的华人女孩儿，她对自己并没有不切实际的看法，但迈克尔会让她感到她也有美丽迷人之处。

“不，这是我自己的事，他们是在干涉我的自由，而我已经成年了。”

“当然，你已经是个独立的女孩儿，完全可以替自己做决定，而且，珍妮丝，你是我见过的最美丽的女人。”

“你……又这么说。”

“为什么不能这么说？我就是这么认为的。你应该知道你是个多美丽的女人，你必须确信这一点。”迈尔克激动地说道，“我根本不介意你父母不欢迎我去你家，我们可以在任何地方约会，只要我能见到你。圣诞节假期，你跟我回亚特兰大好吗？我的大家庭里每个人都会爱上你！我的弟弟、表兄都会嫉妒我。等我毕业了找到工作，你就和我住在一起，我是说如果你愿意。我只是不明白，为什么他们还想强迫你接受他们为你挑选的人，为什么还会有这种陈腐的观念？我知道你父亲是教授，你母亲是……”

“不管他们是什么，”她有些急促地打断他说，“他们的观念就是那样。哎，他们就是那种……保守、不愿改变的人。”

过一会儿，迈克尔问：“所以，你告诉他们我是单亲家庭长大的，对吗？”

珍妮丝愣了一下，说：“不，我还没有告诉他们这些。我只是告诉他们我们在同一个大学，你在读什么专业，你的家人都不在休斯敦……”

“还有，我不是华人。”迈克尔接过她的话，解嘲地笑了一下。

珍妮丝则继续说：“可能这也是个问题，我是说你的家不在这儿。他们希望我以后住在离他们很近的地方，不想让我去别的城市。你可能觉得很奇怪，但华人父母往往这么想。”

“难道他们不知道这对我来说根本不是问题吗？我可以住在任何城市，任何地方，我从没有想过要和我的家人住在一个地方。我是美国人。”

“我会再和他们谈。”

“我们先不说这些，你已经够烦了。我认为你还是得吃点儿东西，我确定你没吃晚餐。”他提高声调说，做出一副振作起来的表情。

她看看他，没回答。

他松开她的手，把它轻柔地安放在桌面上，站起身问：“杏仁牛角面包怎么样？你最喜欢的。还是你要奶酪火腿三明治？”

“杏仁牛角面包，如果他们还有的话。这么晚了！”珍妮丝说。

“永远都不会太晚。”迈克尔说。

迈克尔走向柜台，点餐，要求侍者加热她要的杏仁牛角面包，她的目光一直追随着他。等他端着杏仁牛角面包朝她走回来时，她突然决定告诉他那件关于她母亲的可笑的事。她边吃面包，边绘声绘色地讲起来，脸上带着恶作剧的顽皮神情，等她讲完，她那双细长的眼睛盯着迈克尔，等待他的反应。可迈克尔仍然微笑着，脸上并没有露出嘲弄的意味，他问："你确定是这样？那时候你还很小吧？我从未见过这种事。所以，她偷偷地把另一个花篮里好的花拿出来，把这个花篮里快要干枯的花调换过去？"

"我当然确定，尽管那是好多年前的事了。她就是这么做的，当时也没有超市的员工在附近，再说，即使人家看见她这么干也不能拿她怎么样。"

"这，还不算太糟糕……"他模棱两可地说。

"已经够糟糕了，你知道这些花之所以减价，就是因为其中有一些快枯萎了。"

"你当时是怎么说的？"他问。

"我告诉她不要这么做，如果她再这样做我就马上走开。真的，那让人觉得很羞耻。"

迈克尔拿起她的手吻了一下，催促她吃东西。当她低头继续吃她的牛角面包时，她回想起他勉强的笑容，他看她的眼神仿佛在替她难过，甚至含着怜悯。她想，他大概已经猜到了，她把母亲的荒唐事告诉他是为了取悦他，她要说的其实是她为母亲感到羞耻，她怨恨着她……

2

他看见妻子从楼上走下来，知道她刚刚去过女儿的房间。他想对她说最好不要在珍妮丝不在时进她的房间，但妻子脸上的表情制止了他。她看起来冰冷、愠怒。

“你找到什么了吗?”他问。

“没有。我也没想找什么。”她说，在餐桌前的椅子上颓然坐下来。

可他隐约察觉到她要找的是什么。他很庆幸她没有找到，否则她大概会打电话给素未谋面的珍妮丝的男友，或者找上门去，那样只会把事情弄得更不可收拾。

“她应该很快就回来了。”他说。

他妻子抬眼看了他一下，没说什么，然后她低下头，仿佛在想自己的事，不耐烦被他打断。

他接着说：“等她回来，我们再好好和她谈谈。”

“哦，谈什么?”她疲倦地说，“快十点了，没必要再等她了，再说也没什么好谈。”

但他们都没有离开，仍然留在客厅。他走到沙发那儿坐下，他妻子仍旧坐在餐桌旁那张椅子上。厅里很安静，不像以往，会有电视机里发出的声音，会有珍妮丝轻快地上下楼梯的声音，会有厨房里冰箱被反复打开合上、水流冲击金属的水池，然后从管道里呜咽着流走的声音。他现在回想起这些声音，发觉因为它们消失了，他才留意到原来它们的嘈杂充满着这栋房子里的空间。他看见妻子的背微微伛着，不时拿双手捂住脸。他一度怀疑她是不是在哭，但每一次又看到当她捂着脸的双手垂下来，露出一张干涩而暗沉的脸。

突然间，他也想到楼上去，走进女儿的房间里看看。他忘记上一次他进去是什么时候了，但可以确定的是那必然是在很久以前。当女儿长大，作为父亲，他似乎再也没有理由随便走进她的房间，而她也不可能邀请他去。他们总是在楼下的客厅里或他的书房里见面，如果她有什么事需要找他，她会来这里。他回忆起那个四壁洁白、摆着一张浅黄色五斗橱的温暖的小房间，他记得她那张床是白色钢架的床头，他印象中那上面铺着一套粉色、暗灰色竖条纹相间的床具……他不知道现在那房间是否变了，譬如它的色调是否变了，家具是否更换了。过去，在她还小的时候，当她还不会从里面反锁上房门的时候，妻子偶尔会让他去查看孩子是否睡熟了。他喜欢这个任务，喜欢尽量无声地转动把手，将那扇门轻轻推开一条缝，屏声静气地走进去，在温柔而昏暗的光线里俯视着女儿那张小脸儿。她脸上散发出一股气息，让他整个人都安静下来。她床头的小台灯整夜开着，奶白色的光就像一层薄纱罩在她脸上，他不知道她现在是否仍保持着这个习惯，仍然害怕黑暗。

他留意着外面的声音、光线，只要有一辆车从远驶近，他就会凝神倾听，想象那辆车慢下来，转上车道，它的车灯灯光扫过门前几株静默、葱郁的植物，直到那声音又由近而远，终于消失。他之所以没有推开门、直接走到院子里等待，只是因为担心这样会惹恼妻子。他知道他此时应该安静地待在这儿，和她在一起。尽管她脾气急躁，她始终是个勤劳体贴的妻子和母亲。而且，他知道她的脆弱，珍妮丝却不一定知道。当她们争吵的时候，他不知道更应该保护哪一方。他想找个机会单独和女儿谈谈，想告诉女儿她那表面尖刻、出口伤人的母亲多么爱她、为她担忧，背后流了多少眼泪。但他没有机会，在每次争吵之后，珍妮丝都会跑上楼，响亮地关上她的房门，紧接着又是断然的一声，他明白那是她把门反锁上了——她不欢迎他们进去。在那扇门后面，是年轻的珍妮丝的秘密，不容任何人窥伺。

他偷偷瞟了一眼妻子，她昨晚没怎么睡觉。有一次他醒来，看见她背靠床头坐在那儿。他劝她躺下来，即使睡不着，闭着眼睛休息也好，她却仍然僵坐在那儿。黑暗中有些微弱、从莫名处发出的光，于是他看见她那双眼闪着湿润的光。他坐起来，她喃喃地对他说珍妮丝是个天真的孩子，太天真了，不知道自己在做什么，不明白生活的复杂，更不懂得保护自己，除非他们能阻止她，否则她的未来会很可怕……他们在黑暗中坐了一会儿，他听着她说，几乎没插话。等她终于不说了，他又劝她躺下来。她沉默不语，过一会儿顺从地躺下来，背对着他。他能感觉到她没有睡，甚至也没有闭上眼睛，但他自己还是蒙蒙眬眬地睡着了。现在，她看起来疲惫、烦躁。他知道她是困兽犹斗，感觉到任何劝说对她来说只会适得其反，因此，他最好保持沉默。

当珍妮丝第一次和他们谈论那件事的时候，他能感觉到女儿是幸福的，那种幸福掩饰不住地从她的神态、目光、嘴角甚至头发里散发出来，让他感觉到她爱着那个陌生人。他感到震惊、嫉妒，却没有像妻子那样反应激烈。他记得妻子当时对珍妮丝说："随便你找什么样的男朋友，除了黑人……"他看到女儿的脸色变了，那张小脸几乎微微扭曲，他知道那是因为她想哭而强忍着。他为珍妮丝难过，但同时竟也感到自己被强烈的嫉妒刺伤的心得到了一些快感。至少，如果他妻子的决心能迫使珍妮丝放弃她那个男朋友，这对他来说不失为一种安慰，重要的是他、他们俩仍能留住她。

突然，妻子那张绷紧的脸转过来看着他，说："她不知道自己在干什么，现在的年轻人都这样，他们头脑发热，还自以为是……但是，我们俩的态度必须一致，不然只会毁了她。你明白吧？"

她说完朝卧室走去。他听到她把卧室的门关上了。后来，他也离开客厅，待在书房里。他感到一筹莫展，他的意识似乎处于一种因疲惫而木然的状态，因此，当他又听到妻子在客厅里走动的声音时，并没有出去。他只是看着墙上悬挂的那面黑木圆形吊钟，沉浸在更深更空的寂静中。

3

珍妮丝很早就醒了。当她醒来时，想到的第一样东西就是母亲那冰冷的、充满厌恶的眼神。之后，她站在卧房门口倾听了一会儿，确定楼下还没有任何动静，于是轻手轻脚地下楼，拿了一瓶水、一根香蕉和两片面包。吃过东西，她仍然待在自己房间，也没有人叫她下楼吃早餐。昨晚，她到家的时候，母亲独自坐在客厅沙发上，父亲书房里的灯亮着。母亲冷冰冰地看了她一眼，什么都没问。她一分钟也没有在楼下停留，没等父亲从书房里走出来，就跑到楼上了。

她一辈子都不会忘记那天的耻辱，不会忘记当她羞怯而怀着幸福感地告诉他们她有了男朋友、他是谁时，他们的反应，他们说的那些慌乱、气愤、伤人的话。母亲脸上甚至有种惊恐的神情，仿佛她做了令人难以置信的丑事。"随便你找什么样的男朋友，除了黑人……"她这样对她说。不知道是因为失望还是气愤，母亲后来哭起来。她那一向开明的父亲则长久沉默不语，一会儿看着妻子，一会儿死死盯着自己的手，对她则只是害怕似的匆匆瞥一眼。珍妮丝后来明白，他是在寻找适当的措辞，寻找一些可以说服她、又不至于和自己以往说法矛盾的理由。最后，他颠三倒四地说了些可笑的话。她记得他神情苦恼地说："珍妮丝，你说得对，我们是有了一位黑人总统，但这也不能代表什么呀！黑人依然是教育层次最低的族群，而且，他们太容易有暴力倾向了！黑人男性容易冲动，我认为这是基因的问题……这才是我们替你担心的，其他的，肤色、金钱、是不是知识分子家庭，我们根本不在意……""知识分子家庭"，这是她父母经常说起的词，她自己也曾为此有过那么一点儿优越感，直到那时她才知道其中的荒谬。而她母亲只是不断重复着那几句话，似乎已经神志不清："我想象不到，我真的想象不到，我女儿要嫁给一个黑人……"她父亲低声制止："秋霞，你冷静一点儿，冷静一点儿……"而她母亲则继续说："什么？我不冷静。你问她吧？她知道她在做什么吗？她要把她的生活毁了！"在这出闹剧中，表现得痛苦、震惊的反倒是他们，而她则始终是个辜负了父母、冷漠而倔强的女儿。

就在昨天夜里，她回忆起有次母亲和一个"联邦包裹"公司的送货员在家门口争吵起来，那个送货员是个黑人。她那时也许只有八九岁，害怕地站在楼梯口，准备随时跑到楼上去。她清清楚楚地记得母亲脸上傲慢的表情，记得那黑人对母亲说："夫人，你不能对我大喊大叫！"她还可想起另外一些事，和这件事毫无联系的事。珍妮丝记起来，以往每当她开生日派对，她母亲都会详细询问那些被邀请的朋友的家世，她会对其中一些朋友格外热情，对另一些却相当漠然，她要她仔细“筛选”自己的朋友……或许母亲从来都是这样，只是她到现在才明白，才会把以往的线索连接起来。她的痛苦似乎不在于他们无理地拒绝接受迈克尔，而在于明白了他们究竟是什么样的人，她和他们之间在某些方面无法逾越的距离。

时间已经过了中午，她知道她终究得下楼面对他们。她走下楼，看见他俩坐在客厅那条红色的沙发上。

“你昨天晚上去哪儿了？”母亲问。

“我约了迈克尔见面，在咖啡馆。”她说。

她听见母亲发出低沉的类似呻吟的一个声音，不再说话。

父亲若有所思地看了她一眼，说：“冰箱里有吃的，如果你还没有吃……”

“我吃过了，我早上吃了面包和香蕉，现在一点儿也不饿。”珍妮丝说着，打开冰箱，拿出一罐樱桃味的 Dr. Pepper。

她坐在餐桌那边，一边假装轻松自在地喝汽水，一边等他们继续发问。她相信他们俩安静地坐在客厅里就是为了在她下楼时一起盘问她，否则，星期六下午，父亲应该是在书房里工作，而母亲则会在客厅或是卧室里看她喜欢的清谈节目。而现在他俩并排坐在沙发上，似乎沉默地酝酿着什么。挂在对面墙上的巨大的电视屏幕静寂无声，像一面黑色的镜子。他俩挨得很近，她猜想在她下楼之前，他们正低声讨论着什么。她几乎没见过他们这样近地坐着，仿佛她的“背叛”又让他们重新紧密地结合起来。

珍妮丝喝着汽水，等待着，不时朝窗户外面扫一眼。她心里在默默冷笑，当然，她也害怕，甚至还可笑地抱着一点儿期待，但她尽量显得平静。从早晨开始，天就一直阴着，酝酿中的雨却始终没有下，这让客厅里显得灰暗陈旧。她盯着垂挂在客厅大窗两边的沉甸甸的窗帘——它是淡金色的，上面镂刻的花纹则是更明艳的金色。这一定是母亲的品位，她想，在母亲的眼里，金色就是富裕的颜色，白色就是高贵的颜色，所以，她母亲尽管从没有说出口，却期望她嫁个白人，一定是这样。如果迈克尔是个白人，无论他是个什么样的白人，她母亲大概都不会觉得这么糟。但她曾以为父亲是个开明的人。父亲常常带她出国，到欧洲或是亚洲，他曾告诉她，他的想法是让她在这些旅行中学会理解、接受各种不同的文化，变成一个真正的"世界人"，不是单纯的中国人，也不是单纯的美国人，而是能突破某个特定民族、国家狭隘意识的具有眼界和世界意识的人。多么恢宏的理论！但现在，这位"世界主义者"却苦恼地坐在愠怒的妻子身边，偷偷地瞥视她。珍妮丝头一次发现父亲是个怯懦的人！

他们都听得见起居室里悬挂的那个茶色大钟发出的时间走动的声音：时间被白白地消磨了，什么都没有发生，一切毫无进展。女孩儿忍不住站起身，她父亲这时仿佛猛然醒转似的说："珍妮丝，你先不要走，那件事……我们可以再好好谈谈。"

她还没有回答，就听见母亲说："没什么好谈，我的意见很明确，我不会接受那个迈克尔，不欢迎他来我的家。如果你非要和他好，除非和我断绝母女关系。"

"你先不要这么冲动！珍妮丝并没有说他们马上就要结婚……"父亲说。

“你这是什么意思？不是说好了？你的态度应该和我一样坚决。你为什么又变了？你不知道她现在这样，都是你惯出来的……”她母亲说着，泛泪的双眼逼视着父亲。她父亲不再说话了，脸涨得通红。

珍妮丝看着他们，感觉他们就像两个配合差劲的同谋。她转身往楼上走去。

“珍妮丝，你不能走……”她母亲突然站起来，对着她喊起来。

她停住了，回头看着母亲，怀疑她是否会跑上来拉住她。但母亲站在那儿没动，只有那双盯住她的眼睛喷射着愤怒、痛苦。奇怪的是她父亲也跟着站起来，声音发抖地说：“你不能这样对你母亲，她昨天一夜都没睡！”他们俩站在那儿，对她充满谴责。

珍妮丝想冲他们喊：“你们又是怎么对待我的?”但她最后竟平静地笑了一下，说：“等你们商量好了再对我说吧。”

她又逃到了楼上，响亮地摔上房门。她不想再听见从楼下传来的任何声音，却忍不住去想象楼下正发生的事：母亲歇斯底里发作，父亲显得不知所措，只能隐忍；最后，他们一起走到书房或卧室里去，关起门谈关于她的事，用极度厌恶的口气谈论“那个黑小子”，一起想个对付他和她的办法；母亲已经为她设想了一个“悲惨”的未来：住在盗匪成群的黑人社区，和一群最粗鲁、无教养的妇女做邻居，忍受一个有家庭暴力倾向的丈夫……的确，在美国存在着这样一群像她母亲这样的人：他们最怕白人歧视自己，为此到了神经过敏的程度，却尽力地歧视着其他肤色更深的人。

她在床边呆坐了好一会儿，而后抬头仔细地环视着自己的房间，似乎要重新辨认这个她自有记忆以来就生活在其中的小小空间。房间的墙壁也许曾经一片雪白，但现在有些黯淡、陈旧了，房间里散发着柠檬地板清洗剂和棉布窗帘、床单混合的气味。她的房间一向整洁，因为她从十岁以后就会自己收拾房间，不需要母亲帮忙。她也从未交过男朋友，因为他们总是告诫她不要在读大学之前恋爱，不要相信那些小子，而她也没有足够的自信和热情去参加过多的男孩儿女孩儿的社交派对。她一直念书很好，和母亲为她挑选的老实女孩儿们交往，放学后就回家，这种生活让她感到安全……她想到她的生活就像这房间一样整齐、狭隘、缺乏变化，她甚至没有所谓的青春叛逆期，一直尽力让父母满意，但事实证明，他们不可能事事满意。

而后，她走到写字桌那儿，从与桌子相连的书架上抽出一本书。她戴上耳机，倒在床上看书，不时回想这二十一年来她的生活。她发现能清清楚楚地回忆出其细节的内容其实并不多，小时候的世界更是模糊，反反复复，就是那么一些印象，那么几件事，毫无逻辑、关联地留在心里……醒来时，她从枕头底下摸出手机，看到了迈克尔的短信。她读了好几遍，给他回复了一条。他的短信看起来字斟句酌，他几乎不用那些简写字母，她的回复也是如此。尽管迈克尔爱逗她发笑，走在她身边偶尔会像孩子一样兴奋地唱歌、吹口哨，但她知道他不是个嘻嘻哈哈的人。她喜欢他与众不同的细致，喜欢他那些温柔的小动作，还有他看她时的眼神，她感到那不是肤浅的亲热，而是发自内心的爱护。他身上那股认真劲儿吸引她，尤其是他对待她的那股认真劲儿，大概因为她自己也是这样固执的人。他们碰到了一起，就像找到了另一半的自己。她现在有种奇特的感觉：迈克尔才是她的亲人，她到了他身边，才是到了安全、熟悉、可以随心所欲的地方。而且，这种感觉变得越来越强烈。

她起身坐在床边想了一会儿，发了另一条短信。然后，她走到窗前，朝楼下看。她那辆淡绿色的“克莱斯勒”小轿车贴着车道右侧停在那儿，对面邻居家的男孩儿安德鲁正在他家车库门口那个篮球架前练习投篮。贴着林荫路的那排房子笼罩在一片安静中，小路上没有一辆车驶过去。她注意到阴云已经散了，天色显得纯净，因为接近黄昏，空气中有一层透明的光。

她发觉很久没有听到楼下传来任何动静。于是，她换上一条裙子，在楼上的洗手间里梳洗好，下楼去了。现在是傍晚六点多，平常这个时间，她母亲已经开始在厨房里准备晚餐了。但楼下没有人影，书房和父母卧室的门都紧紧关闭着，这让她长舒了一口气。接着，她看到餐桌上她父亲留下的纸条：“珍妮丝，我们有事出去一趟，冰箱里有食物，你自己先吃。”珍妮丝耸耸肩，纸条上的字迹让她不舒服，让她联想到父亲那副紧贴着母亲站立的懦弱模样，她讨厌他那个模样。

她打开冰箱，拿出剩下的半盒草莓。屋子里出奇地安谧，她喜欢此时的自在、平静，即意识到只有她自己，她一个人。而当他们回来，这里就不再有她的任何空间。她以前并未有过这种感觉，即这个家里不再有她的空间。她想她是真的长大了。她一边吃着草莓，一边拨了迈克尔的电话。听到他的声音，一股带着痛楚的幸福让她的眼睛湿润了。

“我这就过去。”她说。

迈克尔沉默了，似乎他知道这句话意味着什么。过一会儿，他问：“你确定要来吗？”

“我这就过去。你不许乱跑，在家等着。你听见了吗？”她装出威胁的口气，然后就匆匆挂了电话。

她站在家门口向外张望，在车道上练习运球的小孩儿安德鲁已经不见了，一辆车从门前的小道上几乎无声无息地开过去，在竖着标示街名的绿色指示牌的路口消失了。她手里还攥着电话，微微发颤。她徒劳地向路口转角处张望了一会儿——那儿的一弯草坪涂染着夕阳碎金色的光芒。她过去不知道多少次站在家门口向那里张望，望着拐弯处的路口，小时候，父亲开的车总会在傍晚某个时候出现在路口，使她以为他一直就躲在那路口的后面，而路口后面看不见的地方对她来说是个无比遥远的地方。母亲那时候的样子反倒很模糊，也许正因为她总是陪在她身边，因此对她来说，母亲成了个透明的存在。而离她远一些的父亲更清晰，如今也更让她失望……现在，路口单调、从未变过的风景对她来说显得既熟悉又陌生，它空虚、让人倦怠，但也有种古怪的美好。她再没有看到什么熟悉的人或车辆出现在那儿。最后，她舒了口气，从冰箱里随便拿了几罐饮料、食物塞进手提袋。她在餐桌上留了张便条，和父亲那张并排放在一起，像是个嘲讽。几分钟后，她开着那辆绿色的“克莱斯勒”离开了家。当她行驶在高速公路上时，夜幕降临了。她发现自己喜欢这层温柔、辽阔的昏暗缓缓铺展在城市的上空，包裹着它，使周遭透着一股纯净和安宁。

4

“你说你没有私下里给她打钱?”珍妮丝的母亲问。她紧抱双臂靠坐在厅里的长沙发上，逼视着站在面前的丈夫。

“我告诉过你很多次了，我没有给她钱。”他说。然后，仿佛为了躲开妻子的目光，他往旁边走开两步。他这时意识到屋子里异常昏暗，和客厅相连的厨房里的灯没有开，没有一丝饭菜的气味。珍妮丝走了，只剩下他们两个人，她似乎连饭也懒得做了。

“我不相信！你真是撒谎脸不红心不跳，你敢让我看看你的银行转账记录吗?”

“我不需要向你证明什么，如果你不相信就不相信吧。”他嘟哝着说。

“你到现在还袒护她，她敢做这些丢人的事完全是你惯出来的。”

“她和你在一起的时间远远超过我吧？你要按照你那一套方法来，我从没有干涉过……”

“啊，是谁要把她教育成一个有国际视野的人呢?”她冷笑着说，“一个你说的什么？哎，她真有出息，离家出走，和人同居。而你还在偷偷塞钱给她！”

“你尽管都把责任推到我头上吧。”男人苦笑了一声。她的话让他极不舒服，他真想转身走开，待在一个安静的房间里，关上门。可他只能在距离妻子不远的地方来回挪动着步子，仿佛她是圆心，他是围绕着她的一段弧线。

过一会儿，他停下来，说：“珍妮丝在打工，她在快餐店干活，一小时七块五美元。”

女人愣住了，但很快缓过神，看着丈夫说：“这么说你其实都知道？你们一直在联系？瞒着我？”

“是一个朋友在那儿看见她，告诉我的。”

“哦，真好，快餐店，刚好又是老黑的地盘。”她酸涩地说。

“别这么说，她自己挣生活费，很辛苦。秋霞，让我们先试着接受这个事实，珍妮丝她只是找了个男朋友，说不定这个人并不是我们想象的那种……”

“这么说你已经承认他们的关系了？”女人的语气突然变得愤怒，“我才不会像你一样当和事佬。我们不能再给她一分钱，你听见了吗？等她挨饿、受穷的时候，她才会想到家，想到我们为她做过什么！”

“你还在怄气！不要这样没完没了好吗？就因为你总要和她吵架，珍妮丝才会搬出去住。”

“你不如干脆说是我把她赶走的！你的宝贝女儿，你最疼爱的人，可惜她不要你了，和老黑住在一起。”她尖刻地说。

“你不要张口闭口‘老黑’……”

“老黑，黑鬼，Nigger！”她更大声地说。

“这种话……你这么说只会让人瞧不起你！”

“你，说什么？”她怔了一下，不相信似的瞪大眼睛看着他。

他没再说话。他僵立在那儿，激怒和紧张让他满面通红。他知道他把话说得太重了，但他受不了她谈论女儿时的口气，受不了她脸上那副装出来的尖刻、冷酷的怪表情。她理应知道有些事他比她更在意，可她似乎觉得一味戳他的伤口，才能熄灭她自己的怒火，减轻她的痛苦。

有一会儿，她仍然瞪着眼睛看他，一切动作、情绪似乎在她身上暂时凝固了。然后，她移开了目光，身子朝后躺靠在沙发上。他看见她抬起手把垂到额前的刘海梳了几下，似乎她突然平静下来，突然感到疲倦了。他觉得唯一的办法就是离开。当她听到他拿起桌子上的车钥匙时，问："你去哪儿？"

"去吃饭，我会给你打包点儿什么带回来。"他回答。

"哦，不用了，真不用了，冰箱里还有面包、火腿，还有饮料，还有些菜，什么都有。"她唠唠叨叨地说。

他不置可否地走开了。当他走到门口的时候，还听见她说："所以你还是给她钱了，对吧？"她的声音很轻，像是自言自语。他回头看了她一眼，她仍然一动不动地仰躺着。他感到后悔，知道她刚才所说的话只是一时失控，他不该对她苛刻。

他轻轻锁上门，在面向马路、没有围栏的前院站了一会儿。他看见对面邻居吉姆家楼上楼下的灯都亮着，透过餐厅长方形的窗户，他看见他们铺着红色餐巾的桌子，桌子上面悬挂的圆形吊灯，还有餐桌一旁晶亮的玻璃壁橱，猜想他们全家已经吃过晚饭。他仿佛看见餐厅另一端有人影闪过，猜想吉姆的妻子正在厨房里收拾餐具。有那么一会儿，他感到身后这栋荒芜、冷清的房子和自己无关。他回想起珍妮丝没有回家的那天晚上，他和妻子一夜没睡。然后，珍妮丝回来了，但他那嘴上不肯妥协的妻子更显得气急败坏，接着就是无休无止的争吵，他无力阻止这一切，仿佛成了一个多余的人。他知道珍妮丝对他有多么失望。她终于离开了，也许以后再也不会回来，他妻子不再照料家里的一切……他感到这些年他努力工作建立起来的那个像模像样、曾让他引以为荣的家已经不存在了，它迅速地变冷变空，原来是这么脆弱。

他把车停在“Wendy's”汉堡店后面那个停车场里灯光最昏暗的一角，挤在一辆破旧的皮卡车和吉普车中间，避开一辆辆驶向外卖窗口、等待又匆匆离去的车。他来过两次，这是第三次。每一次，他都感到胆怯，害怕正在工作的珍妮丝看见他，也害怕看见珍妮丝。他说不清楚这是种什么感觉，似乎他怕妨碍了珍妮丝，惹得她不满，又怕她看出他是个懊悔而伤感的无用的父亲。他上一次看到珍妮丝时，她手上缠着一块白纱布，他猜想她是工作时被热油烫伤了或是被什么东西割伤了。他之后在电话和短信里都没有问到她的手，否则她就会知道他竟然偷偷来看过她。而这刚好构成他这一次来的理由，他让自己相信他只是想看看女儿手上的纱布是不是已经拆掉了。

快餐店两面临着街道，另外两面被这个直角形的停车场包围着。在停车场后面，是一大块黑漆漆的空地。在这个过于辽阔的南方城市里，总是有这样的空地，有的杂草丛生，有的就是一片赤裸的土地，它们紧贴着繁忙的街道，也许旁边就是一栋办公楼，又或者对面就是一座体育馆，但它们兀自存在，荒凉而沉寂。店里的灯光柔和明净，他远远看去，里面只有寥寥几位客人。大部分人只是坐在车里，朝外卖窗口挪动，等着带走他们的晚餐。在窗口忙活的是一位黑人姑娘，他猜想珍妮丝此刻在厨房里，猜想她头顶的灯分外亮，她正不停地干着活儿，熟练得像个小机器人儿，她被热烘烘的光线和油炸食物浓重的气味、外卖窗口和柜台报餐的喊声包围着，无暇念及他或是任何别的人。像以往一样，他只能等她从店里出来时看看她。他知道她工作的钟点，知道自己还要等很久，但他不打算到别的地方去。熄灭发动机以后，车里很闷，他于是把两边车窗打下来一条细细的缝，把座椅向后调，半躺在那儿。

他半躺在那儿，毫不连贯地回想着女儿从出生到现在各个时期的样子，发觉自己最喜欢她两岁到五六岁的那个时期，那时候当他回到家，她喜欢跑过来紧紧抱住他的双腿、仰脸望着他，仿佛他是颗星星或是别的什么闪闪发光的东西。如果他朝她蹲下身去，她就会跳上来用双臂搂住他的脖子，整个人挂在他身上。那时候，和她有关的一切对他来说都是柔软、美丽而充满喜悦的。然后，她渐渐长大，明白了羞怯、距离和秘密，因为一些必然会发生的变化，他们的世界越来越远，直到他感到自己已经失去了她，不得不把她交给另一个男人……

他差不多要睡着了。不知道是否因为车里憋闷的空气，他心情阴郁、沮丧，有种没有缘由的、等待会落空的不好预感。他不时看表，透过车窗缝隙看着夜空中铅块般凝固的云朵，悬挂在得克萨斯天空上大得出奇的黄月亮，感到天空、背后那片沉寂的荒地以及这个城市对他来说终究是陌生的。当那个钟点临近，他发动车子，向后稍微倒了一点儿，确保旁边两辆车的阴影很好地掩盖住他那辆车。然后，他在座位上直起背，似乎要打起精神，专注地盯着汉堡店朝向停车场的出口。终于，他看到了珍妮丝，但她并非一个人，她穿着格子衬衫和牛仔裤，和一个黑人青年一起走出来——他搂着她的肩膀。那青年穿了一件浅色的Polo衫和牛仔裤，T恤衫的下摆扎在裤子里。他看不清楚他的脸，但看到他身板高大挺直、打扮整洁。这个年轻人和他想象中的有些差别，至少，他以为他可能会穿着宽松肥胖的裤子，他把他想象成一个嘻哈歌手的样子，但他的背影实际上更像那些广告上的黑人模特……他注意到他有副宽肩膀，他搂住珍妮丝的样子并不显得轻浮，却还是让他难受。但他尽量不让自己被这个问题干扰，而是去看女儿，因为他大概只有一分钟的时间看她，她很快就会和那个年轻人走到停车场的另一端，钻进她十八岁生日时他送给她的那辆绿色小车里，离他而去。他想看到她脸上的神情，但他们已经转身朝背对他的方向走去，因此他只看到背影，她被那个年轻男人环绕住的、不到一半的背影。他只能猜测：从她依偎着那年轻人的姿势来看，她似乎是快乐、轻松的，也就是说，离开了他的珍妮丝依然是快乐、轻松的。他一动不动地看着那辆车倒出来、利索地掉过头，从停车场的另一端出口开到“科比”大道上，汇入夜晚稀疏的车流中。他猛然想起忘了看女儿的手上是否仍缠着纱布……

他庆幸此时是夜里，庆幸夜色遮掩了他和他的车，庆幸自己没有被发现因而没有被迫面对一个陌生的年轻男人同情的目光。那个人当然会同情一位失败的“对手”，同情像个偷窥者一样躲在角落里的父亲。他这时才意识到身体的不适，诸如胃部轻微的痉挛，背部的疼痛，胸口的躁闷，双眼的酸涩——他在车里坐得太久了。但他一时没想好现在应该去哪儿，于是，他仍然坐在车里。他想象着那黑小子刚才一直坐在快餐店里等着，等珍妮丝下班，把她接回他们的家；他会保护着她走过那些空寂无人的街区，拉着她的手上楼，如释重负地打开门厅的灯；他也能想象他等在珍妮丝上课的教室外面，等着和她一起吃饭，和她一起跑步，想象他们已经开始了一种新生活，温暖的、亲密无间的生活，而这正是他失去的东西。但他不知道那个人是否完全地了解珍妮丝，了解她是个多么慎重、倔强的女孩儿，对于别人，她起初会显得有点儿谨慎、多疑，在她的内向里甚至会有那么一丝让人不悦的严厉和疏远，她看着你，仿佛她在揣测着你的心，猜测你说的话是不是真的，但等她信任了一个人，这份信任就很坚实，很重，接受它的人不得不把它视为珍贵的东西……他想，奇怪的是，他看见了那个人，却没有怎么愤恨、气恼，他和妻子曾把那个人的存在视为一件丢脸的事，倒是这个想法如今让他感到羞愧。

所有的问题、困难，以及那些难以说出口的龃龉，只不过缘于某种颜色，那颜色就像一道黑色的闪电，在他们和女儿之间劈开一个可怕的裂口，终于把他们隔开了。这似乎不可理喻，但事实正是如此，事实本身不可理喻。仿佛他们都知道哪个地方出了错，不应该如此，但这个错误就像个坏伤口，顽固得难以愈合。他可以向女儿和她选择的人伸出手，事实上他已经这么做了，但他妻子不肯这么做，而且，即使她愿意这么做，那条裂缝也不可能弥合，它永远都会在那儿——一个坏伤口的丑陋伤疤。他知道珍妮丝对他的怀疑，或许还有怨恨。最让他痛心的不是别的，而是他失去了她的信任。

他抬手抹了一把脸，发动了车子。“Wendy's”刷成黄色的店屋里透出暖意融融的橘色灯光，但他没有把车开到外卖窗口去叫餐，仿佛一切和女儿有关的东西都令他胆怯，或是会加剧他心里过于敏感的隐痛。他想，在城市沉寂、夜色浓重的时分，在这空荡而荒凉的街区里，他可以沿途慢慢开车，如果看到“麦当劳”或“汉堡王”什么的，就去给自己和妻子要两包套餐带走。他会开得很慢，因为他并不急着回家，他想任由自己的思绪回到过去那些琐碎而美好的事情上，停驻在那些既是回忆又像是幻想的幸福里：想象珍妮丝又笑着从楼上跑下来；想象他每天听到从楼上的她的房间里发出的细微或突兀的响声；想象她带着天真的神情、撒娇的语气站在他面前，对他说着；想象她就在离他很近的地方呼吸、睡去、生活……他知道他多么怀念这些东西，而因为一个可笑的原因失去这一切又是多么荒唐。

忘记去看女儿手上是否缠着纱布让他有点儿沮丧，但在离开停车场之前，他记起另一件事，于是给她发了一条信息：“珍妮丝，我已经把学费转到你的银行账户。任何时候都不要担心。好好睡。永远爱你的爸爸。”他知道珍妮丝马上就能看到他的信息，想到她看过后会松一口气，甚至露出笑容，想到这短短两行字又把他们连在一起，他感觉好了不少。这是这些天来让他最感安慰的一件事。

2014 年 8 月 28 日

醉意

尽管还是十一月，已经下了第一场雪。将近午夜时，一辆黄色道奇车行驶在通往赫尔曼公园停车场的林荫道上，慢得像一辆观光车。路上没有别的车，更没有一个人，稀疏的路灯柱发出昏沉的黄光，倒是两边落光了叶子的大树顶上的天空显得清亮、澄澈。这个夜就像每个初雪的夜一样明净而幽暗。细小的雪粒正悄无声息地飘落，一触到地面、车顶、树梢、草叶便融化了，路面甚至还没有变白。天并不太冷，于是有人打开了车窗，一股冷冽的气息猛地钻进开着暖气的车里，冲淡了那团热烘烘的混浊空气。这股气息就像新雪一样清新、纯净，散发着莫名的香气，立刻让人精神振奋，让人想跑出去，想欢笑，真诚地说出自己心里隐藏已久的秘密，想呵着气、大步走在夜色空寂的路上。

要求打开车窗的是坐在后排中间的那个女人，大家都认为她今天喝醉了。她平常沉默寡言，从未有过惊人之举。在东方社会，人们可能会觉得她羞怯，但在美国，大部分人只会觉得那是木讷和缺乏信心。可她今天晚上完全变了样儿。开车的是她丈夫，他是个入了基督教的中国移民，一位工程师，为人严肃，自视很高。坐在她丈夫旁边的是斯洛文尼亚人伊凡，伊凡还很年轻，是她丈夫女同事贾莉的小男友。在那女人右边坐的就是贾莉，她脸上带着一贯的有点不耐烦、挑剔又有点撒娇的表情，仅仅看这张脸，就能猜出她是那种会交很多男朋友、最后必然嫁个洋人的中国女人。坐在左边、为她打开窗户的是个越南籍的华人，算是丈夫朋友圈子里的新人，她还不知道他的中文名，只知道他姓周，他们都叫他的英文名埃利克。尽管她醉了，但还是没有忘记她不喜欢贾莉。于是，在这两个女人中间，有一条刻意保持的界限，似乎象征着她们心灵的距离——她们彼此疏离。

这些人不久前还在她家吃饭。因为感恩节快到了，她丈夫很少见地为客人准备了酒。除了贾莉和她丈夫外，其他人都喝了酒。贾莉因为酒精会伤害皮肤而不喝，另一个原因是忙着说话。她丈夫大概是因为教规，他自从来美后加入基督教，除葡萄酒外他就再也不碰别的酒，多数时候他连葡萄酒也不喝。晚餐开始，她像往常一样寡言少语地坐在那儿，微笑着听贾莉和她丈夫滔滔不绝地说话，必要的时候，她立即站起来像个侍应生一样给其他人换餐具、添饮料。所有人都理所当然地忽略了她，只有埃利克不时看看她，甚至冲她笑一下。

不知道从什么时候起，她莫名其妙地加入了伊凡和埃利克，她喝了酒，感到很兴奋、快活，于是在他们俩的规劝下喝了更多的酒。奇怪的是她丈夫并没有怎么阻拦她，而贾莉小姐则以看笑话的神情从旁观望。后来，透过阳台的玻璃门，他们看见外面下起了雪。他们都来到阳台上看雪。返回客厅后，埃利克提出了一个建议，让她大吃一惊。不过也确实只有他才会提出这样的建议，在他身上似乎有那么一点突发奇想的品质，就是她丈夫常常讽刺的“冲动”“孩子气”的品质。

她和埃利克并不相熟，甚至没有说过几句话。这个人大约也已经过了三十岁，他总是单独到她家来，从没有听过说他有女朋友。他有时显得爱说爱笑，似乎很容易高兴起来、对什么都表现出兴趣，但有时却宁愿独自待一边，看着其他人，露出不太合群的、落落寡合的神情。

她既惊讶于他的建议（因为这正是她站在阳台上的时候心里想到的），又惊讶于自己的反应，她立即激动起来，对每个人说“我们去吧，我们去吧”“我想去”……她那时候才意识到自己已经醉了，她的声调、姿态都不由控制，而发觉这一点反倒让她高兴，因为这样一来她就不用小心翼翼地掩饰什么，她可以做一点出格的事儿，提出一些荒唐的要求，谁会责怪一个喝醉的女人呢？

他们首先把伊凡拉到了自己一边，因为他是个最容易被说服而且不会拒绝别人的老好人。贾莉显然不怎么兴奋，可他们这边有三个人，而节日又要到了，于是她丈夫还是把车从车库开出来。他们钻进车里，车子朝郊外的公园行驶。她起初看着一切都觉得好，吵吵闹闹，时不时发出莫名其妙的笑声。她的笑声把伊凡也总是惹得发笑，因为他们的身体里同样流淌着容易把人的情绪燃烧起来的酒精。

她听见丈夫说：“你们让她喝醉，就是为了支持你们干傻事儿，看看她现在的样子。”

她立即反驳说：“有趣的事儿对你来说都是傻事儿！”说出

这句话，她觉得无比畅快。

后来的旅途中，她多少安静了一些，但不时发表一两句议论，或者傻气，或者极端。只有伊凡和埃利克回应她，她丈夫除了说“她真的喝醉了”之类的话几乎没说别的话。贾莉俨然用对待酒鬼的漠然态度对待她。当她说：“我觉得很闷热，把窗户打下来吧。”靠车窗坐的贾莉一动不动，是埃利克打下了他那一边的车窗。她在吹进车里的柔润的冷风里打战，觉得振奋，甚至想越过埃利克，把手伸出窗子，接正飘落着的、凉丝丝的雪。

突然，埃利克转过身问她：“你觉得冷吗？如果你觉得冷，我就把窗户关上。”

“不冷，一点也不冷。你觉得冷吗？”她说。

“我喜欢新鲜空气。不过，你好像在发抖。”他说。

“我吗？”她吃惊地问，心想：我的确打寒战，可是他怎么知道的？她又说：“但是不要关窗，我觉得很舒服。”

“那就好。”他说，把一只胳膊悠闲地支在车窗框上。

过一会儿，他们听见贾莉说：“可是我觉得冷。”还没等其他人答话，她接着说：“风从你们那儿进来，都聚到我这儿来了。”

“对不起，我的错。”越南人说。

“我的错，是我让开窗的。”她过于响亮地说。

“不用和我争了，又不是什么好东西。”埃利克笑着对她说，打上车窗。然后，他似乎吁了一口气，身子向后倚靠在座椅上。他的肩膀挨着她的肩膀，但他一副放松、毫不在意的样子。“我们就快到停车场了。”她丈夫这时在前面说，不知道是试图安慰贾莉还是埃利克。

此时的停车场是一片空阔的荒地，一辆车也没有，四周环绕着一片瘦高的杉树，杉树林后面是更茂密的林地，是长满树的坡地，以及空寂的草坪、雪融化在其中的宁静池塘……这不像是他们曾经来过的那个公园，它那么安静、荒凉，连草木也变得陌生了，似乎它们在毫无人烟喧嚣的时候终于又变回了自己，在完全属于它们自己的静寂和荒凉里散发出浓郁的生命体的气息，以至于杉树看起来就像一个个清癯、沉默的中年男子。这些草木变得像人，仿佛在暗中呼吸、观看、思考。而他们则是闯入者，是不属于这里的陌生人。

“这里不会有熊吧？”贾莉问。

所有人都笑了。

伊凡说：“你以为你在荒山野岭啊？”

她丈夫说：“小姐，这里怎么说还是个城市公园。”

“不管怎么说，”那个女人娇嗔地说，“现在一个人也没有，不可怕吗？到这儿来真是个古怪的想法。”

“哦，我现在就喜欢古怪的想法。”她毫不客气地回敬。不知道为什么，每当这位女士用撒娇的方式说一些愚话，她都觉得这是针对她丈夫说的。

但贾莉像是没有听见她说的话，她走上去，身体紧靠着伊凡，嘟哝着：“我觉得害怕，你不觉得吗？”

伊凡安慰她说：“亲爱的，既然你已经来了。”

他们朝公园的腹地走去。她丈夫并没有和她一起，他和伊凡并肩走在前面，伊凡则牵着他的女朋友，他们三个人很自然地走成一排。那女人穿着高跟鞋，她看了心里暗笑：没有男人牵着，她大概都走不成路了。可她没有一点儿嫉妒，丈夫从不表现对她的宠爱，她早已习惯了。他们当初也没怎么谈过恋爱，经别人介绍后很快结婚，那时他们年纪都不小了，他曾很严肃地给她"宣讲"过结婚的意义……她现在不想考虑扫兴的东西，因为这些念头和周围的一切格格不入，它们沉闷，带着令人疲倦的灰色调子，而周围却弥漫着新雪的气息，简直像初恋一样清新、深切动人。她并非仅仅感觉到它，而是呼吸着它。

那越南人自然而然地走在她身边，他们都没有要追赶前面的人的意思。他们一走进光线幽暗的杉树林中，她就莫名其妙地紧张起来。于是，她像个真正喝醉的女人一样朝她已经看不见的前头的人高声喊起来，似乎只有装疯才能掩饰她的紧张和茫然。林中弥漫着一股醉意，如同童话里充满魔力的丛林所具有的那股神秘醉意。她觉得在这里什么都可能发生，自己也许会消失、会掉进另一个世界里。突然，她被地上的一根树枝绊了一下，他立即伸手拉住她。她大笑着摆脱他的手，说："我没有喝醉，我不需要人搀扶。"

他开玩笑地说："好吧，你没有喝醉，可是你大喊大叫，把这里的动物都吵醒了。"

尽管他的话听起来没有一点责备的意思，她却脸红了。

但她争辩说："动物本来就是晚上活动的。"

他逗她说："好吧，那树呢？我相信它们都是有耳朵的，都在听，你相信吗?”

她竟然像个小孩儿一般乖巧地说：“我也相信。”而她确实相信。然后，她不再朝前面的人喊叫了。

过一会儿，他说：“你丈夫是个细心的人，很会替别人着想。”

“你这样觉得?”她问。

“你不觉得吗?”他轻声说，“他害怕我落单，让你陪着我。”

她没有说话，但她心里根本不信这是丈夫的刻意安排。

他接着说：“几个人一起，总会有个多余的人。我就是那个多余的人。”

“你才不是，我是。”她赌气地说。

“你这是在安慰我，可你的理由没有说服力。”他说。

她忍不住傻气地笑起来。

“我确定我喝醉了，”她说，“你就自认倒霉吧，他们让你留下来照顾我。”

但他侧过脸看着她说：“你没有喝醉，你只不过和平常不太一样。可能现在的你更真实，揭去了面纱……”

她打断他说：“什么面纱？我没有面纱。”

“每个人都有面纱。如果你说我，我就不会否认。”他说完冲她笑一下，然后脱下手套，把它装进上衣口袋里。

他说话时那种舒缓的调子、坦率的态度都让她觉得舒服，就像一个人直接敞开了他的内心——一片温暖的幽暗，它愿意包容你、隐藏你。她此时倒庆幸是他们俩走在一起。

他们沿着那条林间小路向公园深处走去，和前面的人拉开了一段适宜的距离，只能隐约听到那些人的说话声和脚步声。雪飘落在树林顶端的细微声响使周围显得越发安静，幽暗、凝固般的安静，仿佛把两个人笼罩起来的沉默都让她觉得不安，她在心里酝酿了半天，突然用一种充满兴致的、美国人谈论好天气的口吻问：“你喜欢在这个时候出来走走？”

“你是说我一个人？不，我从来没有。没有人陪我，自己一个人在这时候游荡，简直就像孤魂野鬼。”他说完，诡秘地往周围看了一圈。

“你看什么？”

“没有什么。”

“你休想吓我，你不知道吗，酒可以壮胆。”

“好吧。”他说，“像莉莉说的，这是个古怪的主意，疯狂的主意，现在你也觉得吧？”但他随即叹了口气，仿佛他并不需要她的回答。

她又抑制不住地笑起来，说：“你明明知道我喜欢这个主意，你还问我，根本就是想让人夸奖。”

他也笑了，说：“我的目的就是要人夸奖。我现在总算没什么负罪感了，因为我的一个疯狂念头把大家都拉到这个地方。不过，今天晚上什么都很好，空气、雪、树……有时候古怪的东西未必不美好。”

她似乎懂得他的意思，又似乎不完全懂，她提高声调宣布：“我来了以后才发现比我想象的还好。”

光线突然亮了，他们已经走到小路的尽头。面前是一片椭圆形的空阔草坪，雪在那上面终于积成薄薄的一层白。往草地另一边去是一个小池塘，在暖和的季节，水池里总是浮着成群的野鸭，这时候它们都已经飞走了。水池的中央有一个喷泉雕像，但喷泉关了，雕像垂头看着水面，静寂无声，还没有融化的雪在它身上反射出淡淡的、银蓝色的光。伊凡一个人站在池塘边缘，朝他们招手。他们走过去，她问他："那两个人呢？"

伊凡说："莉莉要到车里拿张毯子，他们折回去了。"

"哦，她今天晚上要睡在这儿吗？"她尖声笑起来。

"不，"伊凡快乐地说，"她想在这儿坐一会儿，难得她现在改变了主意，她本来不愿意来。"

真是个傻瓜，她想。

她走过去，就在池塘湿漉漉的台阶上坐下来。那越南人在台阶上站着，他俯视着她，似乎想对她说什么，但最后什么也没说，走到前面，和伊凡聊起来。她看了他们一会儿，不甘寂寞地站起来，冲伊凡喊道："伊凡，你不是要教我跳舞吗？你以前说过。"

伊凡说："现在？"

"就现在。"她坚定地说。

越南人拍了两下手，说："现在怎么了？这么完美的跳舞场地，来吧，我站好了观看。"

伊凡说着"当然当然"，就把她拉过来跳起舞。伊凡是个很好的男舞伴，因为喝了酒跳得更好。虽然她不怎么会跳，但在他的引导下，也很快找到了拍子，随着他前后左右移动起来，感到自己确确实实在跳舞。伊凡突然大声说："准备好了。"就拉着她开始转，她晕头晕脑，但脚步轻飘飘的。她从来没想到自己的身体会这么灵活，自己能和另一个男人这么自由地翩翩起舞。她觉得快乐极了，旋转得更卖力了，忍不住笑起来。她隐隐约约听见埃利克的鼓掌声，他也在笑。他们三个都在笑，笑声在雪夜里特别清亮，仿佛在潮润的空气里散播出去，又折回她的听觉中。她听着它，像听着远处传来的铃声或是钟声，它感染了她，让她快乐又莫名悲伤。她把脸仰起来，像那些陶醉在自己舞步中的女舞蹈演员。冰凉的雪落在她脸上，她笑得更厉害了，眼泪都笑了出来。

那两个人的身影出现了，于是他们的舞蹈缓缓停下。贾莉像个吉卜赛女人一样把毯子当披肩裹在身上，说："好啊，我们一走，你们就开派对。"

伊凡兴奋地说："跳舞让人暖和，嘉年华之夜，来吧，大家都来跳舞。"

可是没有人响应他。她丈夫看着她勉强地笑了笑，说："我可不知道我太太还会跳舞。"

"你不知道？现在你发现了，这才有意思呢。"她说。

"怎么样，喝醉的女人没有给你找麻烦吧？"丈夫问埃利克，脸上依然笑着。她看着他，觉得他很虚伪。

"我不认为她喝醉了，她跳舞跳得挺好。"埃利克很有礼貌地说。

"听到了吗？"她一下子站到丈夫面前，"听到了吗？我没有喝醉，是你喝醉了。"

"我滴酒未沾。"丈夫说。

"是吗？我刚才没看到你，还以为你喝醉了，迷路了。"她说完哈哈大笑。

丈夫没有理睬她的话，对大家说：“雪比刚才下得大了。”

她突然转过身，背对着他们，看了一会儿池塘后面那座小山黑黢黢的影子，那其实算不上小山，只是个人工堆砌起来的高冈，长满了树。她像个孩子般固执地说：“我要到山上去。”

她丈夫说：“你不知道你醉成什么样子了，没有人想上去。我们就在这儿歇一会儿，有毯子，你不是要看雪吗？你可以坐在毯子上，看你的雪。”

“如果没有人去，你为什么不陪我去？”她问他。

“我不想去，”他坚决地说，“别发酒疯了，我不去，那上面什么都没有。”

“好吧，那我自己去。”她坚持着，但被丈夫当众拒绝的羞辱感越来越强烈，她差不多要哭了。于是，她斩钉截铁地朝小山冈走去。

“如果你不去，我可以和她一起去。”她听见那个越南人说。

“她只不过是喝醉了耍脾气，由她去，但她很快就会自己回来。”她听见她丈夫说。

“我可以陪她去，因为我也想到山上看看。”是埃利克在说话。

“你不必迁就她，”她丈夫说，“你真不用这么做。”

“是我提议大家来的……”他说。

“那也不代表什么。”她丈夫说。

“我确实想到山上看看，走走路，这没什么。”

这时，她听到那个女人甜腻的声音说：“看来咱们这里有两个浪漫主义者。这是不是刚才你们走在一块儿时就计划好的?”

“我们没有计划。”埃利克说。

“看不出来你太太有这样的雅兴，真是看不出来。”那女人对她丈夫说。

“她不过是喝醉了。”他有点儿气恼地说。

……

她朝那巨人阴影般的高冈快步走去，已经趁着夜色擦去了眼里的泪。她听见后面的脚步声离自己越来越近，快乐突然间又弥漫到她的心里来，顷刻间抹去了她的屈辱和怨愤。这是为什么呢？那么容易忧愁，又容易快乐？雪果真比刚才大了，雪粒变成了雪花，它们在她周围缓缓飘落，她这才发现雪其实是蓝色的，但其他的一切却在这蓝里放亮了、变得洁白。现在她独自走在雪里，觉得快乐和忧伤同时充溢在周围的空气里，一种青春般的鲜活气息使她变得灵敏、善感。她刚才哭泣，并不仅仅因为丈夫的态度，还因为她想到了生活，像她自己一样黯淡无光的生活。它本该像这雪夜一样洁净、纯真，它应该富于充沛的情感，有很多快乐的时光和难忘的回忆，但它却只是在疲惫中蹉跎，在沉默中僵持……

他追上来，走在她稍后一点的地方，他们在狭窄的上山小道上走着。她看起来冷冰冰，而他也没有要打扰她的意思。他们只是往前走，倾听着草木在落雪中发出的细微声响，其中似乎还有雪花悄然融化、渗入什么之中的声音，有草叶在静止的幽暗中呼吸、吮吸雪水的声音。他们的脚步声在这密不可透的雪夜的静寂里显得喧闹、唐突，尤其是她的靴子，发出皮鞋踏在潮湿地方时特有的“吱吱呀呀”的怪叫。她突然停下来，粗声粗气地问他：“你为什么跟着我？不要以为我醉得走不成路了。”

他很从容地说：“我没有跟着你，就当我们是半路相遇的两个登山者。”

“既然这样，我就不用谢你了。”

“嗯，我正想谢你呢，还好我遇到你，你可以给我壮胆。”他把手插进上衣口袋，笑着说。

“啊，你真会说话。”她说，声音比刚才柔和了一点。

他们继续走着，她突然说：“所以，他不爱我。”

“你是说……别这么想。”他轻声说。

“但是你们都看到了。”

“很多事不是看起来那么简单。”

“算了，我才不管。”她高声说，朝前面紧走几步。

冈子上的树林并非想象中那么黑暗、布满阴影，透过清疏的林木，总是有那么一点光渗进来，不知从何处发出，也许就是雪的亮光。小山冈并不高，很快他们就来到了最高点，这里有一片空阔、树木稀疏的平地，仿佛是个设计好的眺望处。从这个地方，他们可以眺望近处一片弧形的漆黑，那是沉睡中的郊野，其中一条寂寞地发着亮光的带子是他们刚才经过的郊区高速公路。更远处那片光是城市，狭长的城市躺卧在辽阔的黑暗的怀抱里。大地很暗，天空却泛着奇异的光，城市的光在雪飘落的帘幕后显得昏暗。

“这里真美！可惜他们看不到这景象，”她想，“不过他们看到了也不会觉得有多美。这可能是我一生中能看到的最美的景色……”

好一阵子，她默不作声地凝视着远处和空中飘落的雪片，直到酒精又在她的胸腹里燃起了她容易激动的情绪，她忍不住笑出了声。

“什么？”他问。

“你一定觉得很可笑，我想起来一首诗。”她一说出来就后悔了。

“为什么很可笑呢？”他说，“这是件很美的事。”

“哦，好吧。”她含混地说，觉得难为情。

过一会儿，他似乎发自内心地说：“我想听听。”

她急忙解释说：“可是你听不懂，我只知道它的中文翻译，这是首俄国诗。”

“那样更好，我可以想象。”

她想了一会儿，说：“算了，我都忘记了，只记得两句。”

“那就把那两句念出来。”他说。

“可这两句也不连贯……”

他没有再说什么，但目光很安静地落在她身上，像雪片一样安静，似乎他已经在等待了。

“好吧，”她嗫嚅地说，“如果你非要听。”

……

等她念完，他问：“你说这是一首俄国诗？”

“对。”她说。

“我不懂，但我似乎能感觉到什么。”

“什么呢？”她问。

“和雪有关，很安静，优美，有点凄凉。”

仿佛为了掩饰自己的局促，她夸张地叫起来：“我不信你听不懂中文，我不信。”

他微笑着说：“看来我的感觉很对。”

接着，他们都沉默了。她往前走了几步，望着雪花飘落在空寂的远方，或者说只是感觉着它在飘落。她又想起自己的人生，好时候似乎都已经过去的人生，在她看来缺乏爱和温柔的人生，没有找到幸福的人生……这是她过去未曾想到的，当她还是个少女的时候，她觉得梦就像一个个挂在枝头的果实，只需要伸手就摘得到，她觉得必然是这样：她会遇到一个视她如珍宝的人，他温柔、情感丰富、娇惯着她，与她喜欢着同样的事物。她也看到过那些关系淡漠、貌合神离的夫妻，譬如她的父母，但她从来不理解为什么他们还在混日子，更不认为这种事会发生在自己身上。那时候她还算好看，即使早上蓬头乱发地站在镜子前，她也会发现镜子里面是个新鲜的人儿，为此沾沾自喜。但是多少青春的财富就在无意中溜走了，镜子里那张充满热情的脸变得老气、倦怠……忧伤就像雪一样安静地飘落到她心上，覆盖在那儿。她想哭，但这冲动很快过去了。她一时又觉得快乐、充满感动，觉得在她身后不远处站着的人几乎就是她很久以前想象中的那个人，尽管他不属于她，但至少说明那个人确实是存在的，那个温柔、细腻、捕捉得到女人心底每个想法又能爱惜她的男人是存在的……所以，站在这儿也就像是接近了幸福。

她发觉他朝她走近了，但她站着没有动，他走得很近，就停在她身后，他的手放在了她头发上面。她心里那么震惊、害怕，满溢着含着醉意的快乐，以至于她没法挪动，没法做任何回应。他把手放在她的头发上，轻柔地抚摸着她的头发，仿佛施与安慰，从头顶到脖颈，在颈部的凹陷处停留，再滑到她肩膀下的发梢处。他这样抚摸了两次，然后他的那只手离开了，他站到了她的侧面。他看起来很安恬，目光看着她所看的远处，既不兴奋也不惭愧，似乎他并未抚摸过她的头发，或者它对他来说不过是个没有任何感情色彩的动作，就像掸去衣服上的雪一样。

在下山的路上，他们没说多少话，但埃利克看起来轻松愉快，他不时低声吹着口哨。她却变得安静多了，不再动不动傻笑、高声喊叫或是突然快步往前跑，似乎酒醉已经过去。她心里充满欢宴将散时的沮丧，只能刻意表现得冷漠。然后，她问了他一个问题，说这是她从小到大都很好奇、想知道的一个幼稚问题。这个问题是：如果一个男的喜欢上一个女人，是不是一定会主动说出来或表现出来？他很快回答说，除非这个男人有致命的羞怯病，否则一定会说出来或者通过其他方式表现出来，而如果他没有主动表达出来，或者至少没有让对方感觉到，那只能说明他并不真的爱这个女的。

"如果他没有表达的机会呢？"她问道。

"不会的，"他说，"如果他想要的话他就总能找到机会。"

"谢谢你。"她有点羞怯地说。

"也可能我说的并不对。"

"我觉得很对，至少你代表了男人的观点。"

"但是男人有很多种。"他一边说，一边从口袋里取出他的手套戴上。然后，他向她伸出一只手，温柔地说："来吧，下去的路比上来的难走。”

水池边空无人迹，人已经离开了。他们径直回到停车场，那三个人果真在车里等着，贾莉和她的男友占据了后座，她丈夫在驾驶座上闭目养神，声称他刚才睡着了。很自然地，她坐在丈夫旁边的位置，而他仍坐在来的时候所坐的左侧靠窗位置。车子发动了，在湿漉漉的公路上向市区驶去。贾莉和伊凡依偎在一起睡着了，没有一个人说话，没有一个人问他们在山上看到了什么，一切和来的时候那么不同。她身子僵硬地靠在座椅上，没有回头看，却感觉他也醒着，正看着车窗外仍在飘落的、细细的雪。她觉得空虚、发愁，很清楚自己为什么极大想把这个夜晚拉长，但欢乐易逝，它已经到了尽头……

后来车突然慢下来，在靠路边的地方停住了。她丈夫转过头对后面的乘客们说："西蒙斯教堂就在这儿，他们说这是本地最大的教会，我还从来没来过。"

"你要我们下车吗？这么冷的天。"贾莉不知道什么时候醒了，用朦朦胧胧的腔调问。

"不用，我下去看一眼就回来，你们在这儿稍等一会儿。"她丈夫说。

"可那并不是你的教会。"她说。

"我当然知道，我只是去看一眼。"他说着，已经打开车门下了车。

她把车窗下滑，露出一条缝隙，从那里看着丈夫的身影穿过被路灯照亮的广场。她发觉雪又小了，她看了一眼车里的表，将近四点钟。丈夫很快看不见了，她也看不见远处的建筑，不知道教堂在哪儿。这时候钟声响了，她被吓了一跳，然后，一种仿佛充满乐符的嗡嗡震动飘荡在空气里。教堂的钟敲了四下，震动消失了，一切又静止了。广场上细瘦得可笑的喷泉仍在喷水，在寒冷的早晨，水声听起来空而凄清。在车的另一侧，有寥寥的车辆轰然行驶而过，它们发出的声音、粗暴地疾驰而过的姿势都像是另一个遥远世界的事，丝毫不能侵入空寂冷清的广场、灯光下的雪、喷泉和消逝的钟声。她很想转过身去看一眼，但仿佛和自己赌气似的，只是僵坐在那儿，相信分开之前他们再也不会彼此看一眼，再也说不上一句话。她被拽入很深的忧愁中去，觉得自己很快就要被生活淹没了，就像被雪悄无声息地掩埋起来。

她丈夫很快就回来了，说教堂还没有开。他搓着手，简单地描述着教堂的样子，露出一种振奋、愉快的表情，可这表情也让她觉得虚伪。车子重新发动，往她家开去。她丈夫建议大家喝杯热茶再走，但似乎每个人都不愿耽搁，就在门厅那儿匆忙告了别。

客人一离开，她就回到卧室倒在床上，不洗漱而倒在床上正是丈夫最讨厌的行为。她满怀着喜悦、厌倦、怨恨、幻想躺在那儿，紧闭双眼。她听见丈夫在洗澡间里忙碌一阵，然后走到他的书房去了。她相信他正在那儿祈祷，或者对着他的神忏悔什么，她觉得他应该忏悔，因为他其实谁都不爱……最后，他走进来，关了顶灯、拧开台灯，上了床。他低沉地清着嗓子，像往常一样，卷着被子侧身睡在他那一边。他并不挨着她，冰冷的空洞在他们身体之间划了一道森然的界限。但她对此并不在意了，困倦、回忆和想象像平缓的水波一样晃着她，她在恍惚中仍觉得自己在车上、在通往山顶的明亮而幽暗的路上，到处都是那个人的影子，他的脸和他的声音清晰而真切；他又站得离她很近，以至于她的头发在被他抚摸之前就感觉到了他的气息，她的心又热烈地跳起来……她想或者他喜欢她，或者他就是个轻薄的人，但他既不像个轻薄的人，也似乎不喜欢她，可她深信不疑，和这个人生活在一起才是幸福。各种杂乱而奇特的想法和猜测、对那个已经草草结束的夜游的回忆填满了她的睡梦和半梦半醒时昏沉的意识。

她醒来时已经是下午稍晚的时候，明亮但已泛黄的光线穿透白色的钩纱薄窗帘，从厚窗帘拉开的一条缝隙中照进房间。她头疼，精神恍惚，却仍然回想着昨夜的情景，它们有点不真切，像是做过的梦，在她仍然亢奋的想象中挤成一团。她坐在那儿发呆，他的样子，他说的话，他的手套……一切重新汇集起来，直到她听见丈夫走进来。

“你终于醒了。”他面带笑容地问，在床尾坐下来。

“你去过教堂了？”她问。

“我已经回来了，现在是下午四点。你睡觉的时候，我就把重要的事儿办了。”他说。

“我不知道我睡了这么久。”

“你当然不知道。你还记得昨天晚上你都干了些什么吗？”

“不记得。我们好像出去了……我只记得这个。”她做出一种困惑的表情。

“我猜你也不记得，你喝醉了，干了很多出格儿的事儿。”他说，目光严厉地审视着她。

“你不应该让我喝醉。”她说。

“好啦，现在成了我的错，”他说，“你昨天要到公园里乱逛，这还不够，你还要爬山，每个人都被你折腾得筋疲力尽，尤其是埃利克。”

“为什么尤其是他？”

“因为大部分时间是他陪着你，”他故作坦诚地说：“我承认我有点生气，因为你大喊大叫，随随便便说话，你还和伊凡跳舞，完全不像你。”

“跳舞？我不记得。不过你也真放心，把我扔给别人。”

她丈夫没有即刻说什么，反而表情古怪地笑了一下。

过一会儿，他问她：“你没告诉他什么事吧？”

“告诉他什么，你指的是什么？你和贾莉的事儿？”她用开玩笑的语气说。

“那仅仅是你的臆测，我觉得很幼稚，很无聊，根本不值得反驳。”他轻蔑地说。

“我只是开玩笑……”

“这样的玩笑很没有意思。”

“那你究竟担心我告诉他什么？”

“没什么，反正关于我们的私事……你喝醉了，什么都有可能说。”

“我什么都不记得了，但我什么也不会说。”她像是对自己说话一样低声地说。

“那就好，”他的语调竟缓和了一点，停一会儿说：“你不了解埃利克，他是这么一个人，你刚刚认识他，就会把很多话告诉他。如果他走上正道，或许可以当个好的心理医生，不过也可能这正好和他身上的邪气有关……”

“身上的邪气？这是什么意思？”她打断他说。

“我还没有告诉你，因为我一般不喜欢说人家的是非。他是个同性恋”。她丈夫看了她一眼，清清楚楚地说，接着又重复了一遍“他是个同性恋”。突然，他从床上站起身，提高声调说：“如果不是抱着宽恕的原则，我们不该和这种人交往……”

他接着说了些批评的话，最后看她一眼说：“起来吧，该做晚饭了。”说完，他又回去隔壁房间，把房门“砰”地关上。她感到他刚才走进来、说一番话就是为了告诉她这么个事实，就是为了把她独自留在惊骇不安中，自己扬长而去。

她穿衣起床，在浴室圆形的镜子前梳洗，里面那张怔怔的脸比往常更令她失望。她梳洗好，又在床侧坐下来。透过窗帘的缝隙，她看到雪已经停了，院子里有一层薄薄的积雪，反射着即将敛去的、冬日清冷的光线，这景象里充满迟暮的寒意、忧伤和遗憾。她已经相信丈夫说的是真的，因为这样一切就得到了解释：他那有点孤高、自我纵容又带着古怪热情的性格，他那吸引人的坦诚，他对她自然而然的亲昵、毫不在意的触摸，还有他说的话……这一切不过是因为他不可能爱她。她现在从醉意中完全清醒过来了，感到虚弱，感到和昨天还熟悉的东西隔着一层雾霭。但她并未觉得太失落，甚至想到自己也许并不爱他，她爱上的不过是一个夜晚，是一个想象中的人，它们让她接近过幸福。她还想到，或许每个人至少得去爱那么一样东西，从中得到那么一点快乐，即使那是想象中的东西、遥不可及的东西，即使是自己并不理解而且完全没法把握的东西……在这一点上，她和丈夫其实并无不同。

2012 年 12 月 12 日

华屋

静姝和静怡两姐妹是台湾人。姐姐比妹妹大七岁，早已年过四十。她本身没有受过多高的教育，随丈夫吴先生来到休斯敦，在一家香港人开的超市里做收银员。妹妹静怡大学毕业后到休市来探望姐姐，就留了下来，嫁给了一个在当地工作的台湾工程师陈先生。

在休斯敦的华人圈子里，她们两家都算不上富裕。以前，她们各自住在公寓里。姐姐工作的超市是轮班制，她有时上上午班，两点钟以后就没事，下午班是从两点到晚上九点。妹妹则不上班，她的小孩儿还不到两岁，她在家里照顾孩子。静姝的儿子到奥斯汀读书以后，她空闲的时间很多，总是往妹妹家跑，帮妹妹煮饭、照顾外甥。她们两家的关系一直很好，因为小外甥的关系，这种联系更加紧密了。后来，两姐妹做了一个有点儿异想天开但也合情合理的决定：她们决定合买一栋大房子，搬到一起住。她们的丈夫很支持这个决定，于是，两家卖掉各自的公寓，在休斯敦较好的社区 M 城的 Brightwater 合买了一栋价值不菲的大屋。

这栋两层半的房子一共有五间卧室，按照他们的考虑，有留给两个孩子的房间，也有一间多余的客房，以便两姐妹的父母从台湾来探望她们时使用。第二层半的阁楼间很大，于是他们在装修的时候把它隔开，一半用做储物间，另一半则做成书房。根据妹妹的设计，装修成书房的那半间阁楼倾斜的屋顶上开出三面同样倾斜的长窗。这是个让所有人都喜欢的漂亮设计。晴朗的白日，阳光从长窗里照进来，在半明半暗的屋子里移动，黄昏时分，书房里则布满流动着的、金色的光带，具有一种辉煌却温暖、踏实的静谧。下雨的时候，打在倾斜的长窗上的雨声则是一种催人入眠的好音乐。

房子附带两个车库，每个车库可以容纳两辆车，他们每家一个。此外，房子前面有一块属于他们的狭长的绿化带，以前的屋主把它修葺得很好，有两棵绿荫如盖的大树。房子后面则是一个由棕色的木栅栏围起来的三百平方英尺的花园。但在休斯敦，很少有人下功夫在花园里种花，所以花园基本上就是一整块绿色草坪，他们决定保持原貌。姐姐曾提出可以在靠角落的地方开辟出来一小块儿空间种菜，但遭到其他人的嘲弄和否定，她也无所谓，反正她总是可以在超市里弄到价格极其便宜甚至不要钱的菜。因为妹妹的孩子小，抱小孩儿上下楼不方便，妹妹一家就住在一楼，二楼属于姐姐。一切分配妥当，没有任何争议。一楼的厨房、会客室和餐厅共用，这也没有让他们觉得有任何不便，本来，他们搬到一起住的一个主要原因也是为了打消小家庭的孤独，尽管这是从未说出来的原因。

无论按照什么标准，这栋房子都是一栋宜居的华屋，墙漆、地板和楼梯的金属雕花扶手都非常讲究，看得出原来的主人相当富裕。如果不是姐妹俩为了省钱而把以前公寓里的旧家具悉数搬进来，它几乎会是一栋真正华丽而具有现代风格的住处。这并不是说那些家具破破烂烂，但这些体态玲珑轻便的公寓式家具，放在房子巨大的空间里显得不相宜。总之，在主人们搬进来不久那段热热闹闹的时间，每个被邀请前来参观的朋友走进这栋华屋过于空阔的客厅，赞叹之余都忍不住感到一丝古怪的意味，这种意味甚至让人感到不安。小巧而略显简陋的家具们待在它们各自的角落里，仿佛小小的孩子，有点儿羞怯、瑟缩。那些空白、未被填满的大块空间则仿佛在冷冷地凝视、等待什么。也许只有住在这儿的人没有察觉这种空落、不协调。两姐妹坐在那张不够阔大、厚重的沙发上，欣赏着窗外碧绿的花园——那只是一片光秃秃但十分平整的草坪，兴高采烈地说单单这个客厅在台北就可以住一家人。她们不时发出笑声，逗着共同爱着的那个小男孩儿，悄悄抑制着内心的激动、骄傲，心满意足。

他们在新住处安顿下来。在这栋房子里，姐妹俩是主角，她们来来去去的丈夫仿佛成了配角。在姐姐的主持下，一切家务都得到更好的安排，晚餐也比小家庭时丰富许多，但每个月的饮食、水电等各种开支却比以往两家加起来的开支减少了，这令两姐妹大为惋惜为什么她们没有早点儿做这个明智的决定。

生活对每个人来说似乎都变得更好了。姐姐显然已经成为外甥的另一个母亲，这对她来说是莫大的安慰。她一点儿也不怕辛苦，她怕的是失落。当自己的儿子长大，她发觉他离她越来越远，甚至不愿意和她说话。她越害怕他那双冷漠、带着藐视神情的双眼，她就越怀念那个幼小、全然无助而喜欢躲在她怀里的他。她后悔自己以前没有多要一个孩子，这样她的幸福也许还能延续得久一点儿……如今，她心里的空虚和失落总算从小外甥那儿得到了补偿，每当她把他紧紧地抱在怀里，或者只是握住他那双娇嫩、柔软的小手，感到他的亲昵和顺从，她就仿佛回到了以往初为人母的时候，那种强烈、熟悉的幸福感有时把她感动得两眼湿润。她显然不是感情多么丰富、细腻的女人，在很多人看来（尤其是在她儿子看来），她相当平庸、守旧，但对身为母亲的那些感觉，她绝不输给别的女人。

而那位妹妹恰好不是一个霸道的母亲，就像她不是个十分贤惠的妻子一样。她乐得姐姐来“争夺”照顾儿子的权利，这样她可以有更多时间睡觉、购物、打扮自己。自从搬进这栋房子以后，她连菜也不必自己买了。结果，她变胖了一点儿，皮肤也更白皙了。她把空闲的时间用在浏览各个百货公司的网站，从网上订购打折服装和其他女性用品。有时候，她坐在面朝花园的门廊底下的椅子上，悠闲地看着姐姐牵着儿子在草地上走来走去。她不禁觉得姐姐这个人有点儿古怪，但又庆幸自己和她生活在一起。在她看来，这种生活很惬意，但多多少少，她想，多多少少有点儿空虚。

对于妹妹的丈夫——那位电子工程师来说，生活的改善尤为明显，因为他妻子从来不是一个烹饪能手。他以往工作一天回家，常常要吃微波炉解冻的冷冻餐，即便妻子偶尔做一顿，也是那种随意凑合的饭菜。如果他稍有抱怨，她就会生气地说：“你有钱就请保姆呀。照顾孩子够我累了，谁有那么多时间?!”而他碰巧又是个胃口极好、爱享受的壮年男子。现在，如果大姐不用上晚班，他差不多能每晚都能坐在餐桌前，正正经经地吃一顿热乎、丰盛的晚餐。他吃着从小就喜欢的姜葱烧猪脚或是椒盐炸豆腐条，不禁对姐姐心生感激，甚至觉得她在某些地方有点儿像他母亲。更何况，他们住到一起后，妻子和她姐姐一起照顾小孩儿，令他的负担大大减少。他的精神也好了许多，得以把多余的精力用于他喜爱的事情上，例如钓鱼。在这个家里，没有人分享他的这一爱好，于是，到了周末，如果天气好，他就会找机会和公司里有同样爱好的几个朋友一起开车到加尔维斯顿的海边钓鱼。他们会在那儿搭帐篷，待上一整个晚上。除了钓鱼，他们还在礁石附近下螃蟹笼子，凌晨起来收笼。他试图劝说姐夫加入，但吴先生是个不爱动的人，他周末更愿意待在家休息。

对于吴先生这个不爱说话甚至有点儿严肃的小贸易商来说，物质方面的舒适感的增加并非那么明显，因为他妻子本来也把他照顾得很好。但他感到如今的生活似乎更丰富了一点儿，像是多了一些内容，或者说多了一道明朗的色调、一种说不清楚的趣味和活力。他对妻子说：“小安那孩子让家里有了生气。”他妻子听了很高兴。只是在妻子偶尔上晚班的时候，他在家感到有些不自在，因为楼下是属于妹妹妹夫的天地。但遵照习惯，他们还是会一起吃晚饭。这样的晚饭总是做得很草率，大多时候是静怡做，偶尔他也帮忙做一两道菜，电脑工程师不做饭，这种时候他总是选择陪男孩儿玩儿。吃过晚饭，吴先生就匆匆上楼去了。为

她懂事以来，她从未嫉妒过妹妹的漂亮。

夏日，室外强烈的阳光照得人头晕目眩。楼下的百叶窗帘终日半闭着，厅里空阔、阴凉、光线昏沉。比光线更令人昏沉的是静怡身上喷的名贵香水味儿，无论他们吃饭、看电视还是打牌，香水味总是萦绕不去，或浓或淡，飘拂在厅里的各个角落。姐姐劝说妹妹在家里不要喷香水，小孩子会过敏。妹妹不听，揶揄地一笑，说："从小就应该培养他习惯香水的味道。""没见过你这样当母亲的。"姐姐责备她。吴先生、陈先生只在一边笑。工程师对太太这样早已习惯了，吴先生却抱着一点儿私心，希望妹妹不要采纳自己太太那保守、老土的意见。他喜欢她那些美丽柔软的衣料，也喜欢随着衣料摆动的那股香气，这都带给他秘密的愉悦。他甚至想劝说自己的太太也买瓶香水，或者至少洗完澡后在身上涂一些芳香的东西，因为他有时候觉得太太身上带着一股超市里物品的气味，但他最后还是觉得难以启齿。

有一种男人是不在乎妻子是否贤惠的，他更在乎她是否令他愉快。如果简单直率的工程师对妻子有什么不满的话，那么他唯一的不满不是妻子的懒惰、不持家，而是她花钱无节制的习惯。他曾对姐姐和姐夫偷偷抱怨："每个月付完信用卡账单，我的工资几乎没有任何剩余了，我们存不下钱。"可他并不在妻子面前严肃地抱怨这些，相反，当妻子在他面前展示新的战利品时，他总是笑呵呵地称赞。不过，他如今更深陷于自己的嗜好了，也打算把更多的钱花在上面。他和朋友合租了一条快艇。周末，他们用他那辆越野车拖着小艇，直开到加尔维斯顿港，从那里出海钓鱼。有时候，他会整个周末都不在家。如果他妻子抱怨他不顾家，他就为自己辩护说至少他把热情用在钓鱼上，而不是其他不良嗜好如酗酒、吸毒、玩女人上。自从他喜欢出海以后，他的皮肤晒黑了，人也更强壮了。他妻子说，他变得越来越像野蛮的美国人了。但实际上，他越来越像个稚气、爱玩儿的孩子。有时候，男孩儿哭闹着，被从母亲手里传递到阿姨怀里，他只是在一旁坐着，脸上带着那种饶有兴趣的笑，看着自己的儿子和两个女人，过后继续翻弄他的 iPad，仿佛自己是这个家里的另一个孩子。

静姝的睡眠一直不好。一天夜里，她想到楼下厨房里喝杯凉开水。她走下楼梯时就听到外甥在哭，等她来到一楼，悄悄穿过大厅到厨房里喝了水，外甥仍然在哭。她站在厅里凝神谛听，依照她的经验，她知道外甥的哭声是因为得不到大人的理会，如果有人抱着他、哄他一会儿，他就不至于哭得这么气急败坏。她有点儿急了，心想妹妹和妹夫是不是睡得太死，没有听到孩子哭呢？她心疼外甥，想敲门把俩人叫醒，但又觉得不合适。她往妹妹的卧室悄悄走近几步，才知道发生了什么事。她自己反倒羞愧得无地自容，连动也不敢动了，因为她担心他们会听见她的脚步声，发现她在外面。她忍耐了一会儿，终于找个机会溜上楼了。她发现丈夫也醒了，忍不住对他抱怨，说他们竟然连孩子哭也不管。她丈夫却生气了，责备她不懂事，多管闲事。她对丈夫的责备不以为然。但她过了很久也没有睡着，仍在为刚才的事羞愧，心里还忍不住惊诧，因为她之前并未想到住在一起可能会有这种不便……她回想起刚才听到的声音，在黑暗中羞臊得脸颊发烫，这一回，她是为妹妹感到害臊。她原本以为只有放荡的女人才会发出这样放肆享乐、不知羞耻的叫声。当然，还有一个她自己也羞于承认的念头：这样的事有多久没有发生在她身上了？她不禁感到，自己和丈夫真的都老了，她还想到，这种事再也不会发生在她身上……

他们住的这个区叫 Brightwater，翻译得动听一点儿，可以称为“明净水域”。名字的由来大概是因为这里有两个人工湖，湖水蔚蓝，较大的那个湖里还生活着一些美洲鳄鱼。他们的房子并不在面湖的那一排，那样的价格不是他们能支付得起的，但他们的房子离湖也不远。

这个区住着一些华人，可彼此之间不相往来，即使碰面也并不怎么打招呼。似乎谁过于热心地想要与他人结交，他便首先丧失了矜傲的派头。当然，更多的住户是西方人，他们之间也不见得有多少往来，更不用说与东方人往来。在这样的环境中，大家都极尽陌生人之间的礼貌，但也努力维护着自己不可侵犯的孤立权利。每栋华丽的房屋仿佛一座岛，人们在自己的岛上自给自足、自成一体。

姐姐不在家的时候，静怡自己也偶尔推着小孩儿到湖边走走。周围的一切都很美，蔚蓝、波光荡漾的湖，清亮透明的光线，绿荫覆地的宁静街道，宽敞高大的带花园的房子。但这种美却是喑哑无声的，或者说，这里有的是水的声音、风的声音、空中交错的枝叶碰撞摩擦等自然的声音，却没有人的声音。这样的时候，静怡常常想起她逐渐疏远的台湾的朋友，想象她们过的那种喧腾热闹的生活，想象着街头巷尾挤满的店铺、到处匆匆行走着打扮得五颜六色的人。她想得很多、很杂，她想念自己喜欢吃的那几家路边摊，有时候甚至想到如果她人在台北，她和她那些昔日闺密们会去哪些商店里淘货，她们会不会相约偷偷去逛夜店，她会不会还和以前的男友保持秘密交往，他们约会时会去哪一家隐蔽在后街的咖啡馆……很难说哪一种生活更好，她只是常常怀念那种生活，但如果让她就此离开美国，她又不情愿，仿佛这里有她的骄傲，即使这骄傲孤寂而冷清。

推着童车在湖边散步时，她很少遇见别的行人。有时，她看着空阔、水波不兴的湖面和竖立在湖边湿漉漉的草地上的有关美洲鳄鱼的警示牌，突然感到周遭冷飕飕的，心里害怕起来，赶紧把童车推到路的对面去——那往往也是洒着阳光的一面。如果姐姐和她一起，她就不会有这种恐惧的感觉，她依赖她，但也未必喜欢她总在身边。她们生活在一起之后，她才发现自己有时会瞧不起姐姐那种妇女作风，厌烦她的琐碎、唠唠叨叨、仿佛完全没有自我感觉的对他人的关爱。这种关爱看起来软塌塌的，却会让她感到一种无形却咄咄逼人的压力，它想要改变她，而她那变本加厉的怠惰、事不关己的态度不过是为了抵制这种改变。

一家人在一起时，她显得骄傲、蛮横、快乐懒散，可当她和男孩儿独自在家时，周遭的空荡、沉寂会让她变得烦躁不安。她这时候更容易对男孩儿发脾气，但也更容易对他分外亲昵。等他睡着了、不再打扰她时，她喜欢站在浴室的镜子前拿出一套套新的旧的衣服脱了又换，有时就那么打量着自己赤裸、曲线仍然美好动人的身体。她近来的烦恼是她和丈夫不如以往那么亲密了，他们像是被融进一个更大的家里，除了孩子，还有别的东西把他们分隔开了，他们不再是完完全全地结合在一起、密不可分的一对儿。再往后，也许她的父母也会加入进来。这样，生活的循环像是又把她带回小时候：一大家子人住在一起，大家就像连体人一样以奇怪的方式连在一起，日子就一直那么拖拖拉拉、绵软乏味地过下去……现在丈夫周末几乎总不在家，这让她暗暗受了打击。她买了更多的衣服，更热衷于打扮，但这对她来说也仅仅是自娱自乐。她知道再美丽的东西，天长日久也会显得寻常、暗淡。

她把自己的盛装一套套重新收拾进储衣间之后，兴奋也随之消失。于是，她返回客厅的沙发或是卧室的床上，感到疲惫了。她长时间发呆，任由自己坠入空想之中。穿梭在大树枝叶间的一阵风，空中交织、变幻的光线，后院中绿得十分浓郁却空无人迹的草坪，下雨的日子里空中那青烟般的雨雾以及顺着窗玻璃缓缓下滑的雨线，这一切空寂都会惹得她烦恼，激起她身心里那股不安分的东西。她真想用大音量播放那种最吵闹的音乐，让自己可以随着节拍跳舞，但她想到没有人会陪她跳舞，她也不能吵醒男孩儿。她感到生活里快乐、新奇的东西不复存在了，害怕往后的时光将永远如此，一成不变却也毫不停歇地往前流逝……

在贸易商一直以来按部就班的生活里，令人耳目一新的东西几乎不存在，更谈不上什么秘密的愉悦。他身材不高不低，还未发胖变形，只是肚子略微有点儿鼓起来，不乏脂肪。他虽然只有四十七岁，三分之二的头发已经白了。但总的来说，他并不因此显得苍老。他人不难看，说话时那种慢条斯理的清晰甚至给人一种温雅的感觉。也许因为他整天在外面忙着和人家谈生意，回到家里他就寡言少语了，这反而使他在家里说话更有分量一些。

在现今的阶段，并没有什么让他特别操心的事。他的生意不算兴旺但也进入了稳定期，只需要花点儿功夫维持下去。他得继续还这栋大屋的贷款，但现在是两个小家分担，只要每家还有一个人在工作，这对他们来说就不成为问题。唯一值得他担心的是儿子一年多后即将上大学这件事。他希望儿子像华人家庭里念书好的小孩儿一样被顶级的大学录取，即便进不了常青藤院校，也至少能到加州和东部较好的学校去念书，这样，他就不会觉得自己在其他台湾商人面前脸上无光。但是，他也明白这种事他帮不上忙，甚至也说不上话。读寄宿学校的儿子很少回家，即便回来，也不愿和父母多说话。除了和那位当工程师的爱好户外运动的姨父偶尔聊几句，儿子似乎竭力和家里其他人保持着冷冰冰的距离，因此，他和妻子对儿子在学校的情况基本一无所知。如果他们问起，儿子也会回避，露出“你们什么都不懂”的那副神气。想到自己辛苦抚养的儿子几乎成了陌生人，他有时觉得灰心，但也不像妻子那样反应过度甚至变得神经兮兮。他觉得儿子长大了都会是这样，就像他自己一样，他现在在美国，而他的老父老母在屏东，他们两三年也未必能见他一面，他甚至不确定他们死的时候他是否能陪在身边。

两家搬到一起，的确打消了小家庭的平淡和冷清，但吴先生有时觉得屋子里过于安静，尤其是妻子偶尔上晚班的时候，如果他一个人待在二楼，很多精细入微、他以往不可能注意的声响都会传到他的耳朵里。大多数时候，这些声音从楼下传来。他觉得他不自觉地在听着，似乎试图捕捉到一点儿什么，他的感官仿佛变敏锐了，这又让他感到说不清楚的不安。他摸不准，但感到自己的内里发生了一些模模糊糊甚至令他羞于承认的改变。他不再相信过去曾相信的那种经验，诸如什么人到中年会知天命，会把一切看透看淡。他如今人到中年，确实对一些东西看淡甚至厌倦了，但他似乎又在期待什么新的东西，似乎是一些改变的发生。表面上，他比谁都平淡，但他心里焦躁不安，或者至少说他发现他对生活并不满足，尤其在清清楚楚地感到老之将至的时候，这种不满足简直带着一股阴沉的怨气，只不过他不会像年轻人那样显山露水了，这股闷火披上了一层油滑、谨慎的外衣。

后来，当他回想那件事，他发现自己并没有蓄谋，也说不清楚它究竟是如何发生的。那天下午他公司里没有什么事儿，就提前回家了。他到家后，却发现家中一个人都没有，心想静怡带小孩儿出去散步了。他先在楼上的卧室里休息了一会儿，醒来后，他百无聊赖，去改造成书房的那半间阁楼里看一本关于汽车修理的工具书。过一会儿，他听到静怡带着小孩儿进门的响动，他没有下楼，只是走到楼梯口给她打了个招呼，让她知道他也在家。他继续看书，但已经有点儿看不进去，这才发觉阁楼里空气闷燥，令人昏昏欲睡。他不时地看表，想着什么时间下楼合适。突然，他听到她上来了。他身子发僵地听着，整个意识里都充满了那缓缓上升的脚步声，直到它停留在书房的外面。她敲了敲门，他急忙站起来走到门口去。静怡的头探进来，问道：“你在忙什么正经事儿吗？”

他说：“没有。”

“那你能到楼下帮我照看一会儿小安吗？外面闷热得要命，可能要下雨了，我刚才走了一身汗，想洗个澡。有个小孩儿天天绑在身上，连洗澡的空都没有了。”她说话时微皱着眉头，虽然是要他帮忙，声音里却有一丝不耐和恼怒，仿佛埋怨他没有主动下楼帮她照看孩子。

他看着她在外面晒得红扑扑的圆脸，心想：还是个被宠坏的姑娘。他顺从地随她下楼，跟在她后面，看着她裹在裙子里的身体像柔和的波浪一样微微起伏。到了楼下，她嘱咐他把儿童椅搬到餐桌那儿，把宝宝安顿在上面，又让他打开笔记本电脑，从YouTube上给男孩儿找他最爱看的“好奇的乔治”。他一切照办。不知道为什么，当他领受着她的命令、忙东忙西的时候，他竟感到快乐，而且还想到在别的时候，她反而会是非常甜蜜而驯服的……然后，她走了，把他和男孩儿留在餐桌那儿。男孩儿面对着电脑屏幕上那只叫“乔治”的猴子，微笑地张着小嘴；他面对着一扇分割成六格的大而明净、映照出空寂的后院的窗户。后来，果真如她所说，下起了大雨。他看到一条条的雨水扑打在玻璃窗上，但屋子隔音很好，雨的嘈杂声只是隐隐约约传进来。

当她洗完澡、换了一条居家的布裙子走出来，他发觉她心情好了很多。她就像少女一样容光焕发，就像她身上那条看起来异常绵软的裙子一样柔软、轻逸。但对他来说，此时的她比少女更动人，在他变得敏感的嗅觉里，她身上散发出来的是种成熟了的果实的香味儿，而不是少女身上那种花草般的、有些疏远而青涩的气味。她看到男孩儿正全神贯注地看动画片，满意地对他笑了一下。“外面下雨了，可屋里还是很闷热。你不觉得吗？”她说。“我觉得还好。”他说。他知道屋里并不热，只是身上不断冒汗。

她说她要给男孩儿准备点儿吃的，他跟着她到厨房里去帮忙。他只是想靠近她，不离开那股温暖的果香气息。当她把洗好的草莓放进他递给她的盘子里时，他抓起她那只湿漉漉的手紧贴在自己脸上，仿佛他是个怕冷的、乞怜的人。他想亲那只手，但她挣脱了，狠狠瞪了他一眼，走开了。他呆呆地站在原来的地方，不知所措。但她又默默地走过来，声音低沉而恼怒地问：“为什么这样？”他喃喃地说：“我不知道，我喜欢你，一直喜欢你。”她不轻不重地打了他一个耳光，他却抓住她的手腕，在水池前紧紧抱住她。他看见她朝男孩儿坐的地方瞥了一眼：而那孩子仍然背对着他们，一动不动地盯着电脑上的图像。

它就是那么发生了，在毫无准备、似是而非、模模糊糊的情景下发生了，但他又觉得它并非偶然发生的，因为他似乎早已感到它会发生，他想这就是他在这栋屋子里无法得到安宁的原因。他知道这是件不堪的事，却没有像想象中犯错的丈夫一样在妻子面前感到惭愧，倒是这一点儿让他多多少少有些惭愧。不过，他的忧虑不在这里，而在于静怡的矛盾，她仿佛害怕、急于摆脱这种关系。他能察觉到她想回避他，而他则抱着一种男人冒险的侥幸心理，甚至当家里还有其他人的时候，只要他不在他们的视线之内，他的目光就不离开她。

八月，已经到了休斯敦夏天里最沉闷、湿热的时候。尽管屋子里一直开着空调，百叶窗的扇叶全都放下来，房子的温度仍在慢慢上升。潮湿的暑气似乎从建筑的每一道狭小缝隙里钻进来，悄然蒸腾，侵蚀着原本冷却下来的空气。由于天气的缘故，工程师和他的朋友们已经连续两周取消了到海港去的计划。他就像一头精力充沛、被困在笼中的野兽，只能在房子里到处转悠。静姝有点儿同情他，问他这么走来走去不热吗。他说停下来会觉得更热。他饶有兴趣地打量每个人，和每个人说几句话，但他们仿佛都觉得他在家是一件奇怪的事儿。他不时逗逗儿子小安，但如果让他照顾他，他连五分钟也待不下，他会赶紧找个机会溜走，把他丢给别人。第二个星期天，所有人都在家。男孩儿午睡了，其他人想打麻将，他发现他对打麻将的兴趣也减弱了，但还是坐下来陪大家打。他们无意中谈到两姐妹的工作。吴先生劝他妻子辞掉超市里的工作。

静姝不同意，说："我工作着家里毕竟多一份收入。"

吴先生嘲弄地说："你那一点儿收入无济于事，还不够辛苦钱。如果实际一点儿考虑，你在家照顾小安，静怡出去工作倒更好，因为她有大学学历，随便做什么都比你挣得多。"

"我能做什么工作？"静怡懒洋洋地说，"太久不工作了，我都没有想过这回事。"

"你这么年轻，总不会想着一辈子都不出门吧？"吴先生温和地说，抬头看了她一眼，"如果你想出去工作的话，我有个朋友公司里刚好缺个做港务协调的，我可以介绍你去，其实工作本身很简单。"

工程师这时说："大姐辞职我最赞成，她们俩都在家彼此有个伴儿，而且我相信往后家里的饭菜质量会更高。"他说着，不禁"嘿嘿"笑了一声，朝自己的妻子瞟一眼，又看看妻子的姐姐，接着说，"但静怡不一定要工作，我们也不缺钱。"

"我不是说缺不缺钱的问题，而是静怡她是不是想出去工作。"吴先生说。

"我明白。如果她觉得闷想工作当然也可以，但这件事不用着急，可以慢慢找。"工程师说。他的意思其实是，他并不稀罕妻子去那种华人开的小公司当文员挣一点儿钱。

也许是闷热的缘故，或是他连续两个周末憋在家里无事可做，或是姐夫刚才的话让他有点儿不悦，工程师此时显得不怎么耐烦。他发觉家里的气氛竟然很沉闷，妻子显得无情无绪，姐姐则像往常一样疲倦，从来没有观点，带着轻微的神经质，而姐夫尽管语言温和，却处处表现得仿佛自己是一家之长。他的情绪突然转去不怎么明朗的地方，觉得自己的生活已经和另外三个人产生了分歧。他想他们全都说不出一句有趣的话，也没有任何爱好，只能生活在这个小小的华人圈子里，不像他一样交游广泛，有不少外国朋友。他也明白了为什么他迟迟不愿邀请那些朋友到家里做客，因为他的家并非外面看上去那样，它不是个开放的、美国式家庭，而是个封闭、沉闷的地方，他自己可以在这里找到舒适，却不觉得它有任何值得别人欣赏的地方……

好在这种情绪就像一小片阴云，很快就从工程师的心头飘走了。他倒是乐观的，心想：一个人不可能什么都有。他脸上又露出明朗的笑意，问他妻子："你自己是怎么想的呢？"

“我怎么想？我没有怎么想呀。我还没考虑这个问题。”他妻子仍然盯着眼前的牌，冷淡地说。

“不急，你有时间慢慢考虑。”吴先生说。

这时，一直没插话的静姝站起身说她要去屋里查看一下，看看宝宝是不是醒了。

“他如果醒了会哭的。”妹妹对她说。

但姐姐已经迫不及待地离席了。他们三人相视而笑，看着静姝有点儿矮胖的身躯几乎是悄无声息地往外甥睡觉的卧室里滑去。她把门轻轻推开一条细缝，朝里窥探，他们则沉默地注视着她，等她回来。

静姝像是第二次做了母亲。现在，小外甥几乎完全归她照料了。如果天气好，每天早晨和傍晚，她都带他去湖边散步、呼吸外面的好空气，有时候和妹妹一起，更多时候只有他们俩。她喜欢看着外甥的小脸儿晒过太阳之后变得更红润漂亮，她还觉得晒太阳能让他长高，希望他将来至少和他表兄一样高。偶尔，他们散步时碰到附近的一些西方居民，人们和她打招呼，夸奖“她的孩子”漂亮，她满心欢喜，也不去纠正他们。

在她辞职以后，她也为每月失去一千二百美金的收入而耿耿于怀，为自己小家庭的收入和支出操心。她的唠叨和忧心忡忡让丈夫感到心烦，她就渐渐不再对他提起这些，只有当她一个人的时候才反反复复地想，想算清楚家里那笔小账。妹妹并没有因为她辞职而出去工作挣钱，可她现在活动很多，经常出门，还在一个基督教会办的免费英语培训班学英语。妹妹在英语补习班结交了一帮新朋友，其中有大陆人、台湾人，也有日本人，常和她们相约吃饭或逛街。有时候姐姐想到两个男人急着让她辞职，似乎就是为了让妹妹放假出去玩儿，想到这儿她觉得他们荒唐，痛惜损失了的钱，却没觉得自己受委屈。她更卖力地做家务，把屋里那些小小的家具擦拭得一尘不染。

静姝不是那种喜欢胡思乱想的女人，但像这样的傍晚，当她明白他们所有人都事务缠身、不能回家吃晚饭时，她还是隐隐地觉得自他们搬进这座大屋以后，生活发生了一些变化，她说不清楚这是什么变化，也说不清楚它究竟是好还是坏。现在，每个人都在外面忙碌，偌大的房屋空空荡荡，只剩下她和外甥两个人。外甥“咿咿呀呀”的童音在房子里格外清亮，如同唱歌。她坐在沙发上，陪他翻看图画书。黄昏时的光像深色的水一样从玻璃窗流进来，把屋子里涂满温暖华丽的金色，但很快，这金色黯淡下去，厅里陷入昏暗。她打开厅里的灯，给外甥洗了一小碗草莓让他吃，然后逐一给家里人打电话。她得到的回复和她想象的一样：工程师今晚要去健身俱乐部，妹妹和教会的朋友约好了要在外面吃饭，丈夫今晚有个客户要应酬……

她也没有太失望，心想这样至少不必准备全家人的晚饭了，接下来这段时间只属于她和眼前这个漂亮的小男孩儿。她想着给他做一顿简单又好吃的饭菜，吃完饭陪他看一会儿动画片，然后再和他在屋子里玩游戏。如果到时候仍然没有人回家，她就可以搂着他，哼着小调，哄他睡觉。

男孩儿迅速把草莓吃光了，她收走空碗，把他的小手擦干净，又坐回到他身边。他依偎着她，不时抬起头看看她，然后，他拉起她的一只手，把自己的小脸枕在她的手掌上。他看图画书或动画片时尤其喜欢这样，仿佛他累了，把她的手当作他的小枕头。他这个小动作差点儿让她感动落泪。突然，她把外甥抱到膝盖上来，温柔地摇晃着他，手指轻轻地抓挠他的肋骨。男孩儿“咯咯”笑起来，两手搂住她的脖子。她于是抱着他开始在屋子里四处走动，走到玻璃窗前看外面已经完全暗下来的庭院，到餐桌旁那面椭圆形的镜子前看两个人的影子，走过去看盘旋着上升的、漂亮的带金属扶手楼梯。外面更加黑暗，屋里的灯光却越显得纯净、温暖。他俩仿佛在这栋空屋里做着漫无目的的巡视。男孩儿那双眼睛仍好奇地打量着周围他已熟悉的一切，而女人的注意力则都在他身上。她现在不盼着其他人回家了，她喜欢就他们俩安安静静地在家、不被谁打扰。想到有一天他会长大，他也会跑出去，不愿回家，她就把他抱得更紧，凑到他耳朵边用唱歌般的调子说：“只有我们俩，只有我们俩，宝宝才不跑，这是我们的家……”

2014 年 4 月 8 日

维加斯之夜

十一月的第二周，他一个人来到拉斯维加斯。这个决定曾让他踌躇，但最后他还是决定自己来，对谁也不说。他乘联合航空公司的航班从达拉斯飞过来，飞机降落前，他已经透过低空飞行的飞机窗口饱览了内华达的赤褐色荒漠，它比得克萨斯的原野看起来还要荒凉得多。

机场很小，玻璃墙外除了零星几座方头方脑、同样是灰褐色的建筑，依然是荒漠景色。这天的天气不好，大风扬起沙尘，天空和景色都变得黄秃秃的，令人失望。他在机场里的“汉堡王”吃了个冷冰冰的午餐，然后顺着指示箭头朝通向“地面交通”的出口走。他经过了几排赌博机，暗暗惊讶连机场大厅都布置成了小型赌场，还发现赌场里的两个工作人员都是华人。但他对赌博不感兴趣，目不斜视地匆匆经过。步出机场那道玻璃门，他才发现风比想象的大多了，天气很冷。他把夹克拉锁拉上，领子也竖起来，提着他那个小小的“汤米·希尔费格”绿色手提箱走到车站。他等了大概十分钟，坐上机场通往市区的公车。起初，路边没有任何值得注意的风景，连公寓楼房都是荒漠的黄褐色，而就在这些荒凉光秃的街道边上，稀稀落落地栽种着从温暖潮湿地带移植而来的矮棕榈，棕榈叶在狂风里就像被吹得横飞的头发。

车驶近市区，建筑渐渐密集了一些，树木也更多，逐渐露出一点儿繁华的迹象，但一切看起来仍然是黄褐色的。直到公车转入靠近 Strip 的一带，外面的世界才骤然一变，荒野的自然气息都被隔绝在晶亮的玻璃大楼和恢宏的古典式仿造建筑群背后了，巨幅广告牌和灯使城市中心看起来像是降落在沙漠中的空中楼阁。不少乘客已经下车，似乎他们都确切知道他们要坐到哪一站，他却在慌慌张张地观察，担心着是否会下错站。他这时觉得冷、慌张、沮丧，他那个只身游逛的决定开始动摇了……

在车上，他遇到了三个从旧金山来赌城同游的朋友——马丁、迈尔克姆和罗嘉。他第一次来拉斯维加斯，订的是 Strip 南端的“希尔顿度假俱乐部”。当他终于忍不住起身询问司机他的酒店应该在哪一站下时，他们告诉他说大家住在同一家酒店，到站后一起走过去就行了。

这三个很友好的年轻人是加州理工的学生，他们起初以为他也是个学生，他解释说他在得州的西南医学中心做博士后，他们夸他看起来很年轻。往酒店去的路上，天色昏暗下来，空气干涩寒冷，沙漠的风无遮拦地吹进小小的城市，在楼群里形成奇怪的涡流。风刮得人身体摇晃，只能伛着身子往前走。他这时已经得知马丁是德国人，迈尔克姆是美国人，而罗嘉，显而易见是印度人。他们问他是日本人还是韩国人。每次他被错认成日本人或韩国人，他甚至会有一点儿沾沾自喜，当然，他理应为此感到羞惭。听说他是第一次来拉斯维加斯，他们似乎觉得惊讶。“那你可会有大发现了，它和美国其他城市都不一样。”马丁说。罗嘉说：“无论如何，这是美国最安全的城市，尽管这听起来很矛盾。”迈尔克姆则套用《加州旅馆》里的一句歌词打趣说：“这里可能是天堂，也可能是地狱！”

在路边一个书报筒前，迈尔克姆停下来，笑着给他介绍说这是拉斯维加斯的“特色”之一，这个书报筒不是放供路人免费阅读的报纸、杂志或售房手册的，它是专门放脱衣舞娘和妓女的广告册的。他扫了一眼这个书报筒，它和邮筒一般高，看上去和达拉斯的书报筒没什么区别。但透过深色而透明的塑料拉门，他看到里面花花绿绿的印刷品上都是半裸的女人照片。

“免费的，”迈尔克姆说，“保证比《花花公子》好看。”

“《花花公子》能把人闷死，我认为它比《时代周刊》还闷。我不知道除了美国人还会有谁在看这种杂志。”罗嘉嘲弄地说。

“这个人，他从不放弃机会诋毁美国的一切。顺便问一下，你们要拿一本看看吗？”迈尔克姆朗声笑着问。

没有人接腔，只有他尴尬地说：“不用了，谢谢。”

“别理他，这家伙是在开玩笑。”马丁对他说。

“当然，我总是在开玩笑，你会知道的，我爱开玩笑。”迈尔克姆说。

走进酒店，人好像从冬天掉进了温暖宜人、散发着芬芳气息的春天。他感觉舒服多了，他一路上穿得太单薄了。外面天气恶劣，而他又旅途劳顿，决定晚上哪儿也不去，好好睡个觉。他们四人一起在前台办理了入住手续，他住在三十二楼，他们住十八楼。办好手续，他们告诉他说如果想一起游逛，随时欢迎加入，他们对维加斯比较熟。他很感激，和他们交换了电话号码，约定第二天下午再联系确切的碰面地点和时间。

他走进房间，把箱子打开，换上睡衣和拖鞋，又把这两天里要穿的衣服挂进衣柜，然后根据床头柜上的座钟显示的时间把手表调过时差。房间里除了加热器发出的微弱噪音，一片静寂。就像以往每个夜里从实验室疲惫万分地回到他租住的公寓里，这静寂尖锐地提醒他：只有他自己，也只可能是他自己。他走到窗前拉开厚重的深红色窗帘，俯视夜色中那片街区。靠近酒店的这一带灯火辉煌，各种光色闪动不止。如果他把它看成一个平面，它就像个光怪陆离的屏幕。然后，城市向远处延伸，离他站着的地方越远，灯光越显稀落，直到它暗淡、萧条的边缘融入广阔而幽暗的荒漠。他的目光又兜回近处光色交织的“屏幕”，看了一会儿，感到这光彩夺目显得有些荒诞、不真实。它本来就属于一片荒漠，是某种古怪的东西促使这个狭小的地带成为金钱堆砌起来的琉璃天堂。他想起那部中国小说《废都》，但眼前这个地方不是废弃的都城，而是颓废的都市，它不可能被遗弃，只要这世界上还有寻欢作乐的人：因为寂寞而寻欢作乐的人。

他坐在那张红木书桌前，拧开台灯，开始查看客服手册上的叫餐价格。价格太贵，他打消了叫餐到房间的念头，决定休息一会儿就到手册上介绍的地下一层那家咖啡店吃点儿东西。他把闹钟设定在一小时之后，然后爬到床上紧紧裹着被子。房间里的温度在不断升高，但他仍然感到冷。在临睡前的意识里，他不时想起刚才经过的那个塞满色情广告册子的书报筒，他在别的城市从未见过这种怪异东西，可见他的确来到了“罪恶之都”。他还回想起坐在车上时看见经过的几辆出租车和一辆小货柜车上刷的广告——“我们运送女人到你的房间”，不禁露出一丝笑意。很快，他睡着了。睡梦中他听到闹钟响了，却伸手摸到“停止”键狠狠按下去。他醒来时已经过了晚上十点，楼下的咖啡店关了，他只好到酒店附近的 CVS 药店买了冰凉的三明治、两个香蕉和一加仑装的矿泉水。在带有沙砾气味的刺骨的风里，他提着袋子朝酒店另一边走去，很快找到了孤零零伫立街边的那个书报筒。附近没有别的行人，对面的公车站也空空荡荡。他迅速从里面抓出三本小册子，塞进袋子里。

回到房间，他才发现他拿回来的三本小册子里有两本一模一样。他边吃三明治边仔细翻看小册子，那感觉和看色情杂志不一样，因为在这些搔首弄姿的照片下面都印着一个极为醒目的电话号码，说明这些女人是可以马上被“运送到你房间里”的。他在两个小册中选择了一个他觉得较为好看的放在床头，另外两本，包括那本重复的，他也没舍得扔掉，都塞进他的手提行李箱里。他想，他可以把它们带回达拉斯。

第二天风和日丽，头一天的狂风完全止息了。他早上透过窗户看到天空一片碧蓝，酒店院子里栽种的高大树木在和风里微微摇曳。他到负一层那家咖啡馆吃过早餐就开始了在 Strip 一带的游逛。他从“马戏团，马戏团”和“里维埃拉”酒店所在的街口沿拉斯维加斯大道走，经过 Wynn、“威尼斯人”朝着“凯撒皇宫”的方向去。尽管来之前他也听说了拉斯维加斯的种种奢华，但走进这种层层叠叠、令人目不暇接的奢华建筑和装饰物之中，眼见数以万计的鲜花装点起来的酒店大厅，人造的室内运河、天穹和仙境，复制的古迹，他还是感到震撼，或者说是一种兴奋过头、喘不过气的感觉，这感觉新鲜刺激，却未必让人舒服，看得多了，甚至会觉得麻木而晕眩。林立的奢侈品商店也让他觉得和自己无关，认定它们是为那些只能用钱来讨好女人的老男人准备的玩意儿。让他印象深刻的是Harrah's这样的老旧赌场与宫殿般的新贵们毗邻而居，不仅不显得门庭冷落，甚至赌客还更多。老赌场的赌厅里很拥挤，有股浓郁呛鼻的烟味，人们肆意谈笑玩乐，一边赌牌一边叫酒。他尝试着玩了三四种赌博机，仅仅是为了了解这些机子怎么用。至于那些新贵赌场，它们皇宫般的酒店向所有人开放示好。他出门时带着相机，却没拍什么照片，因为到处是令人应接不暇的抢眼景观，反倒让人没有想拍的兴头了。

感冒和阳光让他有点儿昏昏然。午后，他走出“凯撒论坛广场”，在前面的湖边坐了很久，买了街头售卖的热狗和咖啡解决午餐。阳光非常灿烂，但并不炙热，空气温暖而柔和，风就像湖面微微荡起的柔波。他觉得这个城市给人的感觉也是柔和的，奇特的是它的极度繁华并没有咄咄逼人的势利相，似乎谁都可以和这里融洽相处，穷的富的，清高的或无耻的……它比他去过的任何别的城市都显得安全、祥和，有那么多人闲散地走在街头，他们看起来快乐而且友好。他离开湖边，走进附近的Bellagio酒店，发现自己置身于一个仿造的童话世界里，有泉水、热带风格的奇花异草、水磨坊、树精灵……只是这里来来去去的都是捧着相机和 iPad 的成人。在一片喧嚣声中，一个穿西装的瘦高拉丁男人在演奏竖琴。他站在稍远的地方听着，尽管眼前的游客川流而过，有一会儿，乐手演奏的那首 Bésame Mucho 还是让他感到出奇的宁静、黯然神伤，仿佛他正独自一人站在某个漆黑的路口。

虽然疲倦，他还是和马丁他们联系并约好了见面的时间和地点。将近六点钟，他来到“威尼斯人”前面那座小桥上，发现他的新朋友都已经等在那儿。他们看起来兴致高昂，没有半点疲态，一边说话，一边俯视着被夕阳和早早亮起的灯照得潋滟的假运河——它像加了过多硫酸铜的游泳池一样碧蓝。仿造的圣保罗广场上聚集着不少游客，金色的阳光旦缓缓融进了一抹娇艳的玫瑰红，一些人在拍照。他们一见他就问他是否去了赌场、输了还是赢了。他们交换信息，发现每个人都输了钱，除了罗嘉。

“他‘很不情愿地’赢了钱。”马丁说。

“这是真的，我从来就不喜欢赌博。”罗嘉说。

“就是这种说自己不喜欢赌的外行才会赢钱!”马丁说。

“所以我从未赢过钱，不管我玩儿哪种赌法！最该死的玩法是得克萨斯扑克，我总是一输到底。”大嗓门的迈尔克姆宣布，“但我一直坚持给赌场捐钱，每次都捐，是赌场让拉斯维加斯变成了这么有趣的地方。到维加斯来不去赌场还能干什么?”

罗嘉说：“我以为不少人只是来购物、看秀。”

“你不是指脱衣舞秀吧?”迈尔克姆开玩笑地问。

“我是指‘太阳马戏团’那样的秀。”罗嘉瞪了他一眼，说。

迈尔克姆不以为然地耸耸肩。

马丁建议大家先去解决口渴的问题。于是，他们在“威尼斯人”里找了家酒吧坐下。尽管担心喝酒会让自己的感冒加重，他仍然叫了冰啤酒。置身在白云流动的人造天穹下面，他又有种荒谬感，似乎置身于幻象中。他很想知道别人有没有这种感觉，但发觉这问题难以问出口。他们喝酒、闲聊，什么也没吃。他发现在三人之中，迈尔克姆其实是脾气最好的一个，他努力使自己显得有趣，无论听到什么，都习惯性地用美国人的方式先评价一声“酷”，他不允许谈话冷场，仿佛沉默是他的死敌。大概在另外两个外国人眼里，迈尔克姆显得天真甚至有点儿傻气。罗嘉来美国的时间应该不短，他的印度口音并不重，但性格里东方人的严肃和内向却没有变，他喜欢嘲弄迈尔克姆，而后者一点儿也不在意。马丁是个礼貌周到的欧洲人，说话不多，有所保留，也许因为性格和善，在交谈时，马丁尽量和对方的节奏保持一致。他会迎合迈尔克姆傻乎乎的玩笑话，和罗嘉说话时则会正经一些，对他则非常客气。马丁就像温和的黏合剂，试图把大家黏合在一起。

一个多小时以后，他们起身到 Wynn 酒店去吃自助晚餐。这是迈尔克姆的建议，尽管他声称更想去“马戏团，马戏团”酒店吃牛排。但其他人都饿了，不想走更多回头路。Wynn 的餐厅就像这家酒店里的任何其他地方一样富丽堂皇，食物选择称得上丰盛，都是真材实料，味道却说不上好吃。他们填饱了肚子，没有要酒，因为他们的计划是晚餐后再到 Mirage 酒店的“橡树一号”酒吧喝酒。

饭后，他们沿着拉斯维加斯大道漫步前行。夜风吹拂，温度比白天低了许多。他们又回到“威尼斯人”前面的那个仿造广场，又站在他当天多次跨过的那个交通灯口，看到马路对面的“金银岛”和 Mirage 酒店。夜色中的维加斯和白天感觉不同，像女人化了浓妆，艳丽、魅惑但也虚假。他忍不住猜想自己和这三个外国人走在一起是什么样子，他是否会显得比他们老十岁，还是看起来和他们差不多……而在拉斯维加斯的街上，没有谁会引起他人特别的注意。几乎所有在赌城的街头徜徉的人都显得对一切见怪不怪，无论那是窘迫、疯狂还是绚丽光鲜。这不是说他们行色匆匆，事实上，在南拉斯维加斯大道昂首阔步的人大部分是无所事事的人，他们之所以不注意其他人只因为目光被周围的人造景观和橱窗夺走了，或者沉浸在自己想象中的快乐里：他们正在奔赴的某个赌场、某个即将上演光怪陆离的演出的辉煌大厅，一家高档餐馆或是酒店里的某个秘密房间……没有人关心这四个肤色各异的小伙子，只有他对自己是谁耿耿于怀，他来到这里不是为了赌博，也不是为了看秀。他来这里只是为了解决一个和认识自身息息相关的问题，起码他自己是如此认为的。走在街头，他清醒地意识到自己不如那三个年轻朋友高大健壮，他装不出来那股朝气，但也知道自己至少没有某些同胞游客那沉甸甸的肚子、奇特的步态、名牌标志明显却拘谨土气的装束（这类游客在拉斯维加斯街头真不少见）。他既不缩手缩脚，也不像个富得流油的乡下财主，他在外国人中间不失清爽体面，这对他来说多少算是安慰。

他和罗嘉很自然地走在一起，因为他们都是说话不多的人，也许还因为他们都是亚洲人。走在前面的迈尔克姆这时爆发出一阵大笑，伴随着他特有的喊叫声。

“吵闹的家伙，非常吵闹。”罗嘉说，微笑着皱起眉头。

他们来到路口时，人行指示灯显示只剩下八秒。迈尔克姆拽着马丁，他们笑着朝对街冲刺。罗嘉很镇定地站住了，手插进牛仔裤的口袋，对他说：“我想我们用不着这么狼狈。”

“当然不用。”他说。

跑过去的两个人停在街对面的交通灯柱旁。迈尔克姆开始朝他们打手势、做鬼脸，马丁在一旁哈哈大笑。

“幼稚。”罗嘉说，以印度人特有的方式摇着头。他们沉默了一会儿，等待着行人灯。罗嘉那双颇深的眼睛突然看着他说：“很多西方人正变得越来越幼稚。我并不是批评我的朋友，当然，我也可以批评他们，但我现在是一般性地来说。你没有发觉吗？他们越来越像小孩儿，幼稚、吵吵闹闹、缺乏常识。”

“有一点儿，大概因为他们不需要像我们一样努力就能过上好日子。”他说，发觉冰啤酒和街上的风已经把他的嗓子弄哑了。他看了看罗嘉，这时的罗嘉显得有点儿愤世嫉俗，年轻英俊的脸上不耐和老成的神情交织，微微噘起的嘴唇、皱起的眉头似乎准备对一切进行挑战和批评。

“千真万确。”

这时候，人行道的灯亮了，他们随着人群往对面走。

“你知道为什么我们比他们优秀吗？”罗嘉一边走，一边仿佛不经意地说。

“比他们优秀？”

“是的，只要我们和他们处在同样的环境里，我们就会比他们优秀。因为我们了解他们的东西，他们却不了解我们。我们的问题只是制度！”

他不明白他们为什么会谈起这些。他并不完全同意罗嘉。制度的问题是毋庸置疑的，但在他看来，拿他们这种经过层层筛选才能到美国求学的外国人和一般的美国人相比是不公平的。可他又觉得不便于为此争执，于是说：“是的，制度，还有古老文化的残渣。”

罗嘉摇摇头说：“古老文化的残渣，只有像我们这样的古老国家，才会存在这种问题。”

这时，他们已经来到路的对面，不再讨论这问题，随着人流往 Mirage 的方向走。他们到达“橡树一号”时，发现里面已经挤满了人。他们好不容易找到一张小桌，四个人挤在通常情况下仅能容纳两个人的角落里。接着，迈尔克姆英勇无畏地冲到吧台，帮大家点了酒。他点了玛格瑞塔。跳舞时间一到，人们立即涌向舞池，在那里摩肩接踵地使劲儿摇晃。音乐声、灯光、人们相互喊叫的声音、空间的拥挤狭小都让他感到窒闷。他不明白为什么人们会喜欢这种地方，一个彼此听不见也看不见的地方。他怀疑是不是因为自己太老了才会觉得这种地方乏味，而且，他的心脏也几乎受不了音乐节奏的猛烈震动。过一会儿，马丁和迈尔克姆也去跳舞了，他和罗嘉没去，依然坐在那儿喝酒。现在他们坐得舒服了一点儿，不时朝对方看看，拿起杯子碰一下。他们比走在马路上多的是时间谈论那些问题，但周围太嘈杂，他们根本无法交谈。

他们终于离开“橡树一号”时，时间已经过了十一点，如果不是因为他和罗嘉不愿跳舞，马丁和迈尔克姆一定还会待下去。他们沿着大路走回酒店，街上行人稀落，但两边的赌场里热闹非凡。他感到非常疲倦，有那么一瞬间，他不知道自己为什么在这种时候和这些陌生人走在这个地方，像是在夜幕下流浪。他听着他们的说话声在空荡荡的街头响起来，声音仿佛从远处传来，穿过了一个巨大而寥落的空间……

酒店游泳池边那家酒吧还开着，这一回，他们的理由是“安安静静地喝一杯”。在美国总是这样，人们不停走动，不停换地方喝酒。他只好又叫了啤酒，已经记不起来这是他一天之内喝的第几杯酒。在接下来昏昏沉沉的闲聊中，唯一引起他兴趣的发现是罗嘉已经结婚了。迈尔克姆说罗嘉“迫不及待”，罗嘉回复了一句可笑的话，他记得罗嘉说：“难道我要等到功成名就才结婚吗？事实往往是，当你站起来时，你的小弟弟却站不起来了。”他们都大笑起来，包括他，虽然他的反应稍微慢了半拍。过一会儿，马丁又兜回这个话题，调侃罗嘉说像他这么早结婚，“中年危机”一定会来得更早更具破坏性。

“中年危机，如果你是指中年人的外遇，”罗嘉语气有点儿傲慢地说，“那不过是新鲜感和性欲产生的一时兴奋。聪明人不会让这些东西影响他的生活，只有傻瓜才会深陷其中，以为又找回了他的青春。这不过是种幻象。”

迈尔克姆露出心悦诚服的表情，说：“老天爷，一个印度哲人。”

他则在想，他大概没有可能经历中年危机了，暗自庆幸没有向这帮人透露自己的年龄。

闲聊继续下去。他们此时没有坐在温暖的厅里，而是坐在游泳池边。夜风冷峭，吹过游泳池幽蓝、波光闪动的水面，他一点儿也没体会到什么浪漫情调，只觉得头疼、喉咙干痛欲裂。他没法继续熬下去，只得告诉他们他感冒了，要先上楼休息。

等他结完自己的账，马丁问："明晚我们要去 Luxor 看'Fantasy'，你要一起去吗?"

罗嘉补充说："这在拉斯维加斯还算是能看的脱衣舞秀。'疯狂女孩儿'真够糟糕!"

"好莱坞有更好的脱衣秀吗?"迈尔克姆装出一副挑衅的表情。

"好莱坞不靠脱衣舞女，它是电影的地盘儿。"罗嘉严肃地更正他。

他这时发觉大家都看着他，支支吾吾地说："我看看吧，如果我明天感觉好一点儿……"

"马丁，你正在把一个好男人教坏！不过，相信我，明晚将是个愉快的夜晚！Luxor 的歌舞女郎是维加斯最漂亮的，我们会尖叫的。"迈尔克姆夸张地说，傻乎乎地朝他笑着。

他瞟了一眼罗嘉，罗嘉也微笑着。不知道为什么，他觉得那微笑里透着嘲讽和怀疑。

"我们明天等你的电话。"马丁睁大那双蓝眼睛看着他，眉毛上挑，现出深深的抬头纹。

"好的。我得先走了，我今天实在……不太舒服。"他说。

迈尔克姆说："得了，老兄，放他走吧。一个好人！我敢说我们当中只有他有资格上天堂。得了，老兄，你真是感冒了，回去好好睡一觉。”

他感谢了迈尔克姆。

罗嘉这时突然举举杯子，慢悠悠地说：“又一个乏味的长夜！”

“他在想他妻子。”马丁说。

迈尔克姆不放过任何发笑的机会，而且笑起来没完没了。他就是在迈尔克姆那阵失控的笑声中和他们告别的，然后（他相信）在他们的注目中，灰心丧气地走向电梯。不知道为什么，马丁最后那句话戳痛了他。

他回到房间，在床上躺下来。在游泳池边喝酒的时候，他只是觉得冷，现在他的身体则开始发抖。他懊丧、生自己的气，后悔和这群人浪费了太多时间、打乱了计划。他知道自己害怕一个人游荡，害怕孤独，骨子里却又和别人格格不入。

过了好一会儿，他决定坐起来打电话。那个印着妓女裸照、假名（必然是假名）和电话的淫秽小册子就在电话旁边，他却迟疑了，只是把小册子拿过来又胡乱翻看一遍，然后压在枕头底下。他躺在只开着一盏床头灯和廊灯的、光线昏黄的房间里，觉得这房间对于一个生病的人来说太大太空了，这张 King Size 的床更是显得滑稽、大而不当。空气里有股跃跃欲试的罪恶的气味，仿佛还有什么东西隐藏在布满暗影的角落里炯炯地朝他窥伺——他看不见的一双眼睛或一个镜头。无论这是否仅仅出于他的想象，他都摆脱不了那种被人观察或是丑事必定会被发现的感觉，由此更觉得害怕、羞愧。他知道他陷入了对淫欲的幻想中，这是种罪恶吗？或许在他还未做出计划中的那件事之前还不算，但至少，它是一件不堪的事。

他歪躺在高高叠放起来的两个枕头上，任由那些画册上丰满的乳房、撅起来的屁股、看起来既丑陋又充满阴暗的诱惑力的女人两腿之间的东西占据他的意识。他的身体发烫，欲望慢慢鼓胀起来，但轻浮、软弱无力。他反复地翻看画册，看得非常仔细。他更想要那些丰满的异族女人，因为她们对他来说就只是身体，是生气勃勃的器官，是曲线美好的肉感东西，他只需要趴到她们身上做疯狂快活的勾当，不需要好奇她从哪个地方来，更不会有无谓的怜惜。况且，这个画册上几个亚洲女人实在丑得可以，当然，他很清楚他眼里的丑陋往往正是西方人欣赏的迷人之处。

他的注意力逐渐集中在其中几个女人身上，两个是白人，另外三个是深肤色的拉丁女人。他尤其注意到一个叫莫妮卡的女人。她看起来年纪并不轻了，也没有在广告中声明她是 22 岁女学生，但她的身体看起来异常柔软，像一条雪白、细腻的棉被。在她的广告图片里，她并没有脱光，也没有做什么挑逗火辣的动作，她涂着浅桃红色的口红，穿一件白色的浴袍，表情温柔，朝前俯着身子，把那对赤裸、洁白的乳房露出三分之二。那乳房看起来也那么柔软，仿佛会融化似的，它很大，形状自然，甚至稍稍有点儿下垂，这反倒让他觉得她是个成熟、真实的女人。这正是他想找的女人，他不想要一个十八般武艺样样精通的妓女，他想要的就是这么一个看起来并不像妓女的妓女，一个和普通女人一样柔软、温暖却身份下贱的女人。

在各种绮丽的想象、纷杂纠结的念头中，他母亲的脸突然令人懊恼地跳进脑海里，让他的心猛缩了一下。她那副憔悴、关切的神情并不因为他的懊恼而消失。他想起她在电话里总是唠唠叨叨地问他吃饭如何，好像他就是个吃不饱的小孩儿，好像他只有一个胃口需要满足！接着出现了另一张面孔，样子黯淡、模糊不清，一个他曾追求过的女孩儿，认真地追求过，为她等待、痛苦过，但却没有做那件至关重要的事：和她睡觉。另有一些面孔，有男有女，都是些和此刻无关的人。他反感他们在这时候跑出来打扰他，似乎他们知道他为何独自跑到这堕落的城市来。他仍然面对着印有莫妮卡照片和电话的那一页，可她一度退出了他的意识。在他的意识里，他和那些纠缠他的人较劲儿，尤其和他的母亲。他在心里对她冷笑、叫喊：你想让我怎么样呢？你的“小”儿子已经三十八岁了，三十八岁的孩子！

最终促使他拿起电话的并非欲望，而正是这股阴郁的怒火，它驱散了他的恐惧感，让他有种豁出去的无耻。他用酒店电话拨打了莫妮卡照片上的那个号码。他首先在脸上摆出一副他所想象的无耻、油滑的表情，希望等一下他的声音听起来能像个老嫖客。但当电话接通，他听见一个女人说话，心就狂跳起来。他开始慌乱地交代他如何在路边的书报栏看到这本小册子，如何从这个小册子里看到莫妮卡的广告，他“对她感兴趣”，想让她来他房间里“跳舞”（因为小册子里所用的宣传语都是“私人舞娘”）。等他说完这一长串话，对方沉默了片刻。他立即意识到自己说得太多了，根本不需要交代、解释，她现在想必已经知道他是个新手，而且，他也意识到对方并不是莫妮卡，只是个接线员，就和 AT & T 电讯公司的接线员一样。但她毕竟是特殊行业的接线员，她甜腻的嗓音很快打破沉默，说她为他感到高兴，乐意马上为他做出最甜蜜的安排。然后，她问他需要莫妮卡什么时间去他的房间“服务”。他怯怯地问：“现在可以吗?”接着又补充一句：“就是你们在小册子放她的照片的那个莫妮卡。”对方笑了一声，说：“当然，就是这个莫妮卡。”但他感到她在拖延时间，猜想她正翻看着一个日程表什么的。他突然想到，那个他喜欢的莫妮卡已经有生意做了，此时，棉被一样的她正在某个酒店房间里被某个光头佬儿蹂躏，光头佬儿（也是一个肥佬儿）花了钱，就要把她玩儿个够，他们就像丑陋的野兽，有的是精力，而他的莫妮卡就像个钟点工，日程排得很满……他想到这里竟觉得如释重负。所以，当对方假装兴奋地告诉他今晚莫妮卡可以去，她可以为他安排在两个半小时之后时，他立即礼貌地拒绝了。她试图介绍别的，但他匆忙把电话挂了。为了避免她打电话来酒店，有一会儿，他干脆把电话线拔掉了。

他意识到他的后背湿透了，或许自从拨打那个号码开始，他就在不断出汗。他现在知道想冒充老嫖客是做不到的。他猜想马丁不会像他一样尴尬得直流汗，迈尔克姆更不会，即便他们不是老嫖客，他们一定还能和色情服务的接线员打情骂俏。至于罗嘉，他会凑热闹地看脱衣舞，但或许根本不屑于找妓女。如果他有个妻子，他也不至于如此，他会和罗嘉一样开某个老单身朋友的玩笑，轻易说出“当你站起来时，你的小弟弟却站不起来了”这样的调侃话。他看看表，离午夜一点还有不到十分钟。他重新接上电话线，心想是否需要冲个凉，但随即打消了这个念头。我不是在和女朋友约会，他自嘲地想。

经过第一次打色情电话的极度紧张，打第二个电话也就容易了些。他不像第一次挑选得那么仔细了，他在莫妮卡身上耗费了太多时间，最大的错误是差一点儿把她感情化。不能用半点儿感情，他在心里默默告诫自己说。打第三个电话时，他要找的女郎答应半小时内就到酒店房间来。他放下电话，僵硬地倚坐在床头，眼睁睁地看着时间过去好几分钟。他跳下床，脱掉睡衣挂进衣橱里，换上正常的衣服，又把被子和床罩拉平整，然后坐在书桌前面翻看着旅行指南，仿佛在等一位来访的朋友。他想有经验的嫖客会不会只穿一件浴袍躺在床上等着上门的女人？他们打开门以后会不会立即让她宽衣解带，还是会先说些挑逗的下流话，还是会走进浴室冲洗，或是像情人一样并肩坐在床上，悄然地观察、感觉对方……

时钟一分一秒地走着，走得很慢也很快。他等着门铃响，结果电话铃却响了。他一阵慌乱，不禁站起身，犹豫了一会儿才拿起电话。他听到对方是个操西班牙口音的女人，脑子里顿时一片混乱。等他竭力冷静下来，才听明白对方的意思，她说她在酒店门口被门卫拦住了，他们问她要房卡，所以他得下去接她才行。他这才回想起酒店 11 点之后为安全起见会查证夜归的房客，而他刚才竟把这件事完全忘了。他不想下楼，宁愿自己没打过那通电话，但他也知道如果不下去，这个女人和她的同伙儿应该不会放过他。他穿上夹克外套、带着房卡下去了。他从大厅里看到站在玻璃门外的妓女，她一头丝线般的直发垂到腰际，个头几乎和那两个穿深色西装制服的查岗的男人一样高。他走出那道玻璃门时，没有抬眼看那个女的，但感到他们三个都在盯着他看。两个男人站在一个半环形、大学讲台似的木桌后头，一个是中年人，一个是身材修长的年轻人。他们热情地问候他，他却没回答，径直把手里捏着的房卡递给他们看。“哪个房间?”那个年轻人扫了一眼房卡，同时问他道。他报上房间号，又生硬地说：“她是我的朋友。”这时，站在一旁的中年人和蔼地说：“先生，其实不用麻烦你下来，你只需要打电话到前台告诉我们房间号，你的朋友就可以进去拜访你。”他没接话，满脸通红。他们俩此时都对他微笑，看起来非常彬彬有礼，可他知道他们的想法，知道藏在这职业性笑容下的嘲讽：一个跑到拉斯维加斯招妓的龌龊中国佬!

他在前面逃离一样快步走向电梯，她紧跟在后面。他仍然没有看她，只是感到她大概比自己高出半头，她的身体似乎很沉重，因为高跟鞋踩在地板上的声音很尖锐……直到电梯门关上，他才朝她匆匆扫了一眼。她穿着紧身的黑色衣裙和黑丝袜，高跟凉鞋就像一堆捆绑在瘦削的脚和脚踝上的带子，很奇怪，她的浓妆艳抹反倒使她看起来像个男人。刚才的尴尬已经让他忘记了他在画册上选的那个女人什么样、是不是眼前这个女人。

第一步和他计划的不一样，那么接下来会发生的事也会一片混乱，至少在他看来，他已沦为被动。所以，等他们进了房间，他也只是等着那女人开口说话。他现在能近距离打量她了，她就像她那个人种的女人一样高大、深肤色、五官鲜明而突出，被脂粉完全掩盖住的脸看不出年龄，也许已经四十岁，也许只有二十五岁。他还闻到她身上散发的气味，这气味是浓烈的香水味和强烈的体味混合起来的产物……她似乎看出来他是个不知所措的新手，于是很友好地把双手搭在他肩膀上，说："你好吗，小帅哥？你不是让我来为你跳舞吗？我叫琳达，很高兴见到你。"她说话时摇摆腰肢，膝盖也微微抖动着，仿佛她的身体是一只被关在笼子里的鸟。她没有耽误太多时间，马上开始给他介绍私人舞娘的服务选项，他根本没试图听明白，糊糊涂涂地选择了一项。

琳达从她包里拿出一个小匣子，对他挤挤眼儿说："来一点儿音乐？"起初，她随着慢板儿轻柔地左右摆动臀部，然后她慢慢进入到她的"音乐"里（逐渐加速、烟雾般的乐声里充斥着女人的呻吟声），身体扭动的幅度越来越大，头开始向后甩，不停抓摸那头丝线般的长发。她开始走近他，在他身边晃来晃去，玩忽远忽近、靠近又躲闪的游戏，还不时用手抓住他的肩膀、头发，还朝他胸口推一把……他觉得他应该响应她的挑逗，应该伸出手去抚摸她一下，或是把她拉近来，而他只是坐在床沿看着她。这时，他看到她拉过他常坐的书桌前那把椅子，把椅子当道具，双腿跨坐在上面，用胸脯蹭着椅背。她的短裙窜到她赤裸、结实的大腿上去了，她两腿之间那片阴影不断在他眼前晃动。突然，她双腿叉开站立起来，背对着他，转过头挑逗地盯着他，她的两手在腰间一挥，那件黑色超短裙就掉到了胯部，被叉开在椅子上方的双腿撑在那儿。她穿着紫色蕾丝的丁字裤，双腿显得格外修长。她利索地再"啪"地坐回到椅子上，依然踩着舞蹈的拍子，双腿并拢一抬，那件裙子就到了她右手上。她用手指摇着裙子，仿佛那是她的旗帜。她边舞边朝他走近，把裙子丢给他。

他不知道拿它怎么办，只能神情激动地把它紧紧攥在汗湿的手里。她穿着丁字裤继续回到椅子那儿跳舞，不时把腿高高抬起，或者背对他扭着屁股。很快，她的上衣也脱了，扔在他的腿上，他同样把它拿起来，攥在手里。在琳达背对他舞动的一瞬间，他快速地低头嗅闻了一下手里的衣服，希望自己兴奋起来。琳达越跳越兴奋，发丝粘在脸颊和脖子上，她不停抚摸自己，终于脱掉胸罩。她的胸跳到了他的眼前，几乎擦到他的脸。他闻见她胸口的香水味儿和汗味儿，但她又马上跳开了。他看见她的乳房小而紧实，乳晕很深，大大的乳头又黑又长。他突然想起他的一位曾是妇产科医生的师兄对他说过的理论：女人的乳房越小，乳头越大。他不明白自己的脑子里为什么会出现那位师兄的样子，更不明白他竟会在这个时候跑神。他还想到他还是想要那个叫莫妮卡的妓女，她的乳房很大很柔软的样子，那么她的乳头应该是小小的，如果跳舞的是她……他转而去看琳达，除了丁字裤，她全身都赤裸裸、汗津津的。她看到他正凝神看她，就扭过来坐在他腿上，她的下面紧贴着他的，身体在他大腿上跃动，脸上是淫荡的表情。这一次，他的下巴触到了她的胸部，有一会儿，他勃起了，但那激动很快又过去了。他明白那是什么意思，他的身体正不可避免地冷却下去、消极懈怠，只要他有半点儿胆怯，那家伙就会完全退缩，变成一摊烂泥。他羞愧万分，简直不敢直视琳达，攥着衣服的两手也不知不觉松开了。

琳达的热情明显减弱了，不过她还是坚持到他们说好的那个服务选项规定的钟点。他觉得她是个出色的舞女，对他始终耐心、礼貌，没有半点儿嘲弄或怠慢。她穿好她的衣服，像个餐馆女招待一样微笑着问他："你不需要其他服务了吗？还有什么我能为你做的？"他抱歉地看着她说："你跳得太好了！我很享受……可是，我今天感冒了，实在不舒服……"说完，他忍不住咳嗽起来。"亲爱的，你得好好照顾自己。"琳达说。付账时，琳达说："跳舞的费用是80，小费的话……"他急忙说："是的，我知道。"他给了琳达50美金的小费，琳达脸上露出惊讶的神情，随即真诚地感谢了他。

琳达走了以后，他用咖啡机煮了两杯开水。他喝着滚烫的开水，站在窗帘后面，像个偷窥者一样透过缝隙看着外面灯光和夜色交融的、梦境般的城市：它蒙在虚晃、变幻、令人不安的气氛中。罗嘉那句玩笑话此时就像刀片一样不断戳痛他的神经：有可能他已经是一个废人，他的身体完蛋了。他很想发笑，却神经质地咬紧了牙关，如果此时他站在镜子前面，他想他会看到一张扭曲的脸：一个彻头彻尾的失败者，一个可笑的Loser！他想不通这是怎么回事儿，但眼睛不觉湿了，好像很多年里没有流出来的泪倒在他想要发笑的时候毫无征兆地流了出来。

羞愤、颓丧、懊悔纠缠在一起，让他很久都睡不着。他狠狠捏住它——这个连脱衣舞女也不能让它站起来的荒废不用的玩意儿一直保持着令人羞耻的半软半硬的状态。他痛恨它，刻骨地痛恨！他猜想世界上又多了三个可以嘲笑他的人：那两个在酒店门口查夜的男人，还有舞女琳达。后半夜，疲惫不堪的他终于睡着了。等他再度醒来时，房间里一片漆黑。他发现自己勃起得厉害，比下巴触碰到妓女的乳房时坚硬得多，它像是要故意和他开玩笑。他躺在那儿，几乎冷笑起来。然后，他开始回想前半夜发生的事，他把琳达跳舞的片段在脑海里回放了很多遍，觉得他现在完全有把握把这个妓女翻来覆去地折腾一整夜。不过，他还是更想要莫妮卡，不知道为什么，莫妮卡似乎是他熟悉的那种女人，或者说是他能产生亲近感的那种女人，而琳达即便曾在他面前脱得一丝不挂，也只是个陌生女人，那种陌生感会让他感到隔膜、程式化甚至羞耻。他想象着如果那时来的是莫妮卡，她根本不需要给他跳舞，他们会一起洗澡，然后他会把她用浴巾包裹起来抱到床上，他会实实在在、亲热无比地干她，似乎她的身体本身就能让他产生情感……他的呼吸急促起来，他伸出手紧抓住被子，仿佛那是女人的皮肤。他下身胀得更厉害了，他把右手伸进被窝握住它，无比兴奋地手淫起来。渐渐地，他脑海里也不再有琳达的样子，不再有想象中的莫妮卡的影子，而是浮现出一些面目模糊、身体肉感得乃至肥胖的中国女人。他认定现在只有一个办法，就是回国，离开这个连妓女都难以找到、要把他活埋的地方。在那里，他可以随便走进一个地方，在那些灯光昏暗、墙壁潮湿的小房间里干肮脏廉价的妓女，他可以去勾搭女学生、已婚妇人、流连在网上的陌生女人，他要早晚腻在女人身上，把他在这个孤寂之地失去的青春快乐全都找回来……他追逐着那些头脸模糊的女人，把她们按倒在地上，恶狠狠地和她们交媾。他脑子里闪动着最淫邪、不堪入目的画面，在这一刻达到了他的极乐。

第二天上午，当他完全清醒过来，时间已经接近中午了。他模模糊糊地回想着昨夜发生的事，同时又不愿深想下去。他拉开窗帘，让白日的光线充满房间，各种细微的声音也从各种看不见的缝隙钻进来。当声音和光让空间变得满满腾腾，当他漫不经心地打开收音机，听到唐·麦克林那首《空椅子》，他又改变主意了，他又变回那个孤独、内心有点儿骄傲但外表永远腼腆紧张的半老不老的年轻人。前一夜那些阴郁邪恶、压倒性的念头似乎只留下一些荒唐感，像酗酒的混乱夜晚残余的胃痉挛和恶心。他不再去想那个“计划”了，只觉得它荒唐可笑，是周期性神经错乱的产物。他昨晚并未如计划中那样送出自己的童贞，现在倒令他感到释然。他现在还剩下什么呢，除了这点儿可怜的自尊心？除了这些个不断重复、清清爽爽却寂寞的早晨？他试图回想变化是从什么时候起开始的，在三十岁刚过的时候，他还只是苦闷，但某一天，当他猛然意识到时间完全地背弃了他、把他丢进一个冰冷而尴尬的境地，他感到委屈、不甘甚至愤怒。想象中灿烂光明的前途还没有出现，他却已经变成了另一个人。要理清这其中的脉络很难，只能把它当成结果来接受。

他洗漱完，就坐在明净通透、玻璃罩子一样的房间里。有一会儿，他考虑的是在自己房间煮咖啡还是到楼下的餐厅去喝，是否要吃午餐，以及下午什么时候和新朋友们联系……多年以来，他远离家人，也没有朋友，他们现在就像好天气或是海水一样散发着新鲜、清爽的气息。奇怪的是他一直有那种错觉，觉得自己和他们一样年轻，尽管他们之间隔着至少十年。在他二十几岁的时候，他怎么看待那些年近四十的人？很遗憾，他觉得他们已经是老人了。

最后，他坐在那把昨天被琳达当成跳舞道具的椅子上，试着很平静地，甚至理性地去想自己的那个难题。他发觉他不可能回去，似乎有更多理由留在这陌生的国家，回去未必能弥补什么，至少，他不可能找回已经失去的那些东西。他还发觉自己嫉妒着那印度小子，嫉妒他还那么年轻、尖锐，嫉妒他已经有了妻子、一个归宿……像很多个这样的早晨醒来后的恍惚时刻，他想结婚，现在这种渴望更加强烈，仅仅是想象和一个喜欢的人生活在一起也会在他心底勾起温柔的疼痛感，想象每一天、每个时候他都不会感到是孤孤单单的一个人，想象每天晚上他下班后走进门，会感到那里存在着另一个人的温度，想象它不再是一所房子，而是一个家……他明白他的问题不是女人或那些女人所能解决的问题，而仅仅是一个女人所能解决的问题。他想如果他能找到这个女人，就会用全部感情去爱她，他知道这感情在他心里积累了多久；他不会像别的男人那样把相伴的幸福看成理所当然，因为他知道一切多么不容易，知道孤单会像阴影一样吞没一个人，会像冰冷的黑暗一样渗入骨髓和神经　他知道正是因为他知道这一切，他会懂得怎么去爱一个人。他想，有时候生活令人难以忍受的痛苦、颠簸仅仅源于那么一点儿温暖的缺失，而他需要的就是这一点儿温暖：只要他能找到这个女人，爱她，和她结合，只要他能在每个这样的早晨醒来时看见她、触摸到她，并意识到这一切不是幻想……

2014 年 6 月 19 日

暮色温柔

1

“现在很冷，等一会儿太阳完全出来了，又会太热。这里的天气就是这样。”雅各布说。开车的是他，戴维坐在旁边。他们正穿过的这片地方看起来是一片荒原，没有农场和村镇。天空仍是夜与昼交融时那种深邃的蓝，但在远处，太阳即将升起的天际线那边，蔓开了一条柔和的玫瑰色。拂晓的朦胧光线里，戴维看着半绿半黄的原野上延绵无尽的荒草和灌木，这两种东西像是死死缠绕着一起生长，芜杂、强悍、不可分割。

车里开着暖气，戴维觉得闷，他把车窗玻璃打下一条很窄的缝隙。

“如果你困的话，就再睡一会儿。”雅各布转过头对戴维说。

“我等着看荒原上的日出。”戴维懒洋洋地说。

“在旧金山，你可看不到这样的日出。”雅各布笑着说。

“我在香港好像从未看到过日出，至少我对此没有什么回忆。按理说我上学的时候应该看到过，但那时候坐在公车上大概睡着了。”戴维伸展伸展手臂，把头靠在车窗上。关于他生长的那个城市，他的回忆并不多，残破的、灰色的街道，停在狭隘街道上的颜色鲜艳的有钱人的跑车，逼仄的房子里团团转的爱吵架的家人……他听着暖风口和汽车引擎发出的噪音，感觉着车的轻微颠簸，这颠簸和声音都让他意识昏沉。他听到雅各布的动静醒过来的时候，大概是四点。“我睡不着。”雅各布对他说。“那我们干脆早一点儿上路。”他对雅各布说。他们收拾好东西，往旅馆的停车场走去，周遭还沉浸在黑暗之中，矮小的灯柱射出一点儿苍白的微光。在大多数人还在沉睡时上路，行驶在车辆稀疏的高速公路上，这体验起初很新鲜，但倦意很快就压倒了新鲜感带来的刺激。他有时觉得途中无穷无尽的景色有种荒凉之美，有时又觉得十分单调乏味。想到雅各布在十五岁之前一直生活在这样的地方，他觉得有点儿不可思议。

“你住的地方有山吗？”他问雅各布。

“没有，土地会有一些起伏，你也可以觉得是山。”

“好吧，那是丘陵。”他说。

“甚至也不算丘陵，只是一些小草坡。我小时候喜欢把它想象成山。”雅各布说。

“你的想象力一直很丰富。”

“谢谢。”

“你从小就是个敏感的男孩儿？”他问。

“可以这么说，至少比我的哥哥和父亲敏感。”雅各布说。

“你总是尽其所能地贬低他们吗？”戴维尖刻地问。

但他的同伴只是笑了笑，没有回答。

“这里和旧金山的空气味道好像有点儿不一样。”戴维说。

“那里是水的气味儿，这里是土地的气味儿。”

“绝好的概括。”戴维说。过一会儿，他又问：“你说你的弟弟妹妹会在家吗？”

“不，马修在俄克拉何马城工作，他有了个小男孩儿，自顾不暇，我不觉得他有空回家。我妹妹在奥斯汀读她的博士学位，一位热衷各类校园活动的领袖，铁杆的共和党支持者，你可绝对不会想见她。”雅各布诙谐地说，耸耸肩膀。

戴维笑了：“那可和你一点儿也不像。”

戴维打了个哈欠。“你昨晚为什么睡不着？大概太久没回家，兴奋过头了。”

“有点儿不平静，不过，我一点儿也不想家。”雅各布语气淡漠地说。

“好吧，你要带我去你自己也不想回去的家。”戴维说。

“我说过，我想告诉你一些事，关于我离家之前发生过的事。”

“也许它能解释为什么你二十多年都没有回家？”戴维嘲讽地说。

“也可以这么说。”雅各布说。

“我不能想象这么长时间不回家。我的纪录是五年。我刚来美国时，心想干脆读完书再回家，然后一读就读了五年。”

“五年不算什么。”雅各布说。

“你谈到家时，有时显得冷酷无情。”戴维看着他说。

雅各布也望他一眼，说：“戴维，我想我们俩都很少谈论家。”

“我只是这么说，我可从未想干涉你。你不要误解我，我自己一点儿也不想家，回家对我来说只是一件应该做的事，或者说，仅仅是到一个住过的地方再看看。”

“你很快就会明白为什么。”雅各布语气坚定地说。

“好像是一件很严重而又神秘的事……”戴维咕哝着说，眼瞅着窗外，外面浓稠的天色似乎被稀释了，光线蓦然变得清亮。

“我会告诉你的，在我们到我出生的那个地方之前。”

“你没有告诉过其他人吗?”

“没有。我甚至没有想过告诉任何人。”

接下来，他们沉默了。

“你说你母亲看到你会很高兴吗?”过一会儿，戴维问雅各布。

“也许很高兴，也许很害怕。”

“害怕？你是指我们俩之间的事吗？当然，她会反对……”

“‘反对’？我觉得她不会用这个词。但我们什么都不用解释……”雅各布说。

“那就这样。”

“你会不高兴吗？如果她显得怠慢……甚至粗鲁……我是说，我们的一切都和她无关。”雅各布说。

“我才不会在意。”戴维说，摆了下手。

“你知道，你身上有一股洒脱气质，这是我喜欢的，也是我羡慕的。”雅各布伸出右手，轻轻握住戴维的手。

“我的父母和你的父母完全不一样，你的父母很开明。”

“开明？不，他们只是要面子。”

“而我的家人……他们是那种不可能被说服的人。”雅各布说。

“他们是虔诚的基督徒，这你说过。”

“不仅仅是虔诚……”

戴维笑了笑，“你放心，她伤害不了我。”

戴维朝窗外看着，他现在看到路边一座蓝白色标志的美孚油站和两栋孤零零的、破旧的房子，那座木屋上挂着“丹尼尔杂货铺”的牌子，另一个没有标识的、邋遢的铁皮房子前面扔着成堆的破旧轮胎和金属零件，令人猜测那是一家修车铺或拆车铺。他的睡意渐渐被谈话、放亮的天光和路途上刚刚出现的“风景”冲淡了。荒原上终于出现了人的踪迹，一切景物仍带着西部拓荒时期那种荒凉、勇猛、草率的气质。他想，偶尔到这个地方透透气倒是好的，它辽阔，好像辽阔本身就会让人多想点儿东西……不像香港，印象里就是逼仄和喧闹，人和人的念想都被闷在里头。

他隐约感到这不是一次普通的还乡之旅，但他知道最好不要问，得给雅各布时间，他了解他是怎样一个人。他们交往了大约四年，不久前登记结婚了，谁也没有通知家人。他们这些人是这样，难以得到亲人的祝福，反会带给他们尴尬和震惊，于是很自然地与他们疏远了。他想他大概永远不会告诉他的父母说他结婚了。他不明白为什么雅各布会有那种错觉，认为他父母是“开明”的！在他看来，他们只是认命而已。他从未告诉过雅各布，为了保住脸面，他的父母要他保证绝不带雅各布回香港、不向亲友透露任何有关他生活的信息……这件事在他看来那么可笑，就像他们巴不得他签署一份保密协议。至于雅各布，自他十五岁离家出走后，就再也没有和父母联系过。戴维很少听到雅各布提及自己的父母，有一次他说起他不反对宗教，但像他父母那样虔诚到了疯狂程度的教徒是可怕的……过去两年的圣诞节，雅各布带他去尔湾和他的姨妈一起过节。雅各布的姨妈莉亚是个思想开明的独身女人，她收留了从得州的乡村逃出来的十五岁的雅各布。父亲去世的消息也是由莉亚姨妈传给雅各布的。那天，雅各布从律师事务所里打电话给他，他语调有点儿奇怪地说：“我觉得我要回家一趟，等我父亲的葬礼过后。我希望你和我一起回去。”

2

他们已经看过荒野上的日出了。他们当时把车停在了路边，下了车。他觉得有些风景能打动人、燃起人心里的情感，即便是毫无来由的情感，譬如日出，或是那种夜半的暴雨。过去，在他住的那个荒凉地方的小农庄里，他常常在夜里的暴雨声中醒来，然后再也睡不着……沿途的风景那么单调，甚至让他暗暗羞愧。他猜想戴维一点儿也不喜欢。他希望至少这日出能给他留下印象。他有时担心自己过于在乎戴维的感觉。而戴维和他不一样，他具有某种浪游青年的气质，他不羁、尖刻、善于嘲讽、反复无常……而雅各布把这一切看作是他的天真之处。自然而然地，他成了戴维的保护者。这些年，他经历了逃匿、屈辱感的纠缠以及那些荒唐、短暂的昔日恋情，清楚戴维是他的真爱。他想让这个人了解"完整"的自己，包括他的过去。

他估计再开两个多小时就能到达埃尔帕索镇，那是到达他生长的农庄之前途经的最后一个镇。他打算就在那儿歇脚、吃午饭。如果一切没有变，过了埃尔帕索，公路很快就会消失，他们要转上那条乡村小路，路上的风景会越来越寂寞、荒凉。他们这是朝着荒野的深处行驶。这和他当年离家的路是相反的方向。这会儿，戴维闭上了眼，他紧闭的眼睛、深色的皮肤、精致的五官轮廓令他看起来异常俊秀。他感到戴维令他心绪平静，仿佛是一种极大的安慰，无论是衰老还是罪责或是过去的创伤，这些都显得不怎么可怕了。

他又闻到了空气里那种混杂着牲口、草木、湿润泥土的气味儿。这是他生长的那个地方常年弥漫的气味儿。那里夏天灼烈、漫长得可怕，阳光终日炙烤着农庄的土地、草场和他们住的那栋单薄、缺少颜色的木屋。塑料的白色百叶窗帘几乎终日闭着，叶片朝上，从他母亲小心翼翼留下的细微缝隙里漏进一道道阳光。日照时间那么长，他常常感到木材在白日的烈焰里就要噼噼啪啪地烧起来了。暴雨的季节，牧场会变成汪洋，他们得穿着长筒胶鞋，踩在柔软的“水草”上，去清点牲口，或者挖排水沟，或者检修被雨水冲坏的地方……冬天从不下雪，只有那么一些树会落光叶子，然后一部分的草黄了，卷草机开始劳动，一卷卷的干草最后安静地躺在收割后的大地上。

从那个单层的、有三个卧室的农场木屋里，他看到的景色永远是那些草和树，还有更远一点儿的低头啃草的牛。他的生活也像他看到的景色一样单调乏味。除了上学以及星期天全家坐上父亲那辆 GMC 皮卡去十二英里外的教堂以外，其他时间，他就在农场里帮助父亲和母亲处理农活、打扫场院、做家务、照顾下面的两个孩子（他是四个孩子中的第二个）。而他们那栋屋子里则始终笼罩着某种正统清教家庭的不苟言笑、勤俭劳作的气氛：对自己和家人都异常严格、只喜欢谈论牲口和农活的父亲；瘦弱、温顺、为一切事情祈祷的母亲；粗暴能干、努力训练自己成为另一个农场主的哥哥；愚钝、总是处于对父亲的敬畏和恐惧之中的弟弟妹妹……孩子们彼此之间说话不多，没有人谈自己的感觉，这不是他们的习惯。他们从母亲那里也得不到安慰。他相信她爱他们，但她永远按照父亲的规则检验自己的行为，对他们绝少“不恰当”的宠溺和亲昵，她有时因为他们受了父亲粗暴的训斥默默流泪，但过后却总是恳求他们不要惹他生气……如果有机会，他宁可跑出这栋屋子，跑到外面去，在小径上、菜园里、草场和灌木丛之间、牛栏和农具房之间到处走。到处是赤裸裸的阳光，刮着干热的风，他一面四处乱逛，一面觉得无处可去。

他现在不觉得是“回家”，他没有那份温情。但他难以抑制那种往事不断浮现、令他激动不安的情绪。他想叫醒戴维，对他讲这些：他从小就是个容易激动的人，他的心灵敏感，有时天空的颜色就能深深打动他，下雨的晚上，他听着雨声，整夜不睡。他早就预感到他是这个家庭的叛徒，枯竭的生活让他痛苦，似乎逼他走向了另一个极端，他耽于幻想，从某个时候起，他那么渴望着被拥抱、被亲吻，渴望着无论精神还是肉体上的温柔，幻想着一种亲密的关系……在他的家里，激情是个轻浮、危险的东西。他极力掩藏这个“缺陷”，于是，他显得过于严肃、紧张，有时干脆做出一副木然的样子。

有一天，父亲撞到他在农具房里读书（那是一本从学校图书馆借来的诗集），他要求看看他在读什么书。他把书交给他。父亲站在离他不远的地方，翻看着那本书。他告诉自己没什么好害怕的，却禁不住浑身颤抖。父亲过后把书扔给他，轻蔑地说：“如果你闲得发慌，可以去帮亚伦干点活儿，或者看点儿正经书！”这让他感到莫大的侮辱。他发觉他一直在忍受这样的生活——在这种生活里，有种令他反感的、显而易见的粗暴。他发觉他越来越无法爱他们。更可怕的是，他不再相信他们都坚信不疑的东西。星期六晚上，他仍会帮母亲准备第二天要带去和教友们一起分享的午餐食物，有时是烤那种里面裹着熏肉和西红柿的面包，有时是鸡肉蛋黄酱三明治……星期日一早，他仍然穿上整洁的衣服和全家人一起去教堂，他常常做义工照料那些父母去听布道的幼小的孩子，如果轮不到他做义工，他就专心致志地听牧师布道。可他会对“魔鬼”“诱惑”这些词心生疑惑，渐渐地，他无法相信牧师所说的每一句话，他也无法专心地祈祷或忏悔，他发现自己在冷眼旁观，甚至臆测他人是否忠诚；他仍然按照父亲的要求在每晚入睡前读《圣经》，但这样的习惯已被他从内心里否定了。他模模糊糊地感觉到，他所向往的不是天堂，不是神圣的正确和恩赐，而是一些其他的东西。

后来，在他走了以后，他有时会忍不住猜想在礼拜日的共享午餐会上，他们会怎样谈到他。在那样的时候，人们总是对哪怕最难吃的食物都赞不绝口，总是不知疲倦地与人谈论着自己对神和自身灵魂的新的发现和领悟……他想，父亲在他走后是否会去找牧师，以他的绝对虔诚，他是否会和牧师谈起他那“被魔鬼偷走的孩子”（这正是他的用语），他是否会以某种隐晦的方式告诉牧师，那天上午、在农庄简陋的木屋里究竟发生过什么。最后，他想，这些年里，父亲是否曾有过丝毫的内疚，还是仍然恨着他……但无论如何，在去世之前，这个固执的男人从未试图打破僵局，他没有道歉，也没有给他写过一封信……

那天上午和其他夏天的上午一样，一大早就明亮刺眼的阳光，混杂着浓郁的植物和动物气味的热烘烘的空气，早餐后屋子里生硬的静寂……他们终于做了决定，把给他的“选择”摆在他面前。如今，恐惧早随时间消失了，他反倒觉得可笑，那么凶狠、那么煞有介事！……他们把他反锁在房间里，其他人都走了，最后他们俩也走了，就剩下他一个人……母亲哭过，她眼睛红肿，像死人一样没有光芒。她哭过、反对过，但最后还是跟着父亲走了。父亲说最好是他自己走上那条赎罪的路，说会给他足够的时间想清楚，他们大概中午时候才会回来……他打破了百叶窗帘后面那扇玻璃窗。他必须把两块玻璃打碎，再把中间那块横木掰断，才能够跳出去。他的手和胳膊都划破了，流着血。他拔掉扎进胳膊里的几片碎玻璃片，脱了T恤衫缠住胳膊，在膝盖深的荒草里跑。他翻过歪歪斜斜的铁丝栅栏，跑出了农场。从他家的农场到埃尔帕索镇大概是十七英里，他清晰地记得气喘吁吁地沿着那条有干硬车辙的土路跑。他尽量跑，实在跑不动的时候就拼命地走。途经那个水塘时，他犹豫了一会儿。他最后只是到水边洗了手臂，洗掉了缠在手上的那件白T恤衫上明显的血迹。他使劲儿拧干衣服，直接把它穿在身上。等他走到埃尔帕索镇上时，衣服已经干了。

很多年后，他仍然做这样的噩梦：他在一条险恶的小径上拼命地跑着，后面有个紧追不舍的、鬼魅般的影子。然后，那双手猛地抓住他，或者，他突然发现无路可走，前面是深渊，他只好朝深渊跳下去……往往，他就这样惊醒了。

3

"如果你觉得疲倦的话，让我来开一会儿。"戴维说。

"我没问题。你大概已经觉得这地方乏味了吧？"雅各布问。

"我觉得很好，但你看起来累了。"戴维说。

"想了太多。"雅各布说，把一只手轻轻地放在戴维的腿上，很快又拿开了。

“你今天显得很严肃。”戴维说。

“对不起，这又是另一个让你乏味的理由。”

“不，你看起来很好笑。米勒小姐那句话怎么说的？‘你呆板得就像一把伞’。”

雅各布被他的话逗笑了。

“看到那些马了吗？”雅各布突然大声问。

“看到了，一个很大的牧场。”戴维说。很快，他又看到牛群，有五六十头，在牧场上闲散地吃草，牧场中间有两个蓝镜子一样的湖，有几头牛就在湖边喝水。这看起来是一个非常富裕的农场，广袤的地盘被整齐的、铁丝扎的水泥桩完全围了起来。接近中午，隔着玻璃照到身上的阳光有点儿灼热。戴维把车里的暖气关了。

“所以，得州的牛都是吃新鲜的草？”戴维有点儿无聊地问。

“大多数时候，”雅各布说，“冬天也吃干草。但冬天很短，只有那么两个月。”

“我睡了一觉，现在又觉得一切新鲜了。”戴维微笑着说。

“对我来说也有点儿新鲜。你知道，当我离开家的时候，我对路上的一切都视而不见。”雅各布说，“我只想离开这儿。我从未细细打量沿途的风景。”

“你是走这条路线离开的吗？”戴维问。

“当然，二十年前是这样的路，也许三十年后还是这么一条路，这里的一切都变化很慢！接着会有更多农场，因为快到埃尔帕索镇了。但出了埃尔帕索，我们得走一条土路，荒地又会多起来，农庄稀疏，彼此离得很远，每个小农庄就像一个孤岛。”

“也许那地方和你离家出走的时候完全不一样了。”

“谁知道呢？但也无所谓。”雅各布说。

戴维沉吟地望了他一会儿，问：“你那时没有想过你会这么久不回来吗？”

“我想的是我永远都不会回来。”雅各布说。

“你似乎怨恨你出生的地方。”

“我不喜欢那种生活，但那只是原因之一。你不可能想象那样枯闷的生活，因为你从小就生活在香港，你是个都市人，那种生活本身可能把你变成只会闷头吃草的牛。家庭是另一个方面，问题是我父亲……到后来，他和我都无法再忍受对方，他要我们成为他那样的男人。但我早就知道我不会是那样的男人。”

“他那样的男人是什么样的男人？”戴维笑了。

“得克萨斯男人，标配是一辆皮卡加一把手枪，沉稳的大块头，坐在餐桌前庄严地看着一窝孩子，等着妻子端菜上桌。”雅各布揶揄地说。

“我觉得那样没什么不好，如果你没有发现自己爱的是男人的话。”戴维说。他在心里已经勾勒出来一幅有关雅各布父亲的素描。他懂得画画，他想这幅素描图大概八九不离十，画里的人比雅各布大了两圈，透着一点儿傻气和蛮气。他想，如果他画一幅自己父亲的素描，那会是个干瘦、透着市侩气的男人。这两幅画像将形成鲜明的对比！父亲并不坏，他只是一直为钱所困。母亲则一直忙碌、烦躁。他没理由恨他们，但也绝不想和他们一样。他们是没有个性的人。

“我刚才是在开玩笑。”雅各布说，“真正的问题是，我父亲是个过于苛刻的人。例如，如果孩子们忘记祷告而去伸手拿食物，那么接下来就得饿肚子，直到第二天。他善于利用惩罚。他喜欢谈论罪。”

“正和你一样。”戴维调侃说。然后，他注意到雅各布愣住了。他望着他，做出一副等待反驳的表情。出乎意料地，雅各布却说：“是这样。可能这就是为什么我选择学法律，我想明白‘罪’究竟是什么。当然，那是不一样的罪。但我需要的就是另一种定义。”

戴维没接话。他本来只是想开个玩笑，他发觉这个拙劣的玩笑触痛了雅各布。他调整了一下座位，让身子更往后靠一点儿，温柔地问：“亲爱的雅各布，你那时是副什么模样？一个清瘦、寡言少语的农场小男孩儿？”

“我那时也许比现在要壮实，如果有活儿，我就拼命干活儿……‘寡言少语’？大概是吧，在那种死气沉沉的气氛里。我父亲的严厉是神经质的、病态的。至于我母亲，她显得比她的年龄老多了！她算是个整洁干净的女人，长得不难看，但过早干枯、憔悴了。我觉得我们全都生活在父亲的‘压制’下，除了我大哥亚伦，因为他和父亲一样，他们是一个模子出来的。”

他们经过一个锯木厂，又经过荒地、树林，终于开进了埃尔帕索镇。车速慢下来，雅各布说他在找个地方。他从穿过小镇中心的那条主街拐上一条边道，又兜回来，往前行驶了一段路，拐上了另一条边道。他们经过商店、修车铺、药店还有餐馆，这算是个大的镇子。雅各布最后找人询问，那人告诉他“戴尔的小店”早就关了。然后他们去了一家叫“Don Pico”的墨西哥餐馆吃饭，餐馆的墙壁上画满了底色是蓝色的挺有意思的画，画着玉米、辣椒、丰满的深色墨西哥女人……雅各布和戴维都叫了玉米煎饼卷炒牛肉，配菜是炸芭蕉片蘸牛油果蔬菜酱。戴维夸奖墨西哥菜味道很好，雅各布似乎为此高兴。饭后，他们叫了咖啡。女招待告诉他们，咖啡是随便喝的。

“我曾经有很深的耻辱感。”雅各布单刀直入地说，看着戴维的眼睛。

“我记得我告诉过你我也有过。”戴维说。他确实有，而且很强烈，尤其他一个人在香港的时候，以至于他只能用对一切人的冷漠来掩饰。

“我想说的是，在我遇到你以前，这种耻辱感都没有真正被治愈，它时而来袭，能一下子把我的自尊心都打垮。我有时怀疑那是否只是一种身体的畸形的欲望或者嗜好。是我父亲把这种耻辱感烙在我心里，他曾经说我是‘被魔鬼偷走的孩子’，他相信像我们这种人是不配活在世上的。”

“那只是他的想法，雅各布。”

“不，我相信这仍然是不少人的想法，只不过他们不再轻易喊出声来。”

“那就随便他们怎么想，他们改变不了什么。”戴维说。

停了一会儿，雅各布说："我那时候从农场跑到镇上，经过一个水塘，很大的水塘，也可以说是一个湖。我停下来，盯着阴暗的水面，那里面有种魅惑人心的东西，似乎引诱我跳下去。我想我当时想的其实也是我这样一个人是否还配活下去的问题……"

"还好你没有跳进去。你不知道你以后会变成一个多好的人。"戴维注视着低着头的雅各布。他想告诉雅各布他是个无微不至的朋友，一个真正可靠的人，但一阵莫名其妙的感动让他缄口无言。

"戴维，现在我可以告诉你那些事了，如果你愿意听。我一直都想对你说，但我总是找不到合适的机会开口，现在大概是最好的机会。你或许不相信，但在二十多年前，情况就是那样……"

"我当然愿意听。"

"在那时候，他们觉得有权杀死你。"雅各布说，他压低声音，瞥了一眼站在吧台后面的女招待——她只是看着门外发呆，并没有注意他们。

戴维专注地盯着雅各布，等他继续说。

"我告诉过你，从十二三岁开始，我就知道我……某些地方和他们不一样。我会注意男生，就像一般的男生注意女生一样。高中一年级的时候，我和班上一个男生约会过……这些你都知道。我告诉你后来我离家出走了，因为害怕他们发现，我不得不逃走。你也知道我是敲碎了玻璃窗逃走的，我受了伤……但这不完全是真的。事实是我主动将那事告诉了我母亲。我没有办法……我相信她，我也愚蠢地相信他们真心希望我诚实，而只要我诚实，我就会被原谅。也许，我还希望她给我点儿指引，毕竟，我是她的孩子……但很快，我发觉父亲知道了这件事。他变得很可怕，他到处监视着我，常常把我锁在房间里。我们之间笼罩着冰冷的、凶狠的沉默。后来，他们干脆不让我去上学，说我病了，当然，也不再让我去教堂。”

“所以，他们把你囚禁起来？”

“是的。”雅各布说。

“我不知道他们为什么这么做，这太过分了。”戴维摇摇头。

“大概想掩盖这个纯洁家庭的丑闻吧。”雅各布说。

“你没有想到报警吗？”戴维问。

“那时候不可能想到这个。”雅各布皱着眉头说，“你只会觉得一切都是自己的错。”

“你还要再来点儿咖啡吗？”雅各布问。

“让我来。”戴维说。

他拿了自己和雅各布的杯子去吧台那儿倒咖啡，顺便结了账。他注意到雅各布坐在那儿、安静地等待着。他回想起第一次见到雅各布的情景，他穿着深蓝色休闲西装，坐在餐馆靠窗的一张桌子那儿等他的朋友。他面前是一杯清水和一小瓶花，他看起来十分耐心而专注，没有丝毫浮躁。他那副样子就像一道安宁的光，突然照亮了戴维。他现在有点儿理解他身上那股惊人的耐心和定力了。

“我们再坐一会儿，现在的阳光太厉害。”雅各布接过咖啡时说。

“是啊，太阳照在脸上发烫。”

“大概二十英里就到那儿了，我们不用赶路。”

“当然不用。”戴维说。又过了一会儿，他问：“我们今晚不会住在你家吧？”

“如果你愿意，我想我们可以和他们一起吃晚饭，吃过饭就回来镇上住。这附近会找到汽车旅馆的。”雅各布说。

“我刚才看到一家 Motel 6。”

“我们就住那儿。会很简陋，但总比家里舒服些。”

他们喝着第二杯咖啡。戴维仍然对雅各布的故事好奇，但他一点儿也不想催促他讲下去，也不确定是否真想听下去。他预感到故事里有某种危险、极其压抑的东西……三点钟前后的太阳照进店里，把吧台后面木架上的酒瓶照得晶晶发亮，还照亮了架子上那层薄薄的灰尘。雅各布说起了“戴尔的小店”：“我跑到这个镇上的时候，口袋里有两块钱和三个 25 美分的硬币。我到‘戴尔的小店’里，花五毛钱买了一根玉米肠。店里有个女人，我猜她是戴尔太太，她大概看出我又饿又累，就给我拿来免费的面包。我问她镇上有没有人要去达拉斯，我想搭个顺风车去看亲戚。那个女人很热心，她马上向店里坐着的几个客人打听。他们说，没有人要去达拉斯，但杰瑞好像要去 Garland。最后，有个人带我去找杰瑞。杰瑞开了一家卖化肥、种子、除草剂这类东西的杂货店。我坐在他的店里等了一个多小时，他给了我一瓶水，让我用他的电话。一坐上车，我就睡着了，睡得就像死过去了一样。”

4

他对自己的感觉从隐约到明了，直到他和那个比他高一级的男生约会。他们这种人似乎天生能从对方的气味里辨认出同类。他们很快主动靠近、搭讪，直到确定了单独约会的时间和地点。那件事发生过两次，他就无法忍受了。他觉得自己是怪物，强烈的羞耻感和罪恶感让他惶惶不可终日。对方也不是他喜欢的那种男孩儿，做了那件事之后他们就再也没有话说。但他知道他是同性恋，这一点儿已经确定无疑。他变成了一个低头走路的、孤僻的家伙。他不再和谁约会，但一有机会，他就手淫。他更经常地躲到外面，避免和家里人见面。

他当时十五岁，不知道怎么杀死心里的魔鬼，他想来想去觉得只有一个人可以求助，那就是母亲。他开始寻找能和她单独相处的机会。在夜里，他一个人躺在床上，反复想象各种可能的画面，想象她会安静地听他诉说，会原谅他，为他落泪，并拉住他的手，将他引领到可以洗刷羞耻和罪孽的温柔之地……有一天，他知道母亲在地窖里，而其他人都不在家里，就到地窖里找她。母亲正在那儿摆放她做好的果酱。他一直走到她身边。

“你有十分钟吗?”他问。

“怎么了?”母亲惊讶地看着他。地窖里有一盏小灯亮着，但比上面光线暗多了。他觉得这样刚好，否则也许他说不出口。

母亲很快就哭起来，尖细的嗓音抖颤着说：“我不明白，我不明白，雅各布，不要告诉我这些，我宁愿你什么都没说，你是在撒谎……”她的两手起初扶着他的肩膀，他感到她在抓着他甚至摇他，但后来那双手断然地离开了。她退后一点儿站着，对他说：“我不能接受这个，你说的不是真的。”

他也哭了：“妈妈，帮助我，你是我在这个家里唯一爱的人。”

他走过去，想去拉她的手，请求她原谅，但她惊恐地哭着跑开了。她回到地面上去了，把他一个人丢在地窖里。

不久以后，他发现她没有为他保密，她把他那羞耻的秘密告诉了父亲。此后，父亲那双冰冷的、充满厌恶的眼睛就很少离开过他。他盯着他干活儿、吃饭，禁止他随便跑去农场里的什么地方，无论白天或是夜里，他不允许他反锁房间的门，后来，如果他们外出，就给他的房间上一把锁、扔给他一个尿壶……他们让马修从他俩同住的房间搬走，和大哥住到一处。他很少和亚伦他们碰面了，除了在餐桌上。他们都用怜悯、有些害怕的眼神望着他，因为父母告诉他们，雅各布生病了，一种类似绝症的危险的病，这种病让他很痛苦，甚至会精神失常。

母亲（她一定是受了父亲之托）找他商量，说唯一的办法是让他尽快结婚，找一个附近农场的女孩儿，婚姻、家庭会帮助他改邪归正。但他立刻拒绝了。他说也许应该去问问牧师。母亲吓坏了，她说“千万不要！求你不要告诉任何人！”他感觉到他们的懦弱、虚伪，这和他自己的罪孽一样让他茫然。他决定用沉默抵抗这一切，哑巴一样的沉默。有一天，父亲径直走到他房间里，朝他喊“你改变了吗？想通了吗？小恶魔。”他瞪着他，没有回答。于是，父亲怒不可遏，朝他狠砸了几拳，把他打倒在地上。

他不知道他们究竟考虑了多久，最后做了那个决定。那天一早吃过饭，孩子们都被打发出去了，只有他们三个在木屋里。他像往常一样洗了早餐的盘子就回自己的房间里去，开着房门。他听到他俩一开始压低声音说着话，后来，他们的声音越来越高。然后他听见母亲压抑着的哭泣和喊叫。“不，不，不能这样！”她说。“你必须做个抉择！”父亲也低沉地咆哮起来，“我们必须做个抉择，我知道这非常难！但他已经不是我们的孩子，我们的雅各布已经被魔鬼偷走了，现在这个人不是雅各布，而是魔鬼，你必须清楚这一点！”“不，不是这样……”她仍然低声叫着。“蒂娜，蒂娜，难道我们不是已经说好了？昨天晚上，我们是怎么说的？”他在催逼着她，“如果你有动摇，如果你不能坚强，那么你可以离开，走得远远的！但你阻拦不了我！”

他大概知道会发生什么事了。但事情和他想象的有出入，父亲没有走进来给他一枪，而是把枪交给他。他把枪放在他面前那张白色的小桌子上，让他自决。“你知道该怎么做，你有足够的时间考虑。”这是父亲临走时对他说的话，也是他这辈子对他说的最后一句话。

雅各布看着惊呆的戴维，深深嘘出一口气："我非常高兴我终于能把这些都告诉你。我知道在有些地方，父母可以接受孩子的不同性取向，而孩子也不会觉得自己是怪物、魔鬼。但我显然没有生在那样的地方。所以，那天上午，我的确试着拿起来枪，朝自己脑袋上来一下，我觉得也许真该这样，就那么一下，一切就解决了。从我自己的意志来讲，我是准备这么做的。但我却浑浑噩噩、不顾一切地逃走了！我那时才十五岁，只想活下去。"

5

那是一条南方的乡村土路，路边的风景是荒草、灌木和稀落的农庄，突然中断的、长满荒草的灌溉渠，以及从灌木丛后一闪而过的、混浊的无名河流。戴维想，那完全不像一个现代的故事，但它似乎又和这里的孤独、荒凉相得益彰。在他那个城市不会有这么暴烈的故事，他的城市具有将一切掩盖起来、悄悄吞噬掉的能力……雅各布看起来只是在过于专注地驾驶，盯着前面的路。戴维极力想象十五岁的雅各布，难以把那个惊恐的农家少年和眼前这个英俊、沉稳、有都市风范的人联系起来。他想等一下他会和雅各布一起走进那座屋子，看看他曾经住过的房间。很可能，那张白色的桌子还放在那儿，甚至那把手枪也还躺在某张桌子的抽屉里。

"我发觉我不会再习惯这里的生活了，难以想象平常能做些什么。没有便利店、书店、剧院、咖啡馆……"雅各布打破沉默。

“没有24小时营业、可提供外卖的餐馆！”戴维回应道，“我大概无法离开城市长达三天。”

“很奇怪，当我听到他去世的消息，那种感觉是，一切突然都过去了、终止了。巨大的安静。”

他们的车在土路上颠簸着，雅各布开得很慢，戴维甚至感觉他在刻意拖延回家的时间。接近傍晚的空气仍然温暖，天空中厚厚的、大块的白云仿佛静止不动。

“你觉得还好吗，雅各布？”戴维问。他伸手揉了揉雅各布的头发。

“很好。”雅各布说，“我们很快就到了。”

“我觉得你母亲会非常高兴见到你。”

“希望如此。她大概已经非常非常老了！这是一件奇特的事，我是说，我还能在她的有生之年见到她。我原本以为，她会走在我父亲前面……她肯定已经非常老了，她以前就显得比她的实际年龄老。”

“我想……你最好告诉她我是你的同事。”

“戴维，我不会这么说。如果她不问，我就不说，如果她问，我会把你介绍给她，你就是我的爱人。我们现在不需要隐瞒什么。”

“你很勇敢！”

“你说什么？”

“你很勇敢。我刚才在餐馆里就想对你说这句话。你看，我通常会选择掩盖起来的方式，如果我能掩盖住可怕的真相，我就会一直掩盖下去……但你十五岁就不这么干了。你比我勇敢。”

“戴维，我没那么勇敢。我甚至不敢独自回到这里。”

他们相互望了一眼，没再说话。

“你知道吗？我突然有一个想法……”过一会儿，戴维转向雅各布说。

“说出来。”

“我在想，你父亲可以轻易地杀了你，像他这样的人，大概也不会在乎背不背罪名。他那样做，也许只是为了让你逃走，我是说，逼迫你离开，一方面，他从形式上完成了惩罚你的‘义务’；另一方面，他还是把求生的机会留给了你。”

雅各布没有马上回答。过了一会儿，他笑着说：“谢谢你，你总是爱讽刺人，但关键的事情上，你就拼命把人往好的地方想。你这么说是为了安慰我。”

“也可能事实就是这样。”

“好吧，既然你这么说，我就这么相信吧，这样我会感觉好点儿。”

戴维点点头。“无论如何，这地方现在看起来很美。”他说，看着天空中那些云块儿。暮色里有一种极安静、温柔的东西。

最后，车停到农场那道简易的铁门前面。他们下了车，站在信箱旁边，朝里观看。一些牛在已经微微泛黄的阳光下面啃草。

“你猜她会在家吗?”雅各布问。

“我猜会。”戴维微笑着说。

“门没有锁。”雅各布说，“我们就这么进去吧。”

2017 年 4 月 25 日

十年

1

他醒的时候以为自己仍在约翰内斯堡。房间里的摆设逐渐浮现出它们暗沉的影子，起初他吓了一跳，不知道为什么他身在一个全然陌生的房间里。等他稍稍清醒过来，他才意识到他是躺在休斯敦“假日酒店”的某个房间里。空调的声音有些嘈杂，布满暗影的房间毫无必要地大，显得空阔。他知道自己睡不着了，拧开床头的台灯。淡黄色的灯光投射在带花纹图案的、有些褪色的地毯上。他看一眼床头的电子钟，显示四点十二分，他试图推算休斯敦的凌晨四点十二分是约翰内斯堡的什么时间，但随即觉得并不重要。他把两个枕头交叠着竖起来，倚靠在床头，在仍然蒙眬的意识里，觉得身在此地是件奇特的事。

他之前并没有做什么计划，一得到她的允许，他就这么贸然地飞过来了。二十几个小时以前，他还在约翰内斯堡，他坐在出租车里，看着窗外掠过的熟悉街景和陌生人群。现在他已经身在休斯敦，在她生活的这个城市，而且，就在昨天晚上，他们已经见过了。在这十年之中，他无数次想象过再见到她的情景，但真实的相见比想象中的情景都来得平静。他们到他住的酒店大厅来接他，她和女儿，还有她现在的美国丈夫肯尼。他们就像老友那样握手、站着寒暄几句，然后迅速走出去，钻进车里，到了一个吃得州牛排的餐馆。餐馆里灯光非常暗，她说美国餐馆里的灯光都是这么昏暗。食物价格不菲，但四周拥挤而嘈杂。在昏暗的灯光底下，他还是看出她老了一些。她的五官倒没有多少变化，但脸稍稍松了，那张原本紧绷绷的、饱满的小圆脸上的特征不那么突出、鲜明了，她年轻时那种顽皮、快乐、略带挑衅的天真神情，以及她十年前带着女儿到约翰内斯堡和他团聚以后那种紧张、憔悴但楚楚可怜的神情都被岁月磨平了，那些尖锐而生动的东西淡去了，她显得柔软、和缓，仿佛山峰变成了丘陵。他并没有失望，相反，他心里对她的怜悯又多了一层。他想，好吧，她老了，但她不是在我身边变老的，我们就这么各自老了……想到这一点，他心里突然一紧，眼睛潮湿了。但在那个嘈杂而昏暗的地方，一切都能掩饰过去。

他不抽烟，但现在如果能弄到烟，他大概会一直抽到天亮，把时间挨过去。多么荒唐！他一个人躺在这个极其宽大、舒适的床上，他感到身边的空虚，每次当他在想象中要填补这空虚，他想到的总是她，只可能是她。在她走了以后，他曾认真结交过别的女人，但那个同床共枕的女人只可能是她，只有她才是他心目中的妻子。在这些年里，他曾无数次在想象中把她放置在自己身边，最初是怀着厌恶、报复的仇恨，然后是疯狂的怀念，如今，只有让人痛苦的爱和悔恨。他不可能忘记在他们还年轻的时候她给予过他的那些美好的东西，他终究不相信还能从别的地方找到这些东西。只有她那么爱过他，怜悯他这个倔强、自尊而又自卑的孤儿。

昨天夜里，他们隔着餐馆里那张长方形的、漆成绿色的木桌坐着。他看着她现在的丈夫肯尼，确信肯尼比自己显得高大、男子气。但肯尼的头发已经花白了，他猜想他比她大十岁或是十五岁。他女儿则已经完全变成一个美国少女，她不再叫“彤彤”，而叫Summer，她说因为她是夏天生的，英语老师给她起名叫“夏天”。Summer开朗、自信，对亲生父亲十分礼貌而热情。一开始，他还担心她面对两个爸爸如何称呼，她会不会叫他“叔叔”。但结果他发现自己多虑了，女儿叫他“爹地”，叫她的美国爸爸“肯尼”。显然，她和养父更有话说。当女儿和肯尼谈笑风生时，他觉得自己是个不该出现、坏了气氛的外人。除了她，大概没有一个人希望他出现在这里。毕竟，她们走的时候，应该说他把她们赶走的时候，女儿才四岁。他担心女儿对他冷漠甚至怀有敌意，那样的话，他完全不知如何应对。但女儿以那种美国人的自信告诉他说，母亲给她看过他的照片，所以她对他“这位爹地”并不陌生。

餐馆里嘈杂而拥挤，不断有人在周围进进出出，晚餐在昏暗的灯光里和那对父女愉快的交谈里和谐地继续。他娶过的那个温柔又快乐的小女人如今变得干练了。她肤色深了一些，头发剪短了，脸部骨骼的棱角浮现出来，穿着剪裁利落的连衣裙坐在一个美国男人身边，那个男人叫她“珍”。难以想象他们之间隔了十年的距离。十年之前，她是属于他的，现在，她属于别人。

桌子中央摆着一个细细的玻璃瓶，里面插着一枝鲜红的、孤零零的玫瑰。他隔着花，看见那个美国男人抚摸她的头发，不止一次，但每一次都有什么东西深深伤害了他。他知道那不仅仅是嫉妒，没有那么赤裸、尖锐，那里面甚至有种慨叹的情绪，念旧、感伤却又无能为力。肯尼像许多美国人一样乐观、健谈，他谈的大部分内容都是在自嘲休斯敦多么荒凉粗糙，嘲笑州政府多么贫穷，公路一塌糊涂，路面经常变成池塘……但他总觉得在肯尼的自嘲里有一种骄傲。她面对他坐在那儿，背后就是一个肥胖、金发的女人。她的脸大部分隐在昏暗里，只有一些光亮照在右边的额角和上半部分的脸颊那儿，明暗的对比令她显得有些恍惚、虚幻，仿佛她就要消融在那柔和的、无边无际的晦暗里，或是会在那束突如其来的光亮里飞走。当他和她的目光碰到一起，她就礼貌地朝他笑一下。他发现她那张消瘦了的脸上又渐次浮现出他熟悉的那种神情，温柔，仿若有点儿失神。过去，当她偶尔沉浸在自己的思绪里，她脸上便是这副神情。他想，起初一刹那的陌生竟让他以为时间终究改变了她，把他们之间的一些东西带走了，这是多么肤浅。时间不过是把某些东西隐藏得更深，或者说是他自己把它强行地按压下去，但在某个时候，当它突然浮上水面，它倒比过去更惊心动魄。

她不像以前那么灵动、爱笑了。她变得沉稳，连动作也舒缓下来。她的确老了不少，但在他眼里，她仍是美的。美是一种说不清楚的东西，他觉得那倒未必是客观的，而是和一个人心里的柔情有关。他不太在意肯尼在讲什么，即便这种用餐的情景尴尬无比，他也希望晚餐继续下去，希望时间走得慢些，好让她仍然坐在自己的对面，置身于她自己浑然不觉的虚幻的美丽之中。至今，他仍觉得一切不可思议——他又见到她了，真实的她就坐在那儿。但很快，账单送上来了，他抢着付账，却被她制止了，她笑着说不要在美国餐馆上演中国餐馆里抢账单的一幕，人家会以为起了争执。他不得不听从她。他扫了眼账单，看到四百多美金，略微有些吃惊。他听说美国人喜欢 AA，于是掏出两张百元美钞要付给肯尼，肯尼拒绝了，开玩笑说他刚来得克萨斯，必须体验“南方的热情”，但下次他不一定这么幸运了。付完账，他们还在喝着饭后咖啡，肯尼去洗手间了。他这时候才敢正视她，他发觉她不说话、不笑时依然负气似的紧抿着嘴唇，她不时抬起手下意识抚弄头发的小动作还保留着（过去他多么喜欢抚摸她的头发）……他想问她些什么，但觉得开口说话是那么困难！他发觉这种感觉是他毫无准备的：他多多少少仍把她看成是以前那个女人。

回酒店的路上，肯尼好像累了，不再开玩笑，没有人想说话，车里笼罩着令人难堪的平静。外面，道路显得蹊跷，街景平板而陈旧，大部分路边的建筑沉落在昏暗里。车子总是遇见红灯，等待的时间里，他默默听着交通灯的计时器，数着秒数，他惊愕于 30 秒竟然很漫长。他坐在副驾驶座，前妻和女儿坐在后面。他想象她看着肯尼和他的背影时会做何感想，前夫和现在的丈夫，她会更喜欢哪一个？他担心自己和肯尼比显得矮小、瘦弱，像个孩子，但随即意识到这一点儿也不重要，也许她根本不再关心他是什么样子……这几乎是一定的，毕竟，他曾经那么粗暴地伤害了她。他觉得他不应该再试图从她对他的态度里寻找那种她依然爱他的蛛丝马迹，他应该感激她答应让他过来看看女儿，此外，他应该别无所求。

终于，他们又来到了酒店大厅，站在一盏巨大、耀眼的吊灯下面。从餐馆和车里的昏暗中突然钻出来、站在这个过于明亮的地方，他们都显得有点儿失措。她尽管化了妆，看起来还是疲倦了。肯尼兴致勃勃地和他分手，这时又恢复了那种“南方的热情”。女儿祝愿他睡个好觉。女儿和肯尼都用英文和他交谈，只有她仍然对他说普通话。这让他高兴，因为他觉得这显出一种私密感，至少肯尼完全听不懂。她说：“好好睡，明天上午我再来接你，我来接你之前会打电话到你的房间。”于是，他鼓起勇气对她说：“我明天等你的电话。我很高兴，谢谢你，你把女儿照顾得很好。”她脸上显出不太自然的表情，说：“肯尼对彤彤很好。”“我看出来了，真谢谢他。”他又说。整个晚上，只有这么一刻，当他们说着只有他们俩才能懂的语言，将其他人暂时排斥在外时，他才感到他们之间曾存在过的那种血肉般真实的关系。他目送他们一家离开大厅。她的背影消失后，明亮的灯光、陌生的人影和英语口音一下子朝他涌过来，他因突然意识到自己孤零零地身处异乡甚至感到一种肉体上的痛苦。

躺在这陌生的床上，浸泡在一屋子安静、寂寞的空气里，倾听着凌晨时分微弱、虚无而永不间断的城市噪音，想念着她曾给予过他的温暖和快乐，他几乎无法相信自己曾做出那么粗暴的事。他想起那天晚上，他扳过她背对他的身体，她那双很大的眼睛温柔而可怜地看着他，流露出一丝小心翼翼的欣喜。她大概以为他终于原谅她了，要爱她了。他也的确脱去了她的睡衣，但随后，他做了非常可怕的事，他说的话甚至比做的事更可怕……过后，她下床了，什么也没有穿。她在客厅的沙发上蜷缩了一夜，裹着一条沙发巾，几乎冻僵了。几天后，她给自己和女儿买了回国的机票。

此刻，他靠在床上，感到其实在哪儿都一样，除了她，他没有别的亲人。

2

九点半钟，阳光已经非常猛烈。他在太阳下走着，裸露在外的手臂上的皮肤感到灼灼发痛。他走了很长一段路，看到的仍然只是酒店、交通灯、高速公路桥、高大呆板的不知其用途的建筑、空阔的广场、还未开门的商店。他注意到街上几乎没有其他行人，于是凑到商店的玻璃门前观看，他发现就连商店里面也显得巨大而空阔，货架和货架离得那么远，仿佛相隔着一条小街道。他不想在酒店里吃早餐，但在这个他们告诉他的市中心区，他沿街走了很久，也没有找到一家可以吃早餐的咖啡馆，商店则十点钟才会开门。

他只好往回走，希望酒店里还提供早餐。他处于日夜颠倒造成的兴奋和一夜未眠的疲倦掺杂的状态之中，在被阳光照耀成盐白色的街上，他踽踽独行，像个漫无目的的游荡者。他想起他在约翰内斯堡的那套复式公寓，如她所喜欢的高大、美丽、白木框的窗户，阳台上盆栽的植物……他们本应在那里愉快地生活，漫不经心地度过这十年；他想起在她离开之后，他在约翰内斯堡度过的那些孤独、一成不变却安逸的早晨：同样明亮得发白的阳光，街道上同样飘浮着淡淡的尘土味儿，两边同样有破旧失修的建筑，但那里的一切仿佛是拥挤着的，而这里的一切像是相互远离的。但不管拥挤还是疏阔，喧闹还是寂静，对他来说，从某种意义上，它们都像一座空城，而他只是个在其中浑浑噩噩地活动着、生活下去的人。他想大概自己真的变老了，竟对这巨大而陌生的城市有股莫名的恐惧。如果她不在这个地方，他绝对不会来，即使他来了，他也会马上掉头离开，他没有心情冒险或是仅仅去习惯那些自己不习惯的东西。只有当他想到他和她身处同一个城市，这种忍耐才有意义。让他自己也无法理解的是，从昨夜到现在，她一直在他的意识之中，即便当他探头探脑地往关闭的商店里观看时，她也浮现在他那昏沉、时空颠倒混乱的意识里，和那些蓝灰色的、封闭在玻璃门后的幽闭空间交织在一起。他比以往的任何时候都更想念她，就因为如今他和她身处同一个城市。他知道她就在离他不太远的地方呼吸，置身于这炙烤大地的阳光和早晨的溽热之中。

他突然意识到他在一家商店的橱窗前站了太久，而那是一家女性内衣商店。周围没有人，但当他醒转过来、意识到自己刚刚注视着一套红色内衣发呆，他立即走开了……他记得在她二十四岁那年，某一天，他发现她穿了一套红色的内衣裤。他觉得很好笑，而她告诉他说这样可以在本命年辟邪。那时候他们还没有结婚，但她已经完全地属于他，她对他毫无保留，她曾是个敢爱敢恨的女孩儿……他们曾有过非常亲密的日子，非常亲密。这种亲密在他这方面一直延续到她告诉他那件事之前，那时他从约翰内斯堡给国内的她打电话，还会在电话里流泪。但他不知道在她那里是从何时结束的，也许是他抛下待产的她去南非之后不久，也许是在她疲惫不堪而婴儿正在啼哭的某个无助的时刻，也许是他离开之后的第二年、第三年，当那个人不断在她身边出现、在她心里占据一个地方以后……当她带着快四岁的女儿来到约翰内斯堡，她已经不再是那个和他亲密无间、无话不谈的女人了。起初，她一味迎合他、顺从他，但也只是迎合、顺从，完全失去了她的俏皮和幽默感。在她离开他的十年之中，他有足够的时间冷静思考他们之间的问题，他甚至曾交往过一个单亲妈妈，希望从她身上体会到她曾经历过的那些东西，那种艰难、无助和急于寻求他人慰藉的感觉。他几乎可以确定一切错误的根源就是他做的那个错误决定。就在她临产前的一个多月，他在南非的朋友突然来电，告诉他有这么一个不可错失的生意机会……于是，他告别她独自去了南非。他和她一开始都相信这个决定没有问题，因为生意的机会不可错失，而等他成功了，他们就可以过得更好。奇怪，他们当时那么信任好的生活会给予一切补偿。换了现在的他，他再也不会做这样的决定，人把现在抵押给未来，这是愚蠢的。

他希望给她买件礼物，同时也给女儿买一件，他匆匆忙忙赶过来，竟然两手空空。但他知道没有时间了，商店还没有开门，而他得赶回酒店，早餐后不久，她可能就来接他了。他吃力地辨认着行经的每个路口，沿着既不熟悉也无好感的面目呆板而雷同的街道走回酒店，来到二楼餐厅。他犹豫了一下，找个大厅里一个靠窗的角落坐下来。餐厅里没有几个人，早餐时间过了，服务生已经开始收拾没有用完的食物。他拿了粗粮圆面包、牛油、煎蛋饼和茶，除了茶，其他东西都冷了。他觉得一点儿也不饿，早餐不过是用来打发时间——她到来之前的时间。除了服务生收拾餐具的声音，大厅里几乎没有任何声音。他知道自己在心动地等待着什么——那不可能到来的什么。他凝神看着外面，心里有愉悦有忧虑甚至有怯惧，但很平静。他不知道他的心是从何时得到平静的，何以得到平静的，但如果他十年前有这么一份平静，他就不至于失去她。他能回想起那些光线朦胧的早晨，在他们那个三居室的公寓里，她总是早早醒来，无声无息地离开他身边，到厨房里为他和女儿准备早餐。他其实已经醒了，但仍然闭着眼睛，在床上倾听着她在厨房里弄出的声响，鸡蛋壳轻轻碎裂的声音，油刺刺啦啦爆裂的声音，咖啡机发出“嘶嘶”的呜咽……他知道她隐忍地做着这一切，她承担所有照料他和孩子生活的家务劳动，像是在赎罪；她不愿静下来，她不停地走动着、忙碌着，不愿在他的视线里停下来，她置身于各种声响和动作之中，像在寻求一种保护……但他没有丝毫的感激或同情，他那颗狭隘的心里只有仇恨和辱慢。那些早晨，他闭着眼倾听她弄出的各种声音，感到窗帘在轻微的气流里微微抖动，知道她已经打开了客厅的窗户和通往阳台的那扇门。她有这么一个把早晨的空气放进屋子、驱赶走睡眠气息的习惯。清晨的空气本是澄净凉爽的，但他心里却仿佛燃烧着什么，令他透不过气。

他取下眼镜，擦了擦镜片。外面阳光灿烂，过于灿烂了，使那个世界在光线里显得喧嚣杂乱。他更喜欢待在这里，阴凉、安静、无人注意。他回想昨天的晚餐，竟然对她现在的丈夫有点儿失望。他想起肯尼那粗壮的手臂、花白的头发，还有高声朗笑、身体朝后仰去的粗放而倨傲的样子。他不太喜欢那个人的样子，他觉得他对于她来说太老了，他确定这并非是出于嫉妒的偏见……服务生朝他走过来，问他是否还想要再拿点儿什么吃，因为他要把剩余的食物都收起来了，他说不需要了。很快，大厅另一边的食物和餐具都收走了，他们开始更换桌布。他看看表，时间已经过了十点。他的手机就摆放在桌子上，显出一种安静等待的姿态。他迅速吃完剩下的早餐，把手机装进口袋，在桌子上留下一张五美金的钞票做小费，离开了餐厅。

将近十一点十分，他接到电话：她在酒店大厅里等他下来。他们一起走去停车场，几乎没有说什么话。她穿着一条浅蓝色的连衣裙，走在灰暗、丑陋、仿佛巨大无边的地下停车场里。不知道为什么，他觉得她比以前显得高了。只有他们两个人，走在那些静默、森然的铁兽中间。他希望这条危险的路长一点儿，希望那种仿佛在默默流淌着的无言的默契能这么延续下去……

3

在他看来，她和肯尼住的房子太大、太豪华了。但肯尼对他说，在休斯敦，要买这样一栋带花园的房子并不贵，这个地方有的是土地。他们还养了一条叫“乔尼”的米格猎犬，她说那是女儿十二岁生日时肯尼送的礼物。午餐时，她不允许女儿把乔尼带下楼。“乔尼可从来没有过这种待遇。”肯尼反对说。“我们中国人的习惯，客人来了，狗在餐桌那儿跑来跑去不太礼貌。”肯尼和女儿相视一笑，耸耸肩。他想说他根本不介意，但被她用眼神制止了。

肯尼处处表现他的大度，鼓励妻子带前夫到处看看。他表示感激。肯尼打趣说："没办法，我们美国人总是有很多'ex'，前女友，前老公，前前妻……我们得习惯和一切'ex'友好相处。"

他不知如何接话。

肯尼又补充说："如果需要用车的话，就给珍打电话，你总得买些东西带回去，到这里的中国人总是买很多东西带走。你们可以去直销店，离这儿并不远，珍经常带朋友去。我不知道约翰内斯堡有什么……"

"肯尼，南非有世界杯和纳尔逊·曼德拉。"Summer 调侃说。

"是的是的，纳尔逊·曼德拉，一个伟大的人。但是世界杯，好吧，原谅我只对美式足球感兴趣，我爱看的是'超级碗'。"肯尼哈哈大笑。

"美式足球对我来说太暴力了，一群人相互冲撞，都是大块头。"她笑着看了他一眼，说。

"是啊，男子汉的运动，力的对撞，那里可没有老弱病残的空间。"肯尼说。

午餐仍然笼罩在肯尼高谈阔论的气氛之中。但他暗自欣赏着桌子上那些菜和中式的餐具。他默默享用着，心里有股泛着酸楚的感激。他回想起他们刚结婚时住在单位分给他的那间单身宿舍里，他们的房间里没有空间当厨房，大家都在楼道里炒菜。她在自己家里是个娇生惯养的女孩儿，但她还是学会了系着围裙、弓着腰在黑乎乎的过道里炒菜。他知道她不习惯，但她并不怎么抱怨，她顶多会兴致盎然地提及她在娘家时母亲下厨做的饭菜可口。有一次，他们谈起将来的生活，她说："将来我们自己的房子里最好有一间大点儿的厨房，我现在慢慢喜欢上给你做菜了。"那时候，他们很喜欢谈未来的生活，幻想将来有了什么什么以后会是怎样一种快乐情景，似乎一旦有了那些幻想中的物件，其他的美好就有了一个安置的所在，幸福就不再动摇。那些谈话总是温暖动人的，两个人一起做仅仅关于两个人的梦。他一时想不出那是多少年前的事了，但显然是很多年前的事。他知道他现在是坐在别人家的餐桌前，被另一个三人款待。他不无慨叹地坐在那儿，和自己曾经最亲密的女人礼貌地交换寥寥数语，和自己的女儿几乎说不上话……他好几次偷偷打量女儿，觉得她那么青春、晴朗，但不及母亲柔美。他注意到她最像母亲的地方是那双眼睛里大大的、黑色的瞳仁。他大胆地把这个观察所得说出来，但他不知道英文的"瞳仁"怎么说，他只好说"大大的黑眼睛"。Summer 反问道："是吗？我的眼睛像妈妈？我自己从不知道。"而肯尼则微笑着纠正说他相信他妻子的眼睛不是黑色的，而是深棕色的。那一刻，他渴望自己从餐桌上消失。

他们谈着中国的食物，肯尼开始说起 Summer 爱吃的某种凉面。他听着，但他的意识仍在幽暗的记忆隧道里滑行。在眼前的一片光亮和声音之中，他感到自己躲避在那阴凉遮蔽的昏暗里，空空寂寂，一种拥挤、混乱、紧凑的空，一种充满往昔喧嚣的喑哑的回声的寂静……她尤其不对她的家里人抱怨，也从不邀请他们到家里来，他知道那是为什么。他去了南非以后，在女儿生下来以后，她也仅仅在娘家住了几天，然后就带着女儿搬回他们后来租的那个一室一厅的房子。那时候长途电话是那么昂贵，他只能一周给她打一次电话。电话不可能很长，一开始她总是高兴的，但后来多半会掉眼泪。他猜想每日的生活对她来说相当艰难，但他也无从问起，无从安慰，因为他不知道一个年轻的女人带着一个初生的婴儿，每天的生活会充斥着怎样的内容。他只能问她如何吃饭，孩子是否睡得好，其他的他只能够想象，在想象中，她总是抱着女儿在那小小的厅里来回走动，轻轻摇晃着，唱着歌，而那婴儿总是哭泣着。这是他从电影里看到过的镜头，不知道为什么，它倒给他一种安宁祥和的感觉。只是在他们分开以后，他才试图更详细地想象她那时的生活，想象她自己带着孩子如何一日三餐，当她生病的时候把女儿托付给谁，想象她怎么更换煤气罐，想象在停电的晚上，她抱着女儿坐在怎样的黑暗里……最初，这些想象让他害怕、难以忍受，因为在这想象的画面里，总会出现她提到的那个人的影子，他看到那个被他视为卑微、可鄙的面目模糊的人抱着他们的女儿，他看到他在大雨天从她怀里接过那小婴儿、为她撑伞，他看到他像条忠实的狗一样为她跑前跑后……但不知从何时起，负疚感压过了强烈的嫉妒，怜悯逐渐漫过了其他的一切；再后来，他似乎理解了她为什么那么做，尽管那仍然会深深刺痛他，但那个人越来越无关紧要了，淡化成一个不会引起他什么情绪的、仅仅是存在过的影迹……如今，他坐在她丈夫的对面，被那人告知她的眼睛不是黑色而是深棕色的，他竟没有丝毫嫉妒，只是感到难堪。他想，这就是时间，十年，仅仅这个数字就能狠狠地击中他，这是梦游般的十年，日复一日、无限孤寂的十年，甚至连它的平静也是虚假的，因为那不过是死灰复燃之前的平静，一旦那被他小心掩埋在时间底下的东西被什么激发，就又猛烈地燃烧起来。它那么漫长，但又那么轻，他似乎一下子就跨越了它，来到眼前这个时间、这个地方，像一个真正的、从远方而来的客人一样端坐在她和孩子的对面，他同样也能一下子跨回去，回到他和她共同生活的昨天，它在他脑子里复活了越来越多的、鲜活动人的细节。要去想时间在哪里偷偷带走他的一切、改变了他的生活是痛苦的……

等女儿说完一句什么，他开始夸奖每道菜都好吃。肯尼说："我的朋友都说我是个幸运的丈夫，你看看我的身材就明白这一点了。"他怔了一下，而Summer已经笑出来。她这时给他的酒杯又添满了啤酒。他抬头看了她一眼，但她立即把眼神移开了。她很自然地问起他在南非的生活，还有他们过去认识的两位朋友。他告诉她说他好几年前已经从他们过去租住的地方搬走了，他现在买了一套复式的公寓；那两位朋友其中的一位已经离开南非回国了，但在国内好像发展得不太顺利；另一位还在南非，日子照旧，他们来往不多，偶尔在一起吃顿饭、打打牌，他们还是喜欢去Sandton的那家中餐馆……她很认真地听着，偶尔从杯子里喝口白葡萄酒。她笑说她有时还想吃African Hut的牛肚套餐呢。她的举止里有种过去没有的从容、优雅。他想，她离开他以后显然过得更好，他们在一起时，她没有过上多少好日子，起初，她倒快乐，但很穷，只能幻想着过好生活，然后，她成了一位疲倦至极、孤独无助的年轻母亲，再后来是一个生活在惊惧和屈辱中的妻子……而今，她置身在这座华丽而毫无风格的房子里，在许多同样华丽而没有风格的装饰品之中，她显得那么温柔和蔼，但和蔼里却隐约有种高冷。她在别人面前提及他们从前的生活一点儿也不难为情，这大概说明过去既不令她痛苦，也不再让她眷恋。他想为她高兴，心里却只有酸楚。

4

他回想起那个夜里他如何走出家，在大街上漫无目的地、像一阵疾风那样走着。他感到他是自北向南走的，但方向对他来说没有任何意义。他只是一个劲儿地走，不知道穿过了多少街区。他走过那些公园黑漆漆的边缘，跨过了两座钢桥，也经过了一些霓虹灯闪烁耀眼的街道，而无论漆黑还是光明，都只是反衬出这城市在夜晚的空虚和阴沉。后来，他发现自己走到一个从未去过的地方。那是个破败的黑人居住区，照明不足的街上不时出现一些黑黢黢的、古里古怪的影子。大概因为他那副疯狂的样子，没有人找他的麻烦。他像一条游狗在残破凋敝的街区里乱窜，即便快冻僵了，他也知道自己必须待在外面，如果他回家，他那双插在外套口袋里、紧紧攥着拳头的手可能会做出可怕的事。他牙齿打战，太阳穴绷紧得发痛。那个故事的碎片在他心里翻江倒海，它大概是这样的：一个丈夫在外、只身带着孩子艰难度日的女人不断得到年轻的小区保安的帮助，日复一日，他帮她把重的东西提上楼，帮她换煤气罐，帮她修烧坏的保险丝，帮她更换灯管，帮她叫车送孩子看病……这个城里的姑娘并不爱那保安，但她知道那个年轻男人爱着她，因为感激，或者说为了报答他，她选择在某个晚上和他睡觉……那种翻江倒海的感觉一直刺激到他的肠胃，让他恶心又腹中疼痛。他只好不停走着，大口呼吸着夜里的寒气。最后，他在寂寥的、残破凋敝的街头看着天亮起来，随便搭上一辆车回到市中心。

她说她不愿一直欺骗他，选择对他坦白，而当时，这反而加深了他对她的憎恶。他想问："只是一个晚上吗？"但他不屑于问出口。他从未相信她坦承的一夜情，但也从未相信她所说的仅仅因为感激。对方那低微的身份对他来说则是另一种屈辱，一个保安，想到这他就受不了。有时他无耻地想，如果她给他换一个敌人，也许他还不至于如此憎恶她。他曾鄙夷地对她说："你真是人尽可夫。""你知道我不是这样的人。"她说。此后，他再也没有对她说过一句好话，他总是极尽可能地粗暴地侮辱她，只有她的痛苦能让他得到一点儿快感，她的哭泣再也不能感动他，他会在心里冷笑着说：虚伪！继续演戏吧。在她离开之前差不多一年的时间里，尽管他们仍然躺在一张床上，他再也不愿碰她。如果她朝他靠过来，他就厌恶地把她推开……嫉妒把他身上的其他东西都烧光了，包括欲望。他想，最后迫使她离开的也许不是他那冰冷而无形的暴力，而是他的鄙夷。

他此时独自坐在书房里。她刚刚离开去泡茶。肯尼午餐后去公司了，女儿在楼上她自己的房间。书房里只有他一个人，回忆令他凝然不动地坐着。他透过那扇门看见一段空荡荡的走廊，等他听到她清晰的脚步声，就迅速抬起手，擦了下眼睛。她的身影出现在那段走廊上，他赶忙微笑着站起身，走上去接过她端的托盘。

"这间书房真大！"他赞叹地说。

"你看书架上的书了吗？"她笑着问。

“还没来得及看。”他说。

“除了生意经根本没有什么别的书。所以，这不是书房，是肯尼的办公室。有时候他不去公司，就在家里办公。”她说着，让他把茶壶和杯子放在沙发前面的咖啡桌上。他注视着那两只青色的色泽通透的琉璃杯子，它们在那张异常宽大厚实的咖啡桌上显得那么小巧、精致。

“你没有发现吗？这里的一切都是傻大个儿。”她似乎察觉到他在注意什么，有些调皮地说。

不知道为什么，这句话在他身上激荡起一股暖流。他在沙发另一头坐下来。他们俩中间隔着至少两个人的位置。她仿佛在远远地打量着他，脸上有种好奇而纯真，甚至带点儿淡淡讥讽的神情。

“吃好了吗？”她问。

“吃得太好了，很久没有吃这么好了。”他说。

停了一会儿，她轻轻地叹口气说：“你看起来没多少变化，而我老多了。我觉得自己的样子完全变了。男人还是比女人耐老。”

他说：“你看起来很好。我才老了，我已经开始染发了，不过，也确实到了这个年龄……都会老的，但你看起来很好。”

他似乎没能说服她。她淡然一笑，说：“我只是发点儿感慨，又不是让你反驳我说我不老。人总会老的，这没什么。”

她倒了一杯茶递给他，有点儿嘲弄地说：“我的头发也是染黑的，你没看出来吗？”

“没有。”他老实回答。

他的确没有看出来，他也没有想到。但当她这么说着，那头柔顺的、短短的黑发从他眼前一晃又闪开时，他呆了半晌。他搁下杯子，突然起身走到窗户前面去。他假装十分专注地看着一丛红色的藤花，问：“那种红色、钟形的花儿是什么花？我从来没有在其他地方见过。”

“你问错人了，我从来不懂这些花花草草的东西。应该是得州特有的吧，肯尼找墨西哥人来种的。”她说。

“他们把园子打理得挺好。”他很无聊地说。他继续打量着花园，但在他眼里的只是一些烟雾般的色彩。

过一会儿，他离开窗边，走到那张天蓝色布面的圈椅上坐下来，告诉她说他现在买的那套三居室在 Hillbrow 那里。

她说：“够一家住了。”

他说：“只有我一个人住。”

“你昨天说，你有个女朋友，她还有个七八岁的男孩儿？”

“她还没有搬过来住，还没有发展到那个阶段。”他说。

“恋爱的时候最好，慢慢了解吧，没关系。”她看着他说。

“还不知道会不会发展下去……”他不置可否地说。他有点儿心虚，担心她其实并不相信他所说的话。

“我真的替你高兴，你找到了喜欢的人，很快就会有个完整、幸福的家，一个人总是冷清。”

他强调说：“还行吧。她对我很关心，是个善良的女人。”

“这是最重要的！”她强调说。

“她做得一手好菜。”他笑着说。

“你有福气了。”

他没说话。他欺骗了她，因为他已经和那个女人分开好几个月了。事实是，她的确对他不错，甚至有点儿谄媚，但他觉得她只是在为那孩子打算，她想为孩子赶快找个家，而他们其实互不相爱。她和肯尼是否也如此？过了一会儿，他说："可我还是喜欢吃你做的简单饭菜，也最熟悉……"

她的脸红了，低声打断他："别说这种话……"

"这只是实话，我没有别的意思。"他觉得脸热得发烫。

她不再说话。

短暂的沉默以后（而他仿佛能听见这沉默），他先开口说："肯尼对你和女儿很好，我觉得特别欣慰。"

"你完全不用担心我们。"她说。

"不可能不担心，"他说，"这些年我才渐渐醒悟过来。但是，我知道得太晚了！以前，我太对不起你们。"

"别再说这些。"她制止他说。

"我没有别的意思，你可以让我说完。老实说吧，这些年我没有遇见任何别的女人让我有结婚的欲望。"

"这是一朝被蛇咬，十年怕井绳吗？"她开了个玩笑。

"不是，是我没有那种准备下半辈子和谁一起生活的愿望，我想不到还会有谁……"

"我们不说这些好吧？"她又恳求说。

"好的。"他说。

稍停一会儿，他谈及另一个话题："如果你允许的话，以后我想经常来看看你们。我没有别的想法……"

"我怎么会不允许呢？这又不是什么非分的要求。"她的语气缓和下来。

“除了你们，我没有别的亲人。”他有点儿激动地说道。

“你可以每年来一次，就当是度假。”

“真的吗？”他有点儿孩子气地问。

“为什么不可以呢？我们是亲人嘛。”她说。

“谢谢你！”他说。

她轻轻叹口气说：“真的，你没怎么变，看起来还是和以前一样，就像个大男孩儿。”

“可能因为这十年来，我的生活差不多一成不变。但我不会像以前那样莽撞了，不会那么……伤人了……”他说。也许是她那种表达的诚恳让他鼓起了勇气，令他觉得只要是真实的，说出来就无妨，他又接着说：“以前我真蠢，又蠢又自私，我后来发现我大概是世界上最蠢的人。”

“你并不蠢，你只是太骄傲。”

他仿佛挨了一记闷棍。他想，她早就知道，她能看见他心里最卑劣、阴暗的那个角落里去。

过了一会儿，他说：“很奇怪，我已经不再嫉恨了，我早就不再想起那个人，那些一点儿也不重要，我不明白……”

但她又一次低声制止他说：“别再说以前了。”

“好吧，我很抱歉。”他说。他本想说：“我不明白为什么我当初会把他看得那么重要……”他还想说：“如果说这十年让我悟到了一点什么，那就是时间会让你发现，你当初看得最重要的东西其实并不重要，而你却会因为这些不重要的东西丢掉最重要的东西……”当然，还有一些别的话，事实上他想对她说很多话，如果有机会的话……但他想说的这些颠倒而纠缠不清的话被她完全制止住，他反倒觉得释然了。

此时，他坐的椅子离她远一些，不在同一条水平线上，他得以好几次瞥视她。她刚刚显得紧张，甚至有一点儿羞怒，但现在平静下来。他觉得此时的她比以往任何时候都动人。她显得安恬、沉静、若有所思。他心底蓦地掠过一丝怀疑，怀疑她现在是否真的幸福。这怀疑不像是一道阴影，反而像一道光亮，照进了不可知的、黑沉沉的未来，在那个未来里，他或许还有一个机会弥补过失、找回幸福……他知道这些只是自私又自以为是的念头，不值得深究。但很多事是令人费解的，譬如，为何无法忍受她的一次背叛的他而今根本不在乎她是别人的妻子？譬如，究竟是什么把他从那阴沉可怕的嫉妒中释放出来？譬如，为何在十年之后，他面对她有些生疏，甚至有些胆怯，却依然那么爱她……试着去感觉这些变化倒不是什么尖锐的疼痛，那只是回望过去，发觉空空如也、恍如一梦的怅惘。

他从这思绪的旋涡里挣扎出来，转过头，仍旧隔着玻璃窗打量屋后的花园，他看到绕在一面木围栏上的、正开着的淡紫色的星形的花儿，还有在阳光的金芒下面正在舒展、摇曳的矮棕榈树的叶子，天空是柔润的蓝，只有几丝云彩。书房里明净、阳光充足。他坐在扶手椅里，知道现在不会有人来打扰他们，感到他们正坐在一处，竟有种安适的、回到家的感觉。他想，他已经得到她的允许可以探望她和女儿，这对他那孤独、浑浑噩噩、毫无希望的生活而言，就是唯一的解脱。

她这时抬起头，冲他一笑，说：“这次你能来真好！我也特别希望彤彤能见到父亲。现在真方便，那么远的两个城市。”

“是啊，十几个小时的飞机，想想前天上午我还在约翰内斯堡，就像做梦一样。今天早上我在房间里醒来，还吓了一跳，觉得怎么房间里的摆设全变了。”

他们俩都笑了。

“我很高兴。我不知道为什么等了这么久才来看你们。”他慢慢地说出这句话。他终于端起杯子喝茶了。他躲在那绿色的、半透明的屏障后头，感到羞惭。他发现自己竟然很爱哭。在他最愤怒或是最孤独、最思念她的时候，他也没有哭过。而现在，坐在她跟前，处在喜悦之中，他倒变得脆弱了。

楼梯上传来噼噼啪啪的脚步声。很快，他们看见 Summer 带着那条叫“乔尼”的米格小猎犬跑进花园里。乔尼开始欢跳，围在女孩儿身边做前后扑跳的可笑动作。

“她是在监督我们吗?”他开了个玩笑。

她微笑着看了他一眼，没说话。

他察觉到这个玩笑开得暧昧而又无聊。

“我很感激肯尼，他对彤彤非常好。你知道，我这样带着一个孩子在国内不容易找，我最怕就是别人因为嫌弃我对孩子不好。那时候，我表姐告诉我美国男人不在乎带孩子的女人，她当时已经在美国了。她给我介绍了肯尼，他年纪比我大了差不多二十岁，但他人很善良。他是真的爱孩子，我觉得人对自己亲生的孩子也不过这样了，没有几个人能做到他那样。我们来美国是对的，彤彤把过去不好的事都忘了，她心里没有阴影。”

他的嘴唇抽搐了一下，想说什么，但什么也没说。这还是她第一次提及肯尼的好，也是提及她曾遭遇的困境，他感觉即使附和着说点儿什么也是自找难堪，甚至会在她眼里显得虚伪。过去很长一段时间，最困扰他的问题是：她是不是爱过那个当保安的小子！现在，他根本不敢去揣测她是否爱肯尼，那样显得太自私而狭隘，甚至恬不知耻。他抛弃、伤害了她们，而肯尼救了她们！这就是她想让他知道的。

“时间说漫长也很漫长，但回过头一看，它过得真快。这些年发生了很多事……”她叹了一口气说，“你不知道吧？我父母都已经不在了。”

“我不知道。什么时候的事？我……很难过。”他结结巴巴地说。

“我母亲过世差不多五年了，我父亲是前年过世的。”

“你回去了吧？”

“当然，我们都回去了。”

他想：当然，一定是肯尼陪她回去奔丧的。在她最难过的时候，是那个男人在她身边。这些年来，她一定走了很多路，去过很多地方，都是和那个人一起……他感到真正可怕的并非他们老了，时光流逝了，而是这十年的相隔和虚妄，是他永远无法填补的巨大空白。

他们好半天坐在那儿找不到话说。他刚才的好心情一扫而空，沮丧得无以复加。

“还是不要提这些难过的事。”她笑笑，挥了下手。

他只是有些惊讶地看着她。

“你还怕狗吗？”她突然问。

“哦，你还记得这个？”他的脸红了，“现在好多了，至少不会看见牵狗的人就绕道溜走了。”

她笑起来。

他隔窗看着女儿和那条狗嬉闹，看到她不时蹲下去，抚摸、亲吻它。某种久违的温柔的东西让他的身体抖了一下。

“你不去和彤彤说说话吗？”她问他。

“说什么呢？我担心她不喜欢听我说话。我的英语不好。我现在倒很羡慕那条狗……”他说。

“那你就告诉她你正在嫉妒乔尼吧。你的英语没问题。”她说。

5

他出现在花园里，有些胆怯地站在女儿面前，同时留意着那条在他脚边嗅来嗅去的小狗。

这里的确称得上是“花园”。在南非他公寓的阳台上，他种着许多盆栽的植物，放着一张小桌和两把花园椅。他试着把生活过得有趣些，但如果他仔细审视或是蓦然回首，他发现那始终称不上是生活。没有欢乐、没有爱的生活不是生活。那是一个人活动着、支撑着自己度日，感到自己日复一日毫无意义地变老、走向终点。而眼前的这个花园虽然鲜花盛开，他却不觉得它非常有趣。它就像那剪得过于齐整的草坪一样，有些虚假展示的意味，在其中隐藏着平静无声的空虚和人们急于填满它的徒劳的、同样无声的努力。如果这里有什么与空虚无关的鲜活的东西，那就是这个名叫“夏天”的小姑娘和她的狗。

女孩儿穿着夹趾拖鞋，白色的、宽大的T恤，长长的头发有点儿凌乱地披散着，看起来懒洋洋的。除了皮肤的颜色，她看起来就像他在好莱坞电影里看到的那些生活无忧、健康开朗的美国女孩儿，她们身上散发着一股热烈而又轻盈的气息。面对女儿，他感到羞愧，因为自从她出生以来，他几乎什么也没为她做过。从她是个胎儿的时候，他就抛下她而去。他没有听到她那诞生之初的啼哭，也没有抱过幼弱的、婴儿时期的她，他也从来没有在幼儿园门口等她放学，在她母亲带她投奔他而去的那段短暂的、称得上“团圆”的时间里，他本应该让她幸福，补偿他作为父亲的所有亏欠，但他完全被自己的情绪吞没了，几乎没有注意过这个孩子。而后她们走了，他就再也不曾看过她……现在，她是个快要十五岁的姑娘了，而她的快乐、生活的丰足，这一切都和他这个亲生父亲无关。让他感到绝望、无能为力的就是这种无法填补的空缺。但他知道，他绝非不爱她，即便她是陌生的。当他在孤寂灰暗的日子里踽踽独行，想到在很远的地球的另一端，他的女儿在长大，他会感到一种安定和温暖。尤其当生活把他推到将老的、生命的另一端，当他在年深日久的孤独和悔恨里浸泡得柔软了，他会感到血缘加之于感情的力量——她是他和他最爱的女人的结晶，她本身就是爱，即便其他的一切都变了，包括感情，她的存在依然能将他们牢牢维系在一起。后来，他千方百计地打听到她们的联络方式，他把它写在纸上，放在好几个安全的地方。在他生病时，他往往会幻想着这样的一幕：医生告诉他他快死了，于是，他终于有借口使用她们的联络方式，然后，有一天，她们突然出现在他的病榻前面，投给他温暖的目光……他知道自己曾是个多么自私、残忍的男人，但像他这样的人也会渴望这一瞬间温柔的瞥视，因为这个，他竟变得不那么害怕死亡了。

夕照的光线移过来，院子里变得有些热了。他仍然在考虑和女儿说些什么。他想知道她是否还记得自己，可他没有勇气问，他不敢想象这个当时还不到五岁的小姑娘和她的母亲匆匆离开南非时是多么迷惑、凄惶。

他并没有意识到自己的窘态，直到女儿问他："乔尼让你害怕吗？"

"不，为什么？我只是和它不熟悉。"

"这算是个很好的理由。"

"你很爱乔尼？"他问。

"是的，爹地。"

"那么我也会爱它。"他说。

"你首先要学会不怕它，然后你才能爱它。"女孩儿故作严肃地说。

"我不怕它。"他说。

"那你为什么总是向后退呢？为什么乔尼一靠近你，你就向后退呢？"女孩儿说，极力忍住笑。

他想象着在她眼里的狼狈的自己，突然觉得如果这个狼狈的自己却能令她发笑，对他来说倒是件好事。他想让她快乐，没有什么是他不愿意为她们做的。

"好吧，那我坦白，我过去曾经被狗咬过，所以我怕狗。但是乔尼是你的朋友，那我就试着不怕它。"

女孩儿有点儿怀疑地看着他。

“你可以让我抱抱它吗?”他突发奇想地问。

“你确定?”

“当然，只要你允许。”

“去吧。”女孩儿一甩头发，笑了。在她的带有一点儿揶揄意味的光灿灿的笑容里，他又看到了她母亲年轻时那种骄傲的神态。一刹那，那股饱含着青春、爱情的血液似乎又从他血管里奔流了一回，昔日那种混杂着日光、尘土、树叶的熟悉气味像一股干燥、温热的风拂面而过。这些逝去的东西是极其短暂的，但似乎又是永恒的。

他发现女孩儿在打量着他，她等待着，微笑着，目光炯炯。他觉得她真的就像夏天一样。他想，至少结果是好的，她离开了冷漠的父亲，像她母亲说的那样“没有阴影”地长大了，她现在这么快乐、自信，这是他可以自我安慰的地方。

他蹲下身，看着那条在他脚边站定的小狗。小狗也望着他。他终于鼓起勇气，伸出双手把小狗抱起来，他的手和它的皮毛接触的一刹那对他来说惊心动魄。他从未摸过一条狗，更不用说抱着它，把它抱在怀里。没有他预料中的狂叫和撕咬，在惊心的一刻之后，乔尼只是平静地卧在他的怀里，把它的幼小而柔软的头颅转向它的小主人。他感到他的衬衫湿了，贴在背上，但他深深舒了一口气，狂跳的心渐渐平息下来。他抱着乔尼，朝书房的玻璃墙转过身去，但他发现她已经不在窗户后面了，房间空了。

“你觉得还好吗?”女孩儿问。

“很好。”他说，仍然抱着乔尼。

“不像你想象的那么可怕？”

“一点儿也不可怕，比我想的好多了。”

“好了，测试通过，你可以把它放下了。”

“让我再抱一会儿吧。”他恳求说。然后，他稍微调整了一下姿势，把狗抱得更舒服些。他尽力感觉着它的体温、它心房的跳动和身体的颤动。他不敢用力，但又希望它能足够紧密地贴着他。他像抱着一个脆弱的婴儿一样小心翼翼、极尽温柔地抱着那条小狗，心想这就是他错失了的、再也无法找回的东西。

2015 年 10 月 15 日

梦中的夏天

1

我在某个星期天的下午开车来到休斯敦的克里夫兰，在这一带的农场区里迷了路。我已经第三次经过那个门口的邮箱上铸着一只金属小鸽子的农场，确认手机上的谷歌地图无法找到我要去的地方。最后，我干脆关了语音导航，把车停在路边，想等有车经过的时候询问一下。如果问不到，再给她打电话。

一些灰白的、边缘泛着紫色的云朵流散在天空中，雨后的小路微微发亮。从10号高速下来，途经一个废弃的铁路岔道口拐进农场区以后，就置身于这密实的绿色和宁静之中，路边风景或者是围栏后平阔的草地、房屋和牛马，或者是安静地摇曳在微风里的荒草和大树。路上经过的民房大都很美，虽然只是简单的一层，但清洁素朴，房前房后种满了任性生长的美丽植物，但也有几处房子残破失修，肮脏、歪斜，看了让人丧气。我想到如今置身此地似乎并非出于我自己的意愿，而是受她那位远隔万里的母亲的驱使，或者说是她母亲的意志加上我母亲的意志。有时候，在我给家里打电话的固定时段，她母亲也守候在电话旁。“你一定要去她的大庄园去看看她，你们离得那么近！”她母亲不止一次对我叮嘱。我确认她的家大概就在距离我一两英里的地方，因为我从刚刚经过的农场信箱上看到的号码和她的住址号码十分接近，我只是找不到入口。站在路边等待时，出现在我脑海里的是好几年前的她的样子，是我们一起走在北京的街道上、胡同里，要去某个地方或者只是饭后随便走走的情景。她总是会走在稍微靠前一点儿的地方，像是带领着我。于是，她的样子也总是我从侧面或后面一点的角度看过去的样子，通常是在黄昏或是夜色里，她在那一小段我们都刻意保持的距离之外，高高的，温柔里隐藏着美人特有的甚至是无意的傲慢……过去，偶尔，在我的记忆里，这些影子会奇怪地重叠起来。所以，她如今住在这样的地方——一个被围栏围起来、布满荒草、散发着泥土和牲口味道的地方。

三年前，我对国内的朋友说，我再也不想和这充满猫腻味儿的生活打交道了，我要走了，走了就不会回来。我到了得州大学奥斯汀分校，开始了新生活。新生活茫然又紧张，我在实验室里经常工作到凌晨，累得像狗，但我没有后悔，因为就像我所说的，生活拼一点儿总胜过憋闷，胜过经历了可怕的失败之后等待着另一个失望以及那种无可救药又不可控制的对自己渐生的轻蔑。我知道她住在休斯敦，离我只有三个小时的车程，但我一直没来找过她，也没有和她联系。记着她母亲给我的她的电话号码的纸条一直放在我存放支票本和护照的那个小铁盒里。尽管我知道也许我终究得和她联系，却一直推迟着行动，我不知道是什么东西阻碍我拿起电话，拨那一串简短的号码，似乎疏远太久，重续友情的心也淡了，而某种隐约的、晦暗不明的忧虑又总是困扰着我，使我宁可举步不前。有时候，我和母亲打电话，她会提到又碰到了她母亲（这很正常，因为她家就住在我家楼下），她母亲则又向她追问我是否去找过她女儿了。我想，她母亲也许对她的生活一无所知，急切地希望从我这边听到点儿什么。

她比我大两岁，高两届，我们曾在同一所高中读书。我去北京读研究生时，她已经在那里的一家银行工作了。我们时常碰个面，一块儿吃饭，饭后去哪儿随便走走。她长得非常美，在我们家乡的小城，她是众人皆知的美人。即使到了北京这么一个浩瀚的城市，她也还是美得出挑。可我竟从未动过追求她的念头，尽管后来我想到也许我有机会这么做。她似乎坦然地把我当成弟弟看待，面对这样的坦然，我觉得求爱就像一种亵渎。而且，我认定她不会属于我这种人，一个瘦弱而又一无所有的人。我甚至觉得她不会属于任何我见过的男人，因为他们之中没有一个走在她身边会显得顺眼。或许可以这么说，我也看见过比她长得更漂亮的女人，但我从未见过比她更动人的女人。当我从别人那里听说她有了男友，而且男友就是她那家银行的行长时，我却又觉得这并不那么出乎意料，像她这样的女人，似乎最后难免会落到一个那样的男人手里——阅历丰富、有权势或财富但也有家室的男人。我们见面的次数越来越少，关系淡漠了。我从未见过她的男友。再后来，我听说她出国了。好像有一段时间，她的经济状况不怎么好，她母亲还曾经跟人抱怨她出国是走错了一步。但她和一个美国人结婚以后，她母亲就变得骄傲而且高调了，喜欢把“美国”挂在嘴边。于是，我们知道她在美国得州住在一个大庄园里，那位美国丈夫是一掷千金的大农场主，他们有自己的奶制品加工厂，他们还生了混血宝宝……流言总是十分精彩。我的女性亲属和邻居们提起她出国这件事，都会露出了如指掌的神情。“一开始就是被那个行长送出去的，”她们说，“怕她坏了他的事。”“刚开始还给她寄钱，后来什么都不给了，等于把她骗出去、甩了。”“也算她幸运，找到一个美国人愿意娶她。知根知底的中国人谁愿意娶她啊……”她们的同情里总是夹杂着鄙夷，鄙夷里又夹杂着嫉妒…… 这些年里，她曾回来过一趟，但我当时在北京，正忙着办到美国来的手续，没见到她。后来，我母亲和姐姐描述说，她嫌弃家里冷，带着那个混血小男孩儿住在酒店；她大冬天穿着裙子，还戴帽子，走在街上特别打眼，一看就是外国回来的；可惜那个混血小孩儿并不如大家想象的那么好看，不像洋娃娃，像中国人更多些；他们不喝家里的自来水，只喝商店买来的纯净水……现在，当我在离她生活的现实很近的地方，这些流言、饭后的无聊谈资都显得遥远、荒唐。在小地方，人们总是这么谈论他们不了解而又感兴趣的东西，夸张、杜撰，夹杂着无知的无畏和各种复杂的情绪。无论如何，这里不像是住着她母亲夸耀的一掷千金的大庄园主。这里住着一些农场主，从院子里停着的泥泞的拖拉机和皮卡看，他们是踏踏实实工作的人，有的富裕，有的贫穷。

终于有一辆车经过，我朝车里的人招手。车子在路对面缓缓停下来，一个瘦削的中年男人下车走过来。他戴着宽边牛仔帽，穿着橡胶雨靴，皱巴巴的衬衫扎在牛仔裤里，走路时歪着肩膀，就像从电影《断背山》里走出来的人物。我向他打听她的农场，告诉他农场的主人叫汉森。

“汉森的农场?”他叹气般地问，皱着眉头看我递给他的那张写着详细地址的纸条。“对不起，我真的没有印象。我也是前不久搬过来的，我以前住在阿拉巴马……这里的邻居还不熟悉。不过，从这个号码看，应该就在附近。”

“我也这么想。前一个号码和后一个号码我都看到了，唯独没有这个。”我说。

“真是古怪！但有可能你经过了农场的后门，所以看不到信箱牌。”他说，把帽子抓在手里。

“有可能。无论如何，谢谢你。”

“没问题。你再绕到前面看一看吧。祝你好运!”他瓮声瓮气地说着，戴上帽子，回到他那辆蓝色的丰田车里。

我犹豫了一会儿，只好给她打电话。

2

我看见她站在路边，身后是一道铁门。那其实也不是一道门，只是一根横搭在低矮的、半人高的铁丝栅栏上的生锈的铁棍。但在美国，这道象征性的门和这歪斜得几乎要倾塌的低矮的铁丝栅栏就意味着不容侵犯的地界。铁棍后面蔓生的杂草里有一条若隐若现的小路，她刚刚就是从这条几乎被荒草覆盖住的小路上走过来接我的。我朝她走过去时，她站在那儿没动，似乎要刻意地从一段距离之外打量我。她笑着，还带着一点儿诙谐的表情。被她那股诙谐味儿感染，我也毫不掩饰地打量她，她老了一些，身体胖了一点儿，但整个人却仿佛变得锐利了。她穿着一条宽大的、深色的印花连衣裙，头发扎成一个低低的马尾。在我过去的印象里，她的头发总是披散着的，不那么顺滑地披散着，有风的时候就肆意地飘，打到你的脸她也毫不在乎。我们没有拥抱，因为她怀里抱着一个孩子，大概只有几个月大。她身后还站了一个四五岁的男孩儿，男孩儿紧贴她的腿站着，有点儿警惕又有点儿羞怯地看着我。我想，这大概就是她曾经带回国去的那个混血男孩儿。他其实很漂亮，是一种纯种人没有的模棱两可的、具有一丝迷惘气质的漂亮。

正如刚才那个过路人猜测的，我一直在农场的后门这边兜圈子。她说："我就猜到你会迷路，你从来都没有方向感。"她说话的样子好像我们几天前刚刚见过面。接着，她和她的孩子们坐到车子的后座上。她一边指方向，一边开始介绍她的两个孩子。五个月的小婴儿叫露西，男孩儿叫德瑞克。她还提到再过两个多月，德瑞克就可以去读那种不怎么收费的公立 Pre - school 了。她先打开了话匣子，这样我们就不必说久别重逢时经常要说的那些叫人尴尬的话。"我真累。"她连续说了两次。她第二次这么说的时候，我忍不住转过头看看她，发现她虽在抱怨，脸上却依然笑着。她注意到我在看她，才说："你总算来了。又见到你真高兴。"

我们连续右转了两次，拐上一条有点儿泥泞的、灌木夹道的土路。没有人照顾的灌木疯长，一边的枝叶向另一边拼命倾倒过去，两边的枝叶连起来，密沉地横在空中，像一道光影斑驳的绿色拱门。这条路真美，就像你会梦见的某种地方。而和她坐在车里，我有种奇特的感觉，就是你觉得和一个人分开很久了，你想象着见了面的那种生疏、不自在，但当你见到那个人，你发现只是一瞬间的、仅仅是缘于羞怯感的疏远之后，你们就能够回到当初那种坦然相处的状态，那种熟稔的亲昵，似乎你们从未分开，似乎过去那些音信全无的隔离、刻意的冷漠都并不存在。车很快穿过那条绿色隧道，到了她家农场的正门。同样是一道象征性的门，只是那根铁棍锈得没那么厉害。门口有一个铁皮邮箱，上面模模糊糊地铸着她家的门牌号。除此之外，再也没有什么标志。望进去依然是和后门差不多的情景，到处是膝盖般高的野草。我要下车去开门，但她坚持她来开门。她抱着露西下去开门，一只手动作麻利地打开铁棍尽头那把大锁。她指挥我把车开进去，又把铁棍横上，回到车上坐下。

"不要抱什么期望。"她对我说，"我们家的农场几乎没人打理，和荒地一样。"

"你们都种些什么？"

"什么也不种。"她回答，"以前的主人种了一些林木。我们养了几头牛，你等会儿就看见了，由它们自己在农场里跑。”

“那样好，放养。”我说。

“是没有办法，我带着两个孩子根本没有时间照料牛。汉森，他能干一点儿小活儿，但不能指望他。你看到他就明白了。”她语带嘲讽地说。她说话的节奏明显比以前快了，句子也短促、果断。

我们在荒草蔓生的小路上缓缓行驶。路上果然遇到了两三头牛，牛站在路当中，当车驶近时，它们就挪到路旁。而车经过的时候，它们又凑近过来，大大的头颅几乎贴着车窗，眼睛直盯着我们。我有点儿担心它们会像电视上看的斗牛比赛里面的牛，突然低下头俯冲过来。但它们只是呆呆地观看我们经过，然后又回到路中央它们刚才站的地方，默然眺望远去的车。空气闷热凝滞，风停了，天空中堆满大块的、墨蓝色的云，预示着另一场雨要来了。在高大而荫绿的林木下面，在荒草中间，凝然立在那儿的牛就像一种梦幻中的动物。然后，我看到那所简易房。它就是有时你经过郊野会看到的那种模样像只集装箱的铁皮屋，在得州灼热的阳光下，你会担心它被烧灼成铁板，台风的季节，你会担心它轻易被风卷走……它原本大概是灰白色的，但也许太久没有清洗、粉刷了，颜色完全被磨损或被污秽遮蔽了。它比我途经的这一带所有的农场房舍都更破旧、凋敝。屋子门口种着两棵茂密的橡树，它们倒比房子显得高大挺拔得多，浓密的阴影像是给这光秃秃的屋子搭了一道暗色的门廊。我从余光里察觉到她在观察我的反应，而我只能仰望其中一棵橡树的茂密树冠，因为此时打量那栋污秽、象征着贫瘠的铁皮房就如同欣赏某个人的伤口一样，是种罪孽。

3

我在房子里坐下来有一会儿了，她一直一手抱着露西忙来忙去，泡茶，端上来一碟姜汁饼干，还洗了一些葡萄，放在一个塑料筐里。在她来回走动的时候，德瑞克始终紧跟在她旁边。有几次，她低声训斥他，让他走开点儿，“妈妈会把你碰倒的！”她显得有点儿烦乱。我提出帮她做点儿什么，但被她断然拒绝了。我注意到她的嗓音也有些变了，语气里透出不耐和嘲讽。

自从进了屋里，露西就一直在哭。她告诉我露西只是饿了。但当我告诉她不要忙了，先去喂孩子时，她又固执地拒绝了。我试图把德瑞克喊过来陪他玩儿一会儿，但这小男孩儿对我不予理睬。我只能坐在那儿看着，因为自己的到来而造成的混乱不安。有一会儿，我望着她的背影，她的头发已经乱了，抱着孩子的样子像是挟着一个重重的包袱，腰身奇怪地扭着，裙子的领口被露西的小手抓得歪歪扭扭，内衣的肩带露在外面，而她似乎也懒得整理。我想到也许刚刚她走到门口接我的时候，我们都因为重逢而给自己涂上了一层兴奋的光彩，现在，这光彩暗淡了。我大概显得很木然，她尽管努力打起精神，却难以掩饰日常的倦态。

终于，她把一块厚厚的奶酪端到我面前。它外皮金黄，里面却晶莹透明。露西仍然在哭，她在这哭声中大声对我说：“你一定要尝尝，我自己做的。”

“你都会做奶酪了！”我也大声说，说完觉得也许没必要这么大喊大叫。

“我是个农妇，”她笑着对我强调，“你别忘了，我现在是个农妇！得省钱，很多东西都得自己来。”

她脸上有层薄薄的汗水，额发湿了。

“我要去喂露西了。”她说。然后，她抱着露西走进左边那个隔间里去了。我猜想那是间卧室，尽管没有门，只有一道布帘。我想到她没有带我参观一下她的家，但似乎也不需要，坐在这儿，屋里的一切就一览无余了——右前方的厨房和紧挨厨房的餐桌，还有我现在坐在这儿的这张印花布三人沙发，以及她走进去的那个房间旁边另一个关着门的房间……过去，经过这样的铁皮屋，我常常猜测它没有后窗，像个密封的、令人透不过气的金属箱子。但我发现它其实有后窗，是四四方方的一块玻璃，从墙壁上凿出来的一个小格子。格子窗的顶端是一圈荷叶边形状的装饰性的窗帘，用来挡住直射的强烈光线。空调此时发出挣扎般的噪音，吊扇大概也开到了最强挡，但屋里依然潮热难耐，似乎自从我走进来，我的衣服就一直湿着。已经是九月底了，最猛烈的夏天已经过去了，但热度还在延续。我想，如果搬一张椅子坐在门口大橡树的浓荫里，也许会好得多。

我突然想起她做的奶酪，就拿餐刀切了一小块儿。它干干的、咸咸的，细细嚼下去，才慢慢嚼出坚实、充沛的奶香。我猜想她是在给那孩子哺乳，否则她不需要走到房间里去，这多少让我有点儿不自在。我注意到其实一直有歌声从某处传来。我循着声音去找，发现歌声是从放在冰箱顶上的一台小收音机里传来，是那种手提的老式收音机，但音质竟然很好。她选的是乡村音乐台。我把声音稍微调高一点儿，回到原来的地方坐下来。前面那扇窗大一些，分两扇，挂着白色的塑料百叶窗帘。窗户是绿的，望出去是左边那棵橡树，向远处延伸的天空、草地和我们来时的那条模糊不清的小道，这一切看起来很辽阔，也有些荒凉、单调。我仍然觉得这一切有点儿不可思议。和她在一起时，这种不可思议的感觉给我一种虚幻感，现在她离开了，我一个人坐在这儿，可以慢慢整理一下情绪。我试图驱散那股虚幻的感觉，仔细观察四周，想让屋里的小物件赋予我一种此时此地的现实感，直到我看到一个男人突然出现在窗外那条荒芜的小路上。我吓了一跳，想去叫她，但立即觉得不合适。我只能看着这个幽灵般的男人沿着那条路走过来，一直走进屋子里。当他推开门的时候，我也站起身。有差不多半分钟的时间，他愣在那儿，我们相互看着。我觉得他的眼神里有种说不清楚的异样东西。他看起来并不像在打量我，他那直直的眼神仿佛是空茫的，又像是因为惊愕而失了神。突然，他缓缓地张开嘴笑起来。

“你好。”我和他打招呼，猜想他也许是农场的帮工。

他还是咧嘴笑着，没有回答。他的衣着还算整齐干净，但整个人感觉却是邋里邋遢、歪歪扭扭的。

我又说了一遍“你好”。他总算停住不再笑了，但他只是继续看着我，没有回答我的问候。

“你在这儿?”他终于开口说话了。

“是的。我在等着……其实，我是来看望……”

“所以，你在这儿！这很好……”他含混不清地说着，径直走到冰箱那儿去。他打开冰箱门，把手伸进去摸了半天，摸出一罐可口可乐。

他打开可乐，喝了一大口，仍然直露地盯着我看，好像很奇怪为什么我还站在这儿。突然，他高声喊“莉亚，莉亚……”

从他此刻脸上的表情，我终于明白过来，他应该是个有智障的、至少精神不太正常的人。我身上猛地出了一层汗，我想，这个人大概就是汉森先生、她的丈夫了！

她从房间里出来了，大概是他的喊叫声把她吸引出来的。她神情显得过分严肃，打着制止他说话的手势，快速冲到他面前，声音低沉而坚定地说：“No，No，No……”我注意到她没有抱露西，德瑞克依然尾巴一样紧跟在她后面。那个男人仿佛好奇地看着她，他的表情怪异但温顺。突然，他像刚看到德瑞克一样高兴地一把把他抱起来举过头顶。德瑞克一点也不抗拒，微笑着俯视举起他的男人。我确定这个男人就是孩子的父亲。

他们总算安静下来，她立即把孩子从他手里接过来。我注意到她换过衣服了，那条连衣裙变成了一件条纹T恤衫和宽大的牛仔短裤。

“总算把露西哄睡了。”她看着我，露出疲惫而带歉意的笑。

我说：“太好了。你可以歇会儿了。”

“是啊，是啊，总算能坐在这儿陪你说说话了。”

“你真不必操心我。”我此刻已经后悔来打扰她。她看起来那么累、力不从心。

那个男人坐在我们旁边的一把椅子上，继续喝可乐，但不时停下来赤裸裸地打量我们。

她看看他，对我说：“汉森先生，我丈夫。”

“已经认识了。”我说。

“你真有意思。”她说，“‘已经认识了’，你们相互介绍了吗?”

我又听出她口吻里那种冷峭的嘲讽。

“我们刚刚打过招呼。”我只好说。

“汉森小时候得过严重脑炎，智力有一点儿问题。你看出来了吧?”她用开玩笑的语气说，仿佛这是件无关紧要的事。

“是吗？这……并不明显啊。”我不得不装作有点儿惊讶地说。

“还好，不影响干活儿。我们说话他也都能听明白。”

“那就好。”

“汉森，”她转向他说，“这是我的好朋友，我的邻居，我在中国的邻居。”

“中国朋友。你来这儿很好！请坐!”汉森看着我，很有礼貌地说。

她看看我，笑了。我也笑了。因为我本来就坐在那儿。

“谢谢，我很高兴来看望你们。”我对汉森说。

她去厨房给他端来两片面包，还有几片薄薄的、上面的猪油凝结成块儿的冷培根。他把培根全都夹进面包里，开始吃起来。德瑞克已经从盘子里抓了饼干吃。过一会儿，她又切下厚厚的一大块干酪，放到汉森先生的盘子里。他把它抓起来，整个塞进嘴里。如果不是音乐声和外面隐隐的雷声，就只有汉森先生吃东西的声音了。

“你为什么不吃？”她突然问我。

“我刚才已经吃了一片干酪，你不在的时候。真好吃，尤其后味儿特别香浓。”

“真的？你喜欢吃的话走的时候带走两块。你吃块饼干啊。”她说着，从盘子里拿了一片花生酱饼干递给我。

杯子里的茶已经冷了，她又去添了热水。

“妈妈，我想要牛奶。”德瑞克说。

她转回厨房去给德瑞克倒牛奶。

“咖啡好了吗？”汉森先生嚷着问。

我发现他说话时也直直地看着我，这大概是他打量陌生人的方式，但这让我感觉不舒服。

她又跑到厨房里，从咖啡壶里倒了一大杯黑咖啡给他。

等她终于坐下来，她笑着对我说：“无论如何，先把他喂饱。”

我想，“他”指的是汉森先生。

“你太忙了，你一直在忙。”我说，想帮她，但知道什么也帮不了。

“是啊，每天就是这么忙来忙去，孩子的事也忙不完，家务事也好像怎么都做不完，农场的事做不了也操心。”她说，淡然一笑。

“你呢？你也很忙？来得州这么久都没有联系我？”

“是很忙，但和你不一样的忙，就是做实验、发论文，没完没了。”

“有为青年！”她开玩笑地说。

“算了，只是想站住脚而已。”

“我以前就知道你将来会有出息，你和别人不一样。”她看着我说。

“没什么不一样，我是个很平庸的人。每个人有每个人谋生的方法，像我这种人没有别的本领，就是不断读书，这没什么了不起。”

“你才不是什么平庸的人。”她坚决地说。

她的语气让我觉得我最好不要反驳她。

她接着问：“我不懂你的专业。但是，很多来美国的人都是漂来漂去的，你将来会去别的州吗？”

我正要说什么，突然听见汉森先生大声说：“好！干得好！”

“他吃饱了，不用管他。”她说。

但我因此忘记了我要说什么。

德瑞克这时爬到妈妈膝盖上坐着。她看着德瑞克，眼神变得很温柔，仿佛她整个人，一个绷得紧紧的人，终于放松了。当他们俩脸和脸贴得很近，我才发现那男孩儿的眉眼甚至表情都酷似母亲。

“他现在是我的希望，他和小露西。我现在只爱他，只爱他一个人，尽管他把我累得要死。”她说。

“他很快就要上学了，那样会好得多。”

“你不知道，有时候我真觉得生活已经完了，每天重复着同样的事，忙碌、疲倦、烦躁，你这样挨了一天，却知道第二天还是这样。真的，对我来说，生活已经没有意义了。当然，是我把它弄得一团糟。”她说。

“那个……”汉森先生说。

“什么?”她朝他转过头问。

结果，他只是重重地叹了口气。

“安静点儿。”她凑近他的脸低声说，“露西睡了！你女儿睡了！安静点儿。”

汉森先生看着她，表情慢慢严肃起来，“露西睡了。”他几乎是一字一顿地重复说。

“你很累了，汉森，”她说，“你最好去屋里睡一会儿。”

“是的。那些牛……要下大雨了?”汉森先生说。

“可能。”她说着，把德瑞克放下，去收走汉森先生的碟子和咖啡杯，拿一张湿了水的厨房纸巾，把他面前的面包屑和咖啡渍擦拭干净。

“过来，德瑞克。”汉森先生说，朝小男孩儿伸出手，那是一双非常粗大的手。

德瑞克看了他一眼，摇摇头。

“去吧，德瑞克，和爸爸玩儿一会儿。”她劝他说。

“不。”

“为什么？”她问儿子。

“我想待在这儿。”德瑞克说。

她轻轻叹了口气，问汉森：“那棵树你锯完了？”

“是的。但那些牛……你说还会下雨吗？”

“不要管牛。是锯成5段吗？他们要求5段，不然他们的皮卡拉不了。”

“5段。”汉森先生说。

“好吧，你现在去睡一会儿。”她叹口气说，有点儿不耐烦。

但汉森仍然坐在那儿没动，他看看我，又看看德瑞克。然后，他认真地观看自己的手——那双手正以各种奇怪的方式拧绞揉缠。他似乎沉溺在这种游戏里，兀自笑了。

最后，她站起来，拉着他的手臂，让他跟她走到那个有一扇门的房间去了。

她不在的时候，德瑞克开始和我交谈了：“汉森先生喜欢睡午觉。但我讨厌睡午觉。”

“你为什么不喜欢睡午觉呢？”我问。

“就是不喜欢。露西总是在睡觉，妈妈说因为她是个婴儿。我希望露西睡觉，这样妈妈就可以陪我玩儿。”

“你真是个聪明的家伙。”我说。

“你爱妈妈吗?”我问德瑞克。

“当然。”他毫不犹豫地说。

“为什么?”我笑着追问。

小家伙儿仰着脸费解地看我一会儿，最后说：“我就是爱她。”

我喝着茶，希望自己之前一直表现得很平静，至少没有露出惊讶的表情。我从未相信过她母亲或任何别的人对她生活的描述，但我也没有想到过她是现在这样的状况。

她走出来，关上了房间的门。德瑞克看见妈妈，立即迎上去。

她坐下来，把德瑞克抱到她旁边那张椅子上，告诉他吃过饼干以后应该喝水。

德瑞克用吸管从杯子里喝水，我们有一会儿没说话，只是看着小男孩儿。收音机里正播放一首老歌。

“这首歌很好听。你知道这是什么歌吗?”我问。

“‘我梦中的夏天’”她淡然地说。

她似乎不想说话。我就继续听歌。她看起来若有所思，面容平静，又蕴含着某种悲伤和失落。我在想汉森先生是否已经躺下了。小婴儿睡了，那个男人离开了，她不再显得那么慌乱。当我们这么近的、安静地坐着，只是观看着一个孩子喝水、听着一首歌时，我发觉一开始让她失色的憔悴，现在竟然又让她显得动人了，似乎当她得以暂时抛开那些烦乱的事情，她神情里某种昔日的东西就苏醒过来，她内心深处的一些柔软的东西也浮现出来，柔软而不幸……

那首歌唱完后，开始插播广告。

她这时说："我每天都听这个电台，都是些老歌，很老很老的歌，但起码不那么吵。这些歌我都听熟了。这里太安静了，总得有点儿声音。"

"过去我们在北京的时候，你就喜欢听歌。我记得你当时买了一个 iPad，把我羡慕坏了。"

"你现在还羡慕我吗？"她直视我，很认真地问。

我没回答。

"对不起，给你出难题了。"她像个恶作剧得逞的孩子一样，抿着嘴笑起来。

"好吧，如果我答不出来你的难题能让你高兴的话……"

"德瑞克，好宝贝儿，你去看着妹妹好吗？如果她醒了，你来告诉妈妈好吗？"她对那个男孩儿说。

"可是，我想待在这儿玩儿。"德瑞克摇着头说。

"妈妈把你的玩具和书都拿到那里行吗？求求你，德瑞克，好宝贝。"

"不。"他这时坐在她脚边的地板上，继续摆弄着一辆破旧的消防车模型。

她有点愠怒又有点儿失神地看着那男孩儿。

"让他留在这儿吧，我可以和他玩儿呀。"我说。

但她突然变得很沮丧，说："我们好几年没见面了，我只是想清净地说说话。你看，我们连说几分钟话的时间都没有！”

“可他并没有打扰我们。”我说。好在我们俩说中文，德瑞克并不知道我们正因为他而争执，实际上想把他赶走。

过一会儿，她问我：“你有手机吗？”

“有啊。”我说。

“你的手机可以上网吗？”

“当然可以，我有流量。”

“你能让德瑞克看你手机上的动画片吗？”她有些不好意思地问，“他最爱看这个。他姑姑来的时候他整天缠着她看这个。但我的手机不能上网。”

“好办法。”我说。

我立即蹲下身问德瑞克喜欢看什么卡通片。德瑞克知道可以看手机视频，立即来了兴致，问我是否可以让他看“托马斯和他的朋友们”。我从 YouTube 找到这个系列的视频，帮他戴上我的耳机，免得吵醒妹妹。他立即乖乖地拿着手机去儿童房里看卡通去了。

然后，她说去洗手间。等她出来，我觉得她重新梳过了头发。

“对不起，小孩儿真是没有办法。”她说。

“为什么对不起呢，看到他们我特别高兴。”

“你不会对小孩儿感兴趣的，很少有人真对别人的孩子感兴趣。”

“可他们不是别人的孩子，是你的孩子。”我说。

汉森先生在卧室里睡着了。我们在客厅里，听到他浊重、起伏很大的鼾声。她对我无可奈何地耸耸肩。“又下雨了”，我们差不多同时说。屋里光线渐渐暗下来。她走到厨房的一个角落里，打开一盏灯，然后回来取走小桌上的茶壶，把里面的剩茶倒进水池，换了一个茶包。我无事可做，听着外面的雨声。雨声出奇地柔和，也很空洞。

她重新给我换了一杯茶，然后，在我旁边坐下来，仿佛怀着某种趣味审视着我。我觉得轻松多了，终于只剩下我们两个人。

她又给我拿了一片饼干。

“会不会太甜?”她小心翼翼地问。

“是很甜，”我说，“但甜得很纯真。”

她愣一下，随即笑了。

“你来，我真开心!”她说。过一会儿，又说：“你看起来成熟多了。”

“总不能一直是个毛孩子。”我说。

“你女朋友呢？在国内还是这边?”她问。

“没有女朋友。”

“真的吗?”

“真的没有!”我说。

“为什么不找女朋友?”

“女朋友也没有来找我啊。”

她说：“好了，这会儿你原形毕露了。”

“是这样。”我说。

我们俩又都笑了

她低头沉思了一会儿，说：“你刚才提起在北京的时候，那都多少年了？过去的生活就像做梦一样……如果过去不是梦，那么现在就是做梦。”

她微笑着，平静地说下去，“你看，我现在就是这副样子，我的生活就是这个样子……有时候，我回想是怎么走到这一步的……我简直不敢想下去。我太笨了，相信了那个人。你一定知道那个人……”

我知道她说的“那个人”是谁，我说：“我没见过那个人。”

“你最好没有见过他……我得有多蠢，会相信那么一个人真的爱我，而且我还会爱上他。你不明白我是个多软弱的人！我后来想，我爱他大概就是因为他爱我。真的，我很浅薄，我不会爱那些不爱我的人，无论他多么好。”

“所以，他感动了你……”

“那时候？可以这么说吧。他很狂热地追我，一直说他宁可抛弃一切和我在一起。我就是被这个打动了吧。其实，打动我的不是你们想象的那种东西……”

“我们想象的东西？”我不悦地打断她说，“我并没有想象什么不堪的东西，诸如交易之类的。”

她愣了一下，有点儿结巴地说：“这样吗？毕竟，你对我，还是有些了解的。”

我只是笑了笑。其实我并不想听太多她和那个人的故事。

她继续说：“你想想我得有多蠢，才会相信他的话，因为他其实从来没有证明过他说的话。他把我送出国的时候我还深信不疑，以为真的过了他所说的‘危机’，他就会来接我，或者他来美国，和我生活在一起。我当时都想到了，我们也聊到了，要在这儿买个农场，当然不是这样的农场，都是些人在年轻时爱做的白日梦……但不到一年，他就让我不要再‘死缠着他不放’了，这是他的原话。我，‘死缠着他不放’！他在电话里就是这么说的。”

“那种人不值得你放在心上，好在一切都过去了。”

“怎么会过去呢？”她说，“是他把我置于现在这种境地，你没有想到吗？我现在的生活，不过是过去结下的恶果。你知道吗？我失去了工作，过去上班时存的钱出国后都花光了，我没脸回去。我当时想，就算当妓女也不会要他的一分钱。后来，我不得不求我妈给我寄钱。我妈这个人，你也知道的……”

她仍然极力维持着平静的语气，但我看到她的脸色和表情变了，她看起来想哭。

停了一会儿，她继续说：“但最大的问题不是钱，而是怎么留下来，我没有身份。我本来没想过要孩子，我和汉森结婚，就是为了一个身份。我当时太急，找不到别的办法。可很多事儿不是你计划的那样，我有了德瑞克。一开始，我绝望得想死，但后来，德瑞克让我好过些，孩子需要我，无论如何，我得活着、保护他！”

她的眼圈红了，但她仰仰头，又猛垂下头，那一阵激动的情绪似乎就过去了，眼泪终于没有掉下来。

“啊，我都在说我自己的事！快对我说说你的事吧。”她坐直身子，殷切地望着我说。

“我的事真没有什么好说的，你走了以后，我把博士学位也读完了。我在学校的研究所工作了两三年，完全是浪费时间。教授们都在忙着弄钱，实验室也做不出什么东西，即使偶尔你做出一些东西，也不是你的，是老板的，大家都在想办法发文章，七拼八凑，甚至编造数据……所有的东西看起来都天花乱坠，但所有的东西深究起来都让人觉得没有希望，几乎没有一件事情能正正当当去做。所有的东西都散发着虚伪的气味……我不喜欢这样的生活。所以，我最后也想办法出来了。”

“真好！你碰巧也来了得州。”她说。

“对，碰巧来了得州。”我说。

她意味深长地看了我一会儿。她那双很大很深的眼睛松弛了一些，眼睛下面有明显的横斜的细纹。过去，在她很年轻的时候，那双眼很澄澈，甚至有些冷冽，现在，它经常流露出忧愁和疲倦，却温暖起来。

突然，她表情诡秘地笑起来。

“什么？”我问。

她沉吟了一下，问：“我在想……你当时没想过追我吗？我是说在北京的时候。”

“没有，但这是因为你……”

“不用解释了。”她轻轻拍了一下我的肩膀，落落大方地说：“我和你开玩笑呢。”

“那你为什么不让我说完呢？”我说，“因为你太好看了，你看起来就像不会属于任何人。对我来说就是这种感觉。而我又是个有自知之明的人，我当时什么也没有，一个穷学生。当然，我现在也还什么都没有。”

“你为什么不直接说你是个太过于自尊的人呢？我早就知道你是这样的人。”

我没反驳她。我想也许她说得对，但她大概忘了她过去比我骄傲得多。

她的目光和声音突然变冷了：“你来得州多久了？你住得那么近！你甚至都没想过和我联系吧？你真是个……我都不想说你是怎么样的一个人了。”

我觉得我最好什么都不说。我知道此时我说不出什么好话，一种郁闷甚至有点儿气恼的情绪控制着我。但停了很久，她不再说话，一种压迫感促使我不得不说点什么。

我说：“你呢？你当初甚至不告而别！所有关于你的消息，我都是后来从别人那里听到的。而且这些消息都来得太突然……因为太突然，所以我听到的时候甚至都不觉得愕然了。我觉得这是我作为一个……朋友的失败。”

她定定地看着我，然后摇摇头，似乎我已经令她失望得不想说话了。

过了好一会儿，她才说：“你想知道为什么吗？因为我当时觉得没有脸面见你这样的朋友。”

“对不起。”我说。我想她说的是真的。

“‘不会属于任何人’，你刚才说我‘不会属于任何人’，”她重复着我的话，目光有点儿挑衅地斜视着我，“现在的我呢？属于什么样一个人?”

“我相信现在的状况是暂时的，以后生活会慢慢好起来……”我说。

她似乎不在意我说的话。突然，她动作优美地向上伸展双臂，身子俯向前，紧贴在桌子上，说:“美有什么用? 况且，我也知道我早已经不美了……人要衰老、变丑，一个错就足够了。现在想想我那些不美的同学，她们都比我过得好。”

她说这些话时凝视着桌面，脸上有一抹恍然的笑意。就像以往我们一起吃饭时那样，有时候她会突然坠入这种仿佛轻柔自语的状态里。我看到她的笑里仍然有那股迷人的孩子气，似乎她的意识正痴迷于什么别的东西，游移到了什么别的地方，忘记了眼前这个人的存在。过去，有时她会显得傲慢、目中无人，但有时候她又出奇地温柔、软弱，仿佛她需要完全地信任、依赖你，不管你是个什么样的人。在我眼里，她曾经是个看不透的女人，但我慢慢了解到并没有什么看不透的人，只要你真的去看。我想，无论多老，或是变成什么样子，她身上那股孩子气至少没有完全消失。对我来说，这就像是一种永远不会变质的纯真，是某种岁月无法夺走的东西。

4

我们首先听到了露西的哭声，然后看到德瑞克跑了出来。“露西醒了!”他对妈妈喊着。她站起来，抱歉地朝我笑笑，离开了。德瑞克站在那儿，依然挂着耳机，有点儿怯怯地看着我。我想到他是担心我要把手机收走了。我示意他继续看，他才心花怒放地握着手机走过来。

“你可以帮我找找‘好奇的乔治’吗？我在电视上看到过。”他礼貌地问。

“当然可以。”

于是，德瑞克在我身边的沙发上坐下来。

她在房间里待了好一阵子，我一直陪德瑞克看动画片，心想该找个合适的时机告别了。

她终于抱着露西走出来。她抱着露西在屋子里慢慢地来回走着，边走边晃动手臂，说：“她有个怪脾气，刚睡醒的时候要抱着不停走，一停下来就爱哭。”

“刚睡醒的小孩儿可能缺乏安全感。”我说。

“小孩儿也各有各的脾气。德瑞克小的时候是睡醒了要在床上躺一会儿，露西得马上抱起来，不然就会越哭越厉害。”

我注意到外面的雨声又稀落了一些，窗外的天空放亮了，连屋里的光线也亮了一些，厨房的那盏灯就显得更昏弱了，几乎消融在日光里。德瑞克看得那么出神，令我有点儿不忍心突然停播他心爱的节目。又过了一会儿，我终于说：“快六点了，我得走了。”

她惊愕地看着我，猛地想起什么似的说：“哦，我早该准备晚饭了！你不要急，好吗？吃了晚饭再走。”

“真不麻烦了，我回休斯敦还有事儿。”

“你为什么不愿意留下来吃顿饭呢？”她有点儿委屈地说。

“你带着孩子太忙了，真不麻烦你。”

“我不会给你做什么复杂的东西，我们也要吃饭啊。”她说。

“我知道，但我真的回休斯敦还有事，一个大学的师兄，我们晚上要见面吃个饭。明天一早我就回奥斯汀了。”我说。我觉得她其实是力不从心的，她大概很难张罗出来像样的晚饭，而我也很难想象和她的两个孩子还有汉森先生一起吃饭。我决心在汉森先生走出来之前赶紧离开。

“好吧，如果你不想留下来吃饭的话，再喝杯茶吧。”

“真的不用了。现在雨小多了，我趁这个时候走比较好。”

“好吧，要是这样的话……”她说。

她把我送出来，就像接我的时候一样，抱着露西，身旁跟着德瑞克。德瑞克眼里有真正的留恋，我猜他没有什么朋友，是个孤独的、无法不依恋母亲的小男孩儿。我请求他们赶快回屋里去，因为虽然雨几乎停了，但老橡树的枝丫仍往下滴着重重的雨珠。她坚持要把我送到车上。走到停车的那块空地上，我一把把德瑞克抱起来，举得高高的，连举了三下。当德瑞克在空中的时候，他的腿欢快有力地踢腾，他兴奋得“咯咯”笑出了声。

“你还会再来的，对吧?”她说。

“当然。我会再来看你们。”

“可我担心你不会再来了。”她很直接地说，盯着我，仿佛要从我的神情确定我是否在撒谎。

“为什么?我当然要来，因为我下次要送给德瑞克一个玩具。我很喜欢这小家伙。”

“他也很喜欢你。”她说，终于笑了。

我发动车子，打下车窗玻璃，她又嘱咐说：“你一定要早点来看德瑞克，他那么喜欢你。”

“一定会的。”我说。

我就要走的时候，看到她往车窗前急切地走近两步。她的脸俯过来，一只手抓着车窗的边缘，我看见她的脸红了。她显得有点儿犹豫，最后低声说：“我刚才突然想到……万一我妈在电话里面问起你……”

“我知道该怎么说。你放心吧。”我说。

我已经驶出去一段距离了，从后视镜里看到他们还站在那儿——他们三个，在橡树下面。她站在那儿的姿势比她的容貌显得衰老多了，而我想到她只有三十四岁。只是在这个时候，难受才一下子狠狠地攫住我，我的眼睛湿了。我突然想把车倒回去，把她从这可怕的、被遗忘的地方救出来，她，连同那个孤独的、长相酷似母亲的男孩儿德瑞克，带他们去休斯敦逛街、吃饭，带他们去过正常的、热气腾腾的生活……而另一方面，我甚至无法确定自己是否还会回来看她，在克里夫兰的这个下午给我一种不真实的感觉，坐在她的家里面对汉森先生，或是看着她被这样的生活死死缠住，都令我感到一股阴沉的窒闷。我想如果我不回来，我也会给德瑞克寄一些书和玩具，我真心喜欢那个孩子。

我凭着记忆往前慢慢开车。等我意识到的时候，我发现我早已经过了那条灌木夹道的、仿佛梦境中的小路。我无法不去想她是怎么度过这些年的，和汉森那样的一个人，在这么一个地方，在一个对酷暑和寒冷都无能为力的铁皮匣子里坐着、来回走着、流着汗，日复一日，听着《我梦中的夏天》这样的歌，看着小窗户外面橡树的阴影和快要被荒草吃掉的农场小路……她，连同她的美貌、青春的热力，被囚禁在这贫瘠、劳作和无望之中，像被无情侵蚀、过早凋谢了的一朵荒原上的小花……她说得对，如果她过去的生活不是梦，那么现在的生活就是个梦，一个墨绿的、冰冷芜杂的梦。

当我看到那条旧铁轨时，我知道穿过铁轨我就要转上 10 号高速公路了。我打算不在休斯敦停留，直接开回奥斯汀。我向后看，没有一辆车，周遭一片浓绿，一片雨后的阴郁和静寂。于是，我把车停在路边，在手机上打开 YouTube，搜出那首歌。而后，我一边开车，一边听那首名叫《我梦中的夏天》的老歌。它那奇特的不和谐感莫名地打动我，因为曲调是那么安静、忧伤，歌词却是愉快的：

在这古老大树的绿荫下
在我梦中的夏天
在高高的青草和野玫瑰旁
绿树在风中舞蹈
光阴那么缓慢地流过，
圣洁的阳光普照
……

我看到我的心上人
站在门廊后等着我
夕阳正徐徐落下
在我梦中的夏天

2016 年 9 月 25 日

欢乐

1

他按了门铃，然后凝神倾听。他面前是一道青色的双扇玻璃门，光亮洁净，像水面一样映出淡淡的人影，但并不透明。等待的寂静有点儿长了，他开始打量房子的外观。它和这一区其他的房子样式不一样，显然是在老宅上新建的房子，外墙不是红砖而是灰色和乳白色掺杂的石头，结构呈现代感的不对称，屋顶是块斜立面，门窗也不是老式的木格样式，而是线条简洁的整块玻璃。院子里那两棵大树上垂挂着圣诞灯饰，像金色的榕须。路两边停满了车辆，他知道那都是来参加派对的同事的车。他脱下外套，把它搭在手臂上，下意识地理理头发……有一会儿，他想转身走掉。但他已经站在这儿了，而且，有人为他打开了门。

开门的是个穿羊毛格子短裙和白衬衫的年轻女孩儿，棕色短发，样子像学生。在她身后，气派的大厅一直通到尽头处的那面玻璃墙——它应该算是客厅的后窗，但它其实是一面墙，面朝花园。厅大得甚至给人深邃的感觉，却装饰得很温暖。他从阴冷潮湿的外面进来，觉得自己带来一股寒气。“还在下雨。”他对给他开门的那女孩儿说。

“是的，这些天总在下雨。”她礼貌地附和他说。

已经下了两三天的雨。和大部分美国南方城市一样，休斯敦的冬天更像秋天，晴朗的日子美丽明净，雨天则灰暗阴郁。稀稀落落的雨声把白天和夜晚连成一片，令人昏沉，整个城市像被这雨声掏空了，沦为一个废墟般的荒凉地方。但雨缓缓消歇的那段时间却很美，阴暗会慢慢收敛去某个地方，比晴朗更纯净的光线会释放出来，让街道、植物都透出一种重生般的光泽。这是雨天特有的光芒，为了这瞬间的光芒，他甚至感到之前的阴郁、晦暗都可以忍受了。

厅里竟这么安静，他有些惊讶，但随即意识到声音从楼上传来，像一朵热力十足的、欢快的云。他微笑着朝上看了一眼。

“您是一个人来的吗?”她问。

“是的。”他说。

年轻女孩儿说聚会在二楼的起居室举行，但如果他喜欢，也可以在楼下厅里看看。他想，这大概是女主人的吩咐，暗示客人们可以参观她的房子。大厅里透着晶莹的光泽，因为悬挂在棚顶或是镶嵌在墙壁里的灯，还有那些样子古色古香的台灯，分布在房子里的各个角落，摆放在暗色的、木质厚重的家具上。他看到靠后窗的地方立着一棵高大的白色圣诞树，旁边有张铺着淡绿色桌布的长餐桌，餐桌中央是高高地堆积成金字塔形的巧克力。有几个他看起来面熟但叫不出名字的人站在靠窗的地方说话。他远远地和他们打招呼，他们也朝他挥手示意。最后，他对年轻的小姐说他还是到楼上去，于是，她礼貌地领他到楼梯口。他有点儿好奇这个有着好看背部、步履轻盈的棕发女子是帮工还是主人的亲戚。她给人一种洁净的感觉，好像散发着杏仁味儿的奶油色香皂。他想，女人年轻时总是很和善。

沿楼梯的墙壁上装饰着一些风景画，那些画在他看来古板，没有什么新意，但挂在那儿不失庄重。他因此想到主人选择在二楼的起居室里举办派对，是想让客人们领略这房子的面积和装饰。这一定是女主人的想法，这些有钱人家的太太，她们往往虚荣、带着小小的狡猾。他越往上走，越觉得轻松。他不再后悔来这里了，这华美的居所、欢聚的客厅里常有的那种夹杂着甜食气味的熏暖气息，以及楼上越来越近的笑语，都让他感到放松。他想，有时的确会迟疑、茫然失措，如他刚才站在门前的那一刻，但你只要走进来，跨过那道门，像一个游泳的人那样纵身跃入欢乐的波浪之中，就能很快融入地悠游，忘却其他东西。

他走在干燥、温暖的楼梯上，手指触到凉丝丝的木扶手，认为自己应该穿一双更正式的皮鞋，换双更暖和的袜子。他变得比以往更讨厌冷天，尤其是潮湿的冷天。

2

不久前，他从家乡回来，那是个中国北方的小城市，冬天极其寒冷，严酷的天气让万物凋零，带走一些脆弱的生命。这一次，它带走了他母亲。

他已经不习惯那里的冬天，没有雨雪，没有颜色，干燥的街道上尘土飞扬。他在家时一直咳嗽，还患了过敏性哮喘。于是，在母亲住院的同一家医院里，他也在接受雾化治疗。夜里，他睡在母亲病床旁边，不时因为剧烈的咳嗽而冲出病房、跑进洗手间。奔丧回来，好几天，他没法入睡，只好服用安眠药。闭着眼却睡不着的时候，他总是看见她——极度消瘦、躺在病床上受苦的她。过去，她还活着的时候，她的形象很少出现在他无论白天还是夜晚的意识里。他安慰自己说，至少，她的痛苦已经结束了，但她的样子还是深深折磨他。

他在美国的将近二十年中，母亲仅仅和他同住过三个月，这是他离家后他们相处最长的一段时间。她在这里生活得别别扭扭，生活习惯不同，儿媳妇很少和她说话。她终日待在家无事可做，有时她烧好儿子喜欢吃的菜，却发现不合媳妇的口味。后来，他妻子干脆不再回家吃晚饭，带着女儿去外面吃。晚饭时间，家里只剩下他和母亲。他有点儿生母亲的气了，觉得好好的家竟然因为她的到来而有种紧张的气氛。吃饭时他也不愿多说话，时常严肃地皱着眉头。他不知道母亲是否察觉了什么，她待满三个月就走了，尽管她的签证期是六个月。此后，逢到冬天最严寒的时间，当母亲在电话里提到她关节疼的老毛病时，他会有些虚情假意地邀她到美国南方来过冬。“这对你的身体好些，你冬天老是感冒。”但母亲叹息着拒绝了，说她不想折腾，抱怨坐飞机太累人。他听了如释重负。只有一次，当母亲拒绝时，他多说了一句：“也是，老人到了这地方都觉得闷得不行，待不下去。我有个中国同事的爸爸说美国就是个大监狱……”出乎意料地，他母亲激动地反对说：“我可不觉得美国是大监狱。我儿子在的地方怎么会是监狱呢？只要和儿子在一起，我就高兴。”他吃了一惊，很怕她继续说下去，说出那些“我只有你一个依靠”之类的让他无可回避的话。但母亲没有再说什么，她在电话里沉默了。过一会儿，她开始对他讲舅舅的一些事，说表弟赌博又输钱了，父子俩吵翻了……他支支吾吾地应着。他心里隐隐感到痛苦、内疚，他当然知道她多么孤独，多么想念自己的独子。但他不喜欢这种阴沉的压力，他想他不应被迫承受这样的压力，他有他自己的生活，没有谁理应介入谁的生活，变成谁的负担，即便是曾经生育他、抚养他长大的女人。

二楼的客厅里已经聚满了客人。同样，在靠近后窗的地方，有一棵巨大的圣诞树，但它不是银色的，而是一棵绿色的、真正的杉树。每年临近圣诞和新年的这段时间，系里好客而富裕的教授和医生、这些大洋房的主人们开始举办各种各样的聚会，向所有人发出邀请，欢庆节日，同时显示他们待客的品位。他从不错过这样的聚会，尽管偶尔会出现刚才那样的情况：他恍惚地站在一栋陌生的房子前面，突然想掉头走开。

这个圣诞派对的主人是系里的副主任卢克，他是教授，也是医生。在他这个领域，像卢克这样的人并不多，大部分做研究而未能谋到终身教职的人都过得很辛劳，而且不怎么富裕，和他一样。即便谋到教职，他们的收入也远低于医生。“这个国家把医生宠坏了”，他老板曾经不满地如此评价。他过去有机会考医生，但他放弃了，他想追求一条纯粹的学术之路，但看来也失败了……卢克肯定不记得他的名字，但看到他仍然热情万分地上前握手、问候。这种感觉是很有意思的，就因为你们是在一个欢乐的聚会里，在同一栋房子里，你们就突然变得亲近了。然后，某一天你们在电梯里相遇，相互想不出名字，只能露出那种例行公事的礼貌微笑。

客人们三五成群地站着说话，有人走来走去地挑选茶点和饮料，餐具发出一些仿佛抑制着的、“叮叮咣咣”的沉闷噪音，某些大嗓门在笑……他有点儿惊讶他能舒舒服服地站在那儿，自然而然地和卢克说着一套熟稔的客套话。同时，疲倦、恍惚的感觉仍然遗留在他的身体和意识里，像一股“吱吱啦啦”的噪音不时响起来。很快，他被卢克引到餐桌那儿去了，假装惊讶地欣赏着一长排银光闪闪的餐具和精致的碟子，它们看起来异常漂亮，但他很清楚那里面并没有什么令人胃口大开的东西。突然，女主人不知从哪里冒出来，匆匆走过来，带着温暖而含着歉意的笑容，听丈夫介绍他。卢克一直说“我亲爱的同事”“我们年轻的科学家”“一颗新星”，巧妙地从不提起他的名字。他想他大概就是这么称呼所有来到这里的陌生下属的。卢克的太太看起来比秃顶的卢克年轻，他猜想她六十岁左右。她穿着一件银灰色的长裙，戴着一条暗红色、有某种抽象图案的丝质披肩。像大部分家世优越的美国女人一样，她身材和气色都保持得很好，举止优雅。她们的眼神，她们说话时的腔调，总显得那么真诚、与人亲近，但他知道她们并非真的可亲，那只是出于礼仪、教养的关系。

夫妻俩又在他身边稍停了片刻，然后说“请随便用”就离开了。他知道他们其实急于摆脱他，他们忙不过来，因为不断有新的客人从楼下上来。在这样的时候，做主人的总是急于趋近每一个客人，同时又急于摆脱每一个客人，这就是节日聚会上的殷勤。

他选了几样点心放在餐盘里，重新扫视了一圈大厅，看到一些半生不熟的脸在朝他微笑。终于，他找到了自己实验室的那些人，立即朝他的圈子走过去。一路上，那些半生不熟的面孔问他最近是否很好。他说一切都好。他想：我至少没有穿着丧服。他的同事们在壁炉一侧站着，那是个相对僻静的小角落。他们看见他也面露欣喜，因为人在这样的场合倒更容易感到孤独。他发现男人们几乎都带了妻子来。首先上来和他说话的是西班牙姑娘玛利亚，她化了妆，穿着白色的长裙。她带着紧张的兴奋神情，声音因为兴奋而微微发颤，“一个好消息，”她说，“老板没有来。”

“他不会来浪费时间的。如果他看到我们都在这儿，他会非常失望，会惊诧我们为什么都喜欢消磨时光。”他对这个略微有些神经质却十分友善的姑娘说。玛利亚说话很快，说话时会莫名其妙地涨红了脸。在这个被男人们控制的实验室里，她就像荒野上的一朵小花。他对她印象很好。他觉得她其实长得很漂亮，只是她过度严肃的表情、她的勤劳和微微的神经质令她缺少了美人那种风流。某一天，她在实验室里哭泣，他问她怎么回事，她告诉他说她在西班牙的男友爱上了另一个女人。

“为什么不带你妻子来呢?”他的巴西同事罗德里戈的妻子问。她是个天性热情的人，声音像只小鸟，总是穿着漂亮低胸的连衣裙，对谁都露出毫不见外的天真神情。

“我就不会问这个问题。”玛利亚低声说。

“她在忙她的事。”他对罗德里戈的妻子说。

“可现在是圣延节，这时候谁都不应该忙。”她欢呼般地说。

“当然，谁都不应该忙，除了忙着开派对，忙着赴约会。”罗德里戈说。

他们都笑了。这种时候，大家总是很容易笑，有时甚至是毫无缘由地笑。做研究的人一般不爱笑，他们神情紧张、有些落寞，在外人看起来也许是一种木然。他们每天忙着照顾细胞，在显微镜底下观察着微生物，外面的人和世界对他们的眼睛来说总有点儿陌生而虚晃。

这时，他的中国同事冯超补充说：“我和林同事三年多了，很少见到他妻子。他这是把一个美人储藏在金色的屋子里。”冯超的英语并不利索，却喜欢掉书袋。他知道他要说的是“金屋藏娇”。

其他人看上去很茫然，问道：“金色的屋子？”冯超磕磕巴巴地解释道：“在汉朝，有一个皇帝……”他猜想他只会越说越乱，但他也不愿帮他解释，因为他私下认为给外国人解释历史典故有点儿愚蠢。他想，如果他们的台湾同事家豪在这儿，大概只会站在一旁看笑话。这时，他看见送饮料的侍应生经过，他说，“这里真热”，走过去拿了一杯气泡苹果汁。

客厅里真的很热，因为女人们要穿裙子。无论什么季节，在这样的客厅里，她们的打扮都一样。他发现一些他往常在实验大楼里遇见的毫不起眼的女孩子都打扮得异常漂亮。他得费点儿功夫才能辨认出她们。没有人戴边框眼镜，她们大概都戴了隐形，化着鲜艳的妆，穿上工作时从不会穿的礼服。他想，这大概就是女人为什么喜欢派对吧。

闷热似乎让他身体里的疲惫感发酵了。他悄悄挪到临着小街的那扇窗户前，站在那儿看窗外雨雾中的大树、铺着落叶的湿漉漉的车道。这些安静的社区里总会生长着高大、美丽的树木，它们在春夏开满沉甸甸的花朵，红色、白色，大部分是粉色。冬天，有些树的叶子会变成红色，有些泛黄，另一些常青，于是林荫道看上去色彩斑驳。他觉得冬天的林荫道就像油画，夏天的像水粉画……他喜欢树胜过喜欢花，尽管他从不知道这些生长在北美南方的树叫什么名字。不断有人到来，声音从楼下缓缓升上来，人们相互拥抱、问候、交谈。但他紧紧守住那扇凉爽的窗户，假装失神地朝外张望。他觉得他处于两个世界的交界地，冷与热的边缘。他一心希望不要有热心人上来搭话、解脱他的孤独。他知道所有这些热情和气的人当中，没有谁会真的关心他和他的事。

他注意到有人在收拾场地，壁炉前那片椭圆形的地方被空出来，他的那伙人只好转移到靠窗边的地方了。“伙计，你一个人躲在这儿干什么?”他的美国同事吉姆问。吉姆是实验室里唯一的美国人，喜欢标榜自己对科学的热爱，但其他人私底下都觉得他资质一般。“太热了，我靠近窗户，还能透透气。”“这样的场合，总是苦着我们男人。”吉姆说，“女人们穿着低胸礼服，而我们却得穿衬衫。”“是的，我们又不能穿裙子。”他们的印度同事米肖打趣说。米肖肤色黑，但那双眼睛更黑。他认为米肖算得上一个美男子，而且相当聪明，但米肖的妻子却是个胖胖的、平庸的妇人。显然，那是他从印度的家乡带来的妻子。“在印度你们可以穿裙子吗?”吉姆问。“我们把自己围起来，但不把那块布称为‘裙子’。”米肖回答。其他人仿佛都觉得这句话里有深意，又笑起来。

冯超的妻子陈萍这时也来了，他们很熟悉，他一直是他家的常客。陈萍的盘子里盛满五颜六色的甜点。“太好看了，我总想每一个都试试。”她对大家说。他说：“你这样配色倒不像是吃东西，好像准备作画。”但冯超又抢过话头说：“甜点可以每个都试，但对人千万不要这样。”他注意到冯超又把“甜点”发成了“沙漠”，但其他人都装作没听见。

“我从来不掩饰我的大胃口。”陈萍宣布。

“你不用掩饰，爱吃的女人没心眼儿。”他说。

“你真会安慰人！最近怎么样？”陈萍用中文问他。

“还是那样。”他说。

“‘还是那样’，总是这么言简意赅。”这个心直口快的北方女人说。

“你的贵妇人今天又没空？”她又开玩笑地问。

“贵妇人有她的圣诞节活动。”他微笑着说。

“这样最好，各玩儿各的。”

“你这话怎么听起来那么有歧义呢？”冯超说。

“她说得很准确，而且言简意赅。”他说。

米肖的妻子凑过来问他妻子是做什么的。他明知她指的是工作，却故意说：“抱怨我，这是她每天所做的事。”大家又笑起来，只有发问的妇人一脸茫然。突然，她似乎明白过来，大声说：“你一定是在开玩笑。”

“他当然是在开玩笑。”米肖皱着眉头说。

这时，他们看到一个拿小提琴的穿西装的男人有些拘谨地站在壁炉前那片空地中央，两个西裔的侍者搬来两把椅子放在他旁边，提琴手犹豫了一下，在右侧那张椅子上坐下来。这时，楼梯那儿传来一阵小小的喧哗。很快，几个男人搬着一架巨大的、蒙着罩子的东西上来了，旁边跟着一个亚麻色头发的女人。她指挥男人们把那巨物放在另外那张椅子前侧的某个地方。提琴手早已恭敬地站起来迎接，那女人热情地和他拥抱了一下。当那女人揭开乐器的罩子时，客人们爆发出一阵惊呼——那是一架辉煌的、金色的竖琴。她站到她的琴旁边，润泽的亚麻色鬈发披散着。她穿着长裙，裙子外面罩了一件灰色的紧身短毛衣，毛衣左边的胸襟上装饰着一朵粉色的、纱质的大花。这朵花让她这身朴素的装扮有了礼服的效果。那些男人继续在乐手前面忙碌着，摆放椅子，布置观众席。

“有钱人啊。”冯超压低声音对他说，脸上露出由衷的赞叹神情。

“有钱人多了，也要知道怎么花钱。”陈萍奚落他说。

“谁有钱都知道怎么花？摆谱谁不会！”冯超说。

“错！”陈萍断然地说。

他正好夹在他俩中间，觉得不得不发言，于是附和陈萍说：“把钱花在什么地方大概和性格、修养有关，譬如我就不会想到找个竖琴家来家里演奏，我没有这么风雅。”

陈萍笑了，说：“还是你老实。”

“算了吧，谁有钱都知道卖弄风雅。”冯超说。

“你就不知道。你要是有钱，就会给自己弄个巨大的电脑游戏室，里面厮杀声震天。”

"那也挺好，"他说，"客人来了都去打游戏，算是智力运动。"

"你不能这么没有立场，这么大的人还爱打游戏，多幼稚啊！"陈萍说。

"人各有志。你最近又在写什么？"他岔开话题问。

"我在网上我那个板块儿里讨论婚姻。"她很认真地对他说，"没想到引发那么多的讨论，那么多人参与。不过，大部分是女的。"当她提及她经营的那个中文网络论坛时，才会露出这种认真的神情。

"我很肤浅，我就想知道你们讨论的结论是什么。"他笑着说。

"你就不能赏光去我的栏目上看看，听听这些女人的意见吗？讨论的过程比结论重要多了。我们是在现代社会吧？但我们的婚姻还是传统的，带有强烈的男权社会的偏见。"她说。

"不用去看，不看也能猜得到她们会说什么。"冯超说，露出轻蔑的神情。

"说什么？"陈萍瞪着丈夫反问。

"说男人如何骗了她们啊，婚前如何、婚后如何，总之，就是说男人如何混账，女人如何委屈……"

"我不是女权主义者，但男人本来就是传统婚姻的获益者……"

他微笑着看他们俩把他夹在中间，隔着他说话、争吵、发表意见。他一点儿也不介意，还仿佛由此获得一种安全感，仿佛他们是云雾，遮掩了他……他听他们说着话，不时看看窗外那条沥青车道，它在雨里黑亮得像是某种皮质的东西。然后，他看见门开了，他的台湾同事家豪和他妻子走进来。他妻子手里还拎了一个漂亮的礼品袋。当主人夫妇上前寒暄时，那女人非常得体地把礼物交到女主人手里。他注意到当她说话时，她的手臂挽着她丈夫。

“还带了礼物来，台湾人就是心细。”陈萍说。

“我们就是来吃大户的。”他说。

“我也这么想的。”陈萍朗声笑了。

有时候，他喜欢陈萍那种北方大妞的直爽，这给他一种快意。至少，她是热的，不像他妻子。

家豪和太太朝他们走过来，似乎每个人在这个偌大的屋子里要做的第一件事就是找到属于自己的群体。他想，这大概会给人一种安全感，在人多的地方，人尤其需要这种安全感。他现在很想找张椅子坐下来。关于这类聚会，他唯一不喜欢的地方是你总得走来走去，没个落脚的地方，像个表情痴愚又快乐的丧家之犬。

他不太喜欢家豪，也许正是他的过分周到令他不喜欢他。他这是第三次见到家豪的妻子。第一次也是在某个聚会上，第二次是在科罗拉多一个叫“爱地”的小城。真奇怪，那个冰天雪地的地方叫“Loveland”。在爱地的时候，他们两家在机场遇到了，才知道搭乘了同一趟航班，还预订了同一家酒店。那天夜里，他独自一人在酒店大厅坐着，她下楼来买小零食，他们说了几句话。但他不记得她的名字了。也许由于外面寒冷，她的脸红白分明。他注意到她走进来时并没有引起过多的注目，大概那些外国人不觉得她多美。在东方女人面前，这些西方人通常不辨美丑。他和吉姆说着闲话，想着这个，微笑起来。

家豪走上来和他们说话。

“你们早就来了吗？”他问。

“差不多早十分钟，别紧张。你们不算迟到。”他说。

“太太总是忙着？”家豪笑着问。

“一如既往。”他也笑着回答。

他转过身继续和吉姆说话：“我妻子对我说，我们俩的活动频率完全不一样。她觉得和我女儿的小朋友聚会都比和我出来有趣。”

吉姆说：“她们全这样！我妻子的一切活动也都以儿子为中心，真的，突然之间，她和过去那些单身女友都不来往了，我发现我们家的客厅里都是些娃娃的妈妈。有时候我回家，陷入一种错觉，以为我在托儿中心。”

“于是，你开始怀念她过去那些单身女友了？”他说。

“当然，至少她们穿裙子。”吉姆说。

“你是说妈妈们不穿裙子？”他故作惊讶地问。

“不，她们不穿裙子，但她们全穿着牛仔裤和胖大短裤。”吉姆说完，放声大笑。

家豪站在旁边，一边吃，一边微笑倾听。任何时候，家豪都表现得温和、克制。这也是他不喜欢他的地方，他在这样的态度里似乎嗅到一股虚伪的气味。

他听见陈萍和家豪的妻子说话，她们在谈有关打麻将的事。

陈萍说：“我发现了这样一个差异：大陆人打麻将，一般是男人坐在牌桌上，女人在旁边端茶送水地伺候，张罗晚饭，而你们台湾人打麻将，都是女人在牌桌上坐着，男人在下面跑腿。”

家豪的妻子笑了，问：“真的？真是这样吗？我倒没有注意过。我和家豪平时都不打麻将。”

她和他妻子有着相似的口音，但她的话说出来却是柔软的。

那些人终于把场子布置好了，周围谈笑的人们突然静下来，这些聚会的常客懂得一切暗示：春风满面的女主人已经站在演奏者的前面，在那架闪闪发光的乐器旁。

他看着女主人和那华丽的乐器，心想没有一个人知道这个不穿丧服的人不久前刚失去了母亲。如今，他是个孤儿，一个长大了、变老了的孤儿。这是很奇怪的感觉，连痛苦也是古怪而含混不清的，似乎痛苦本身也会变老，不再是可以痛哭失声的、年轻而激烈的痛苦……接下来，他得和他们一起听演奏。他心里仿佛堵了块东西，但他很清楚这并非羞愧。他一点儿也不羞愧，也不想在众人之中显得郁郁寡欢。他终于能坐在一张椅子上了！他坐在第四排。女主人开始讲话，那些动听、感人而又俗套的话。在他的斜前方，她银灰色的衣裙发出幽微的亮光。很奇怪，这细微的东西能打动他，譬如裙裾的柔软和布料的光泽。

3

他始终不能理解这种美国方式：一对老夫妻住在有无数个空房间的大屋里。或许他们足够强壮，不怕孤独，或者他们早已习惯孤独。如果他老了，他更愿意一个人住在一个小小的公寓里，他觉得人老了会更害怕寒冷、空寂。

就她的年纪而言，她依然称得上身材挺拔、姿态漂亮。这些上了年纪的孤独的女人，她们努力保持着健康、骄傲，以便守住她们的“城堡”。有时，她们对自己的精致的修饰，以及由此反映出的她们的“斗志”，甚至会让他对她们肃然起敬。他忍不住回想母亲在这个年龄是副什么模样，她的背有没有一点儿伛，有没有中国的老年人常有的那种干缩，还有，那时候自己多大了，在干什么……他想起一件红色的羽绒服，有一次她站在楼下街边等他乘坐的出租车到达时就穿着这么一件羽绒服。她冬天穿得很厚，显得臃肿，因为她一直住的轴承厂家属楼里没有供暖。她是六十八岁去世的，但她更早以前就老了。从某个时候起，她变得迟钝、唠叨、不好看，他开始不想待在她身边太久……这大概就是一个女人和她儿子的故事，他长大了，她老了，他想离开她、摆脱她、甚至无法再爱她。他想，如果她是这样的，如果她老了以后仍然穿着好看的裙子站在她的“城堡”中央，看起来很酷，很骄傲，他是否会爱她更多一点儿？

他如今回想起来的有关年轻时候的她的回忆是她喜欢在厨房里一边干活儿一边哼着从广播里听来的歌曲，那时候的她大概三十多岁，他还不到十岁。她穿着干净的白色短袖衬衫，利索地干着活儿，喜欢给他打一满碗的荷包蛋。他还想起年少时代那些千篇一律的时光：她站在家属院的门口等他放学回家，那些夏天的中午，阳光像亮晃晃的银色镜片。她总是站在固定的那棵树下，一看见他就使劲儿招手，他们朝彼此奔过去，然后他跟在她身后回家，她显得身形高大……等他自己也成家以后，他才想到她单身了很多年，但年少时候，他从未想到过她会孤独。当她老了，她有时暗示她是因为他而守寡的，但他不喜欢听她说这样的话，毕竟，这是她自己的选择，不该变成他的精神负担。过去，她几乎从不提起那个抛弃了他们的男人，但在病床上，她终于有机会和他说更多有关他的话。有一天，她说她以前没有告诉他实话，其实在他小的时候，他父亲好几次从别的省回来，就想看看他，但外婆不让他踏进这个家门，她用洗脚水泼他、用鞋扔他，她追着他骂，一直追到楼下……她们不允许父亲看他。后来，父亲曾经写过几封信，恳求要一张他的照片，但她们把信连同信封都撕碎扔掉了。当时，他宁可没有听到这些旧事，但后来想起来，他还是觉得里面有一丝温暖和宽恕的味道，意味着他不是个彻底被父亲抛弃的人。很奇怪，留在他印象中的母亲形象大多是她老了以后的样子，尤其失眠的那些晚上，他看到的总是衰弱的、走了形的、躺在病床上的她。葬礼之后，他在她住的房子里收拾遗物，看见相册里她年轻时的照片，甚至有股强烈的陌生感。现在，在这么拥挤的一个地方，那些照片却慢慢地、一张张地、十分清晰地浮现出来，占据了他的意识。她不是那种会摆姿势照相的女人，她在照片里总是显出手臂不知放在哪里的羞涩，但那些穿白色的确良衬衫和布裙的照片，就像楼下那年轻姑娘一样，散发出一股令人喜欢的清新气息。这年轻的女人就是他的母亲，她曾经如此年轻，如今已经死去……

他集中精力去听女主人讲话，她说："……珍视家庭、亲情和友情，这是我们称得上美丽的一个价值观。这个价值观带给我们难以置信的幸福、满足和生活的信心，尽管很多时候，我们都沉浸在这幸福中而不自知。但请原谅我的直率，原谅我不会说家庭只带给我们幸福，我知道我们的每一位都是一个幸福家庭的创造者和维护者，你们想必和我一样理解维护这幸福需要多少辛苦的努力。我们追求幸福，也因此承受着负担和压力，在我看来，这正是人生的丰富之处，是我们生活的意义。在每年的圣诞和新年来临之际，作为家庭的支撑者，我们都异常快乐，也异常忙碌。我想，我和卢克能为大家做点儿什么呢？也许最好举办一个节日前的'减压'聚会，用我们喜爱的优美音乐给朋友们带来宁静和休憩……"

他知道没有一个人关心他那些往事。一个女工，独自培养了一个博士生，这在他们那地方差不多是个传奇。但他后来走了。他在美国遇到一个台湾女人，就迅速和她结婚了。那时候的他急于完成那些人生中的"任务"，把这当作成就，而娶一个台湾女人，这多多少少满足了他的虚荣心。只是在后来，他才意识到人生中的成就和真实的幸福是截然不同的两件事。但无论如何，他很少再去关心母亲的事。起初，每当他说要回家，她都在电话里怯怯地问他妻子和女儿会不会一起回来，他说不会，甚至讨厌她不厌其烦地询问。等她在美国和他们一起生活了三个月之后，就再也不问这个令他心烦的问题了。

他凝视着汤尼拿在手里的那张琴弓——它躺在提琴手瘦弱的大腿上，让那些流利动听的词汇从耳边飘过。讲话停了，坐在椅子上的客人们开始激烈地拍手。"沉浸在幸福中而不自知"，这句话让他觉得浮华！他想他不会是那种感觉不到幸福的人，如果他有幸福他就会感觉到，他甚至还常常想象幸福。

竖琴家伊莉莎和提琴手汤尼开始了他们的演奏，开场曲是

Christmas Carol，一首轻快的应景乐曲。接着，他们演奏了圣桑的《天鹅》和古诺的《圣母颂》。那曲子清丽哀婉，他甚至被感动了。他想，每一个刚刚生下她们孩子的年轻母亲都还是美的，所以，一开始，那些小东西都爱着母亲……曾经，他只希望和她生活在一起，只有他们俩。他害怕那个抛弃了他们的父亲有一天会回来，破坏他俩平静的生活。但当他不再眷恋她，连她在电话里的嘱咐有时也会让他厌烦。直到她断然地离开他，他才发现生命里唯一的温暖冷却了。他无家可归了——当他失魂落魄地面对着她的尸体时，他心里想的只是这件事。

他不知道现在他们在演奏什么乐曲，那旋律让他想起阴沉的天气，湿漉漉的、密密沉沉的雨中的叶子。窗外的一切看起来都是潮湿的，厅里的一切也仿佛被晕染上了湿润的光泽。客人们端坐着，做出严肃的欣赏神情。但在优美、飘逸的音符里面，他们的模样显得古板做作，甚至有点儿滑稽。他注意到两个乐手的演奏风格截然不同，汤尼是那么持重，一副拘谨样，但伊莉莎却可爱地涨红了脸，她的身体朝她的琴贴近，似乎她忘情地投入到一个幸福的怀抱里去了。这是两个截然不同的人，但他们各自演奏出来的乐音汇合得如此自然，那种融洽一下子让人如释重负。当两种美好的东西合二为一，成为一种更美好、更富有激情和生命力的东西，那是多么令人赞叹！这就和生命的结合一样，两个生命之所以结合，应该是为了成为更美好的结合物，而非苟且度日、冷漠地繁衍……

他突然很想站起来，走到一个地方单独待一会儿。但他所能做的只是坐在众人之中，感受他们的兴奋，双手捏紧节目单。他想，这些挨挨挤挤地坐在他周围的人，这些挽着手的夫妻们，他们是否都比他快乐？他想，这些男人、女人，他们是否和他一样迫不及待地、浑浑噩噩地成了家，过后仍然一个人孤独地甚至更为孤独地活着？当他看着装她的那个盒子被推进火焰之中，他没有哭，那不是一种能哭出来的痛苦，它甚至夹杂着迷惑和愤怒，就像你被某个东西猛烈地击中了。只有柔软的、无比柔软的东西才能让人流泪。如果他现在能走开，他或许会躲在某个角落里哭一会儿。

演奏继续着。他努力睁大眼睛，瞪视着眼前那些排列整齐但高低参差的脑袋。它们在他眼中如同静物。过一会儿，他平静下来。他凝视着那两个演奏家。他喜欢看他们投入地演奏，那旋律把他带到了别的地方去，把他和他自己的生活暂时隔开。在另一个世界里，似乎存在着美好的事物、纯洁而激烈的情感。而他的生活却仿佛蒙着厚厚的灰尘或是浮着一层油腻污秽的泡沫，他常常感到要窒息了。偶尔，当他突发奇想地想坦诚地告诉妻子他的某种感觉、某个想法时，换来的往往是错愕和嘲弄，他只好放弃那些交流的企图。似乎自从他打消了考医生的念头，他们之间的冷漠更深了一层。他不怎么惊讶，如果她是抱着过更好的生活的愿望和他结合的，那么显然，他让她失望了。而他也并不爱她，他从未爱过她。他们之间只剩下最乏味的、日常需求的表达。每天的生活充斥着冷冰冰的义务，了无生机的话语，沉默的争执。而那么天真的女儿慢慢长大，脸上竟然有了母亲那种漠然神气，不再属于他……“家庭”“亲情”“美丽的价值观”，这些动听的词汇有什么意义呢？如果他不幸福，如果他感受不到生活的美好与幸福。好吧，他们过得那么平静，显得那么完整，还能示人以欢乐！

他听到掌声，开始跟着鼓掌，由衷地、热烈地鼓掌。他担心演奏已经结束了，但注意到没有人站起来，乐手在相视而笑，他释然了。他想在音乐里多待一会儿，它就像个温暖的堡垒，掩护着他和他那漫无边际的想法和回忆。他害怕人们突然站起身，又把他拉回那些毫无意义的交谈之中，强迫他去听那些社交派对上千篇一律的话。他忍不住笑了，因为乐手开始演奏"铃儿响叮当"，有几个人开始低声跟唱，然后大家渐渐汇合进去，一边拍手一边唱，变成一首节奏鲜明的高亢合唱。这总算是个应景又轻快的结尾。

从国内奔丧回来一周后，他们全家就出发去科罗拉多滑雪了，因为妻子说这是他早已答应她们的"原定计划"。他想，她们不在乎他失去了什么，没有人在乎他的感受。在他们抵达"爱地"的那天晚上，在滑雪场的旅馆里，他和妻子爆发了从未有过的激烈争吵。原因是他们的托运行李在飞行中遗失了，他们得等航空公司找回来，但妻子说她不能就那么等着，因为按照"计划"，第二天一早就要去滑雪，既然来了，不能在酒店里浪费时间。于是，她在滑雪场的商店里买了一批东西，包括滑雪裤、外套、帽子和手套，这些东西他们的行李里全都有。她的一双连裤羊毛袜花了四十多美金，这惹火了他。他抓过她的衣服扔在地上，告诉她买这些破烂儿花的钱比他母亲一个月的生活费还要多！她冷冷地说她和他母亲的生活方式一点儿关系也没有，如果他认为他母亲过得可怜，为什么不给他母亲钱呢？她最讨厌那些窝窝囊囊、委屈自己的女人……他那时已经连续失眠很多天，大概快疯了，如果能找到一把剪刀，他会把她买的那些东西统统剪碎。伤人的话说够了，他离开房间去旅馆的大厅里坐着，在那里一直坐到第二天早晨。他逐渐意识到他并非对那个女人发怒，他是对自己发怒。是他选择了这样一种生活，是他的愚蠢、虚荣、软弱，造成了他的不幸。他整夜坐在酒店大厅的沙发里，面对着熊熊燃烧的壁炉。酒店服务员是个善解人意的小伙子，他一点儿也没有露出意外或是探询的表情，只是告诉他那边有热咖啡可以喝。

在酒店大厅度过的那个晚上是那些天来唯一一个不需要安眠药的晚上——他根本没有睡。他从遥远的、大厅尽头的镜子里看见那个蜷缩在沙发里的男人的样子，惊讶自己竟会变成这副模样。他竟有了一副看似玩世不恭却根本就是逆来顺受的落魄模样，仿佛他要在这可怕的生活里顽固地破罐子破摔到底，仿佛他是个听天由命的溺水者，执意沉下去，直至溺死……这就是他为什么任由自己在这种时候被妻女拖来滑雪度假！他自取其辱，这里竟有一种对自己施以报复的快感。他老多了！老得不能想象改变，只能忍受。而光阴都被耗进消磨人的、乏味的生活里了，对那个唯一爱他的离世的女人，他倒是吝啬时间的，他两三年才回去看她一次，从不会待两个星期以上。就像她索取的补偿一样，她让他看到了她的挣扎——她想活下来，而他无能为力，那些情景一直存在他无法入眠的意识里。困扰他的还有她那天在病榻上对他说的话。他猜想那句话在她心里憋了很多年。她不应该对他说那样的话。

4

演奏结束，椅子被撤去，人们又四处散开了。客人们听说大厅的一侧有个房间里有主人夫妇收藏的东欧和俄国画家的绘画，就陆陆续续地去看画。此时，无论是走来走去还是定立在某一处的人，在他看起来都更加虚幻而陌生。疲倦令他置身于更深的虚幻感觉中。他想，他把母亲的幻影带来了，把死者的记忆带进这欢乐的场所，但他觉得没有什么不协调，因为这些游走在欢乐里的人在他眼里也不过是一个个闪闪发光的幻影。

他找侍者要了一杯白葡萄酒。吉姆的妻子萝拉也在那儿，她又瘦又高，苍白的脸上带着一丝悒郁神情，独自喝着她的酒。"第几杯了？"他开玩笑地问。"什么？"她愣了一下，才认出他来。"对不起，我刚才有点儿跑神了，"她微笑着说，"真的记不起是第几杯了。"他突然想起几年前，吉姆对他提起过萝拉得了产后忧郁症，偷偷酗酒。她现在看起来也不止喝了两三杯。"你不去找吉姆？"他问。"哦，没关系，他忙他的。"她说着，无所谓地摆摆手。他走开了。他累了，不想和一个半醉的女人交谈。派对总是长得折磨人，但人们又总是沉溺其中，沉溺在短暂、不可信任的欢乐里，不忍离开。

他终于走到家豪的太太面前，跟她打招呼。"你也在这儿？"她的样子像是刚刚看到他。但听演奏的时候，她就坐在他后面一排。

"是啊，比你们来得早了一点儿。"他说。

"家豪总是责怪我出门前浪费太多时间，临到出门，不是忘了这个就是忘了那个。”她不好意思地说。

“女人就应该这样，不能像男人，脸不洗干净都敢出门。有一次我出门以后，发现自己穿了两只不一样的鞋。”他说。

“真的?”她笑了。

“当然是真的，幸好都是运动鞋。”

她露出只是听他在开玩笑的有些夸张的愉快神情。突然，她问：“你们的行李箱最后找到了吧?”

“哦，你还记得?被你说中了，第二天上午航空公司就送到酒店房间了。”他说。

“那就好，一般不会丢的。”

那天晚上，他坐在酒店大厅里，她碰巧下来到食品贩卖机那儿买东西。他们之前在机场里遇到过。她惊讶他为何一个人深夜坐在大厅里，他说咖啡喝多了睡不着，坐在这儿读读报纸。她问他行李找回来没有，他说还在等航空公司的电话。她安慰说：“放心吧，大概明天上午就会送回来了。我们去波士顿的时候托运行李也丢了，在亚特兰大中转，行李被送到别的航班上去了。这些航空公司总是把行李弄得很乱。不过，真的不用担心……”她站在炉火前对他说了这些话。她长得小巧玲珑，火光把她映照得很柔和。

“我们后来在滑雪场没有看到你。”她说。

“我一到地方就感冒了，没法去滑雪。”他说。

“那太遗憾了。”她说。

“也算是件好事，从来没有那么多的时间睡觉，像是去疗养。”

“我倒愿意躺在酒店里睡觉，我怕冷天，不过，我要这样的话家豪恐怕会生气的。孩子喜欢就好。”她说，看了家豪一眼。但家豪正在和吉姆说话。

他们沉默下来。吉姆的妻子这时走过来和家豪的妻子打招呼，很快，她们聊起来。他踱去一边，觉得轻松了些。

“陈萍说你好像气色不好。”冯超凑过来说。

“太多 Party 了，寻欢作乐过度。”他说。

“这样啊？让老婆多炖汤补补身子吧。”冯超朝他怪模怪样地挤挤眼。

“你老兄总是能听出来画外音。但这工作陈萍做得比较好。”他看看站在一旁的陈萍。她没有笑，反倒看起来有点儿严肃。他觉得她在悄悄地打量他。有一会儿，他甚至想到可以找个机会把那件事告诉她。但他马上意识到不能那样，他觉得他得打消和她像真正的朋友一样交谈的想法。他感到她是那种存不住秘密的女人，况且，没有一个女人会了解失去母亲对一个男人意味着什么，即便是一个同情他、试图了解他的女人。

“我很久没有去你们家蹭饭了，我们约个时间吧，陈萍，可以点你炖的老藕排骨汤吗？”他说。

“可以啊，你还可以带你老婆来，我教她，不收学费。”陈萍嘲讽地说。

他愣了一下，随即笑起来：“你总是那么慷慨……”他猜想她看出了他那些狭小的心思，想再说点儿什么补救，但她已经走开了。

现在太太们凑在一起了，家豪的太太，冯超的太太，米肖的太太，罗德里戈的太太，还有吉姆的太太。她们手里端着小碟子，姿势柔美地吃着，愉快地笑着。他在想在她们各自的家里，在关着的那扇门后，她们是否也是如现在一样温柔、快乐。他在想，这世界上究竟有多少家庭是幸福的，有多少婚姻里存在着真正的爱，还是人们只是别别扭扭地硬挤在一起，欢笑、吵闹？当然，很可能是他自己的问题令他宁可对一切怀疑。有时候，看着这些女人，他忍不住想，如果他妻子是她们之中的一位，譬如，是家豪的妻子，是罗德里戈的妻子，他是否会幸福……

丈夫们也慢慢聚到了一起。他听到米肖在谈论印度的传统婚姻。“我不愿意接受那样的安排，丽塔是我自己的选择，不是我父母的选择，丽塔在印度受过很好的教育，她说英语……”

“这很重要。伙计们，这是美国，人总要社交。当然，我不是在批评传统的印度婚姻，你知道，我根本不了解，只是听说。”吉姆附和米肖说。

“我不喜欢传统的印度婚姻，很多传统的东西未必好，我不是那种守旧、不允许别人批评印度的印度人，我在美国获得博士学位……”米肖做出一副开放的姿态。

“当然，我们都是现代人，包括我们的妻子。”胖子罗德里戈说。他说话时满意地欣赏着站在不远处的、体态丰满的妻子。

“是啊，很幸运我们的妻子都会说英语。”家豪打趣说。

“这个世界会越来越和谐，你们的妻子都会说英语，而萝拉告诉我她要注册一个汉语班！她现在总是拿着一本看图识字，每次我们吃饭的时候，她都会说一个汉语词——‘好吃’。”吉姆说。

“那是 delicious 的意思。”冯超说。

“是的，萝拉告诉过我。但我想问她 not delicious 应该怎么说时，她就开始发火，以为我讽刺她做的晚饭不好吃。”吉姆做出一副苦相说。他忍不住看了一眼吉姆，不知道他是否注意到萝拉喝了多少酒。

他站在一群谈论妻子们的丈夫当中，感到谈话越来越无聊，而自己显得有点儿滑稽。突然，他看见那个善良、爱动感情的女孩儿玛利亚，她独自站在一处，似乎不明白应该加入她的男同事还是到他们的妻子中间。他走过去和她说话，玛利亚露出感激的神情。她开始称赞他那天的演讲真好，“比老板讲得好多了！”她低声地赞叹，“你才应该当教授。”她仿佛怕他不相信似的，又说：“如果你当医生，你会是个很好的医生，大家会喜欢找你看病。”“没有人会喜欢看病。”他说。“当然没有，”她的脸涨红了，“我的意思是说如果需要看病的话……”她的人就像她的白色衣裙上靠近胸口的那道花边一样柔和、脆弱。他把玛利亚带到太太们中间。“照顾好她。”他安排陈萍说。“她是你老婆啊？”陈萍说。他笑着离开了，因为他觉得这句中国式的调侃说明陈萍已经不生气了。

他的周围全是人，但他却感到这是个寂寥的空间，明亮、喧哗而又寂寥！他仿佛极力追随着他人的欢乐，却无所适从。当他看见一个侍者正站在长餐桌的一侧，微笑着顾盼来来往往的客人，就朝他走过去。他把空酒杯刚刚交给他，就被楼上实验室的玛维斯教授拉走了。玛维斯是个爱开玩笑的老头儿，大腹便便，开着保时捷跑车，在过道和电梯里给每个遇见的人包括学生热情地打招呼。玛维斯认识他，因为他们的实验室曾经有过合作。“我的年轻的科学家，我们正在谈论一个严肃的课题。”玛维斯拍拍他的肩膀，神秘兮兮地说。他发现他旁边站着两个微笑颔首的听众。玛维斯问那两个人：“对不起，我们刚才讲到哪儿了？”“圣诞假期”，旁边那个瘦高个回答。玛维斯突然声音高亢、带着气愤的神情说：“不，绝不度假，如果非要带上老太婆的话！女人过了某个年龄所做的唯一工作就是盯住自己的丈夫，唯恐你把她甩了，你去哪儿她都要跟着你。我告诉你们，年轻人，”玛维斯看了一眼四周，严肃地压低声音说，“一般来说，她们过了四十就开始痛恨二十五岁的女孩儿，过了五十就痛恨三十五岁的女人，请相信我，她们和她们的假想敌永远相差十五岁！我确定我有科学的依据，不是随便说。老天爷，如果你胆敢带她们去度假，好呀，伙计，你敢怀着慈爱看一眼十六岁的女孩儿，她们就会认定你已经陷入新恋情。真的，她们还拉着你到处合影（尽管你已经老得不想照相），唯恐别人不知道你被她完全占有着。我绝不度假，圣诞节也不干。我发现唯一能甩掉家里的侦探的地方就是在自己的房子里，至少，你坐在书房里的时候她有可能待在厨房里一会儿……”

他们爆发出一阵热烈的笑声，玛维斯假装严肃地摇着头说：“年轻的科学家，这不是在开玩笑！最好听取一位老人的忠告，他到了暮年，喜欢分享人生经验和各种科学观察。”玛维斯接着开学院里规章制度的玩笑。他讲到一位德高望重的意大利教授，“‘什么？’他模仿着意大利腔调的英语，‘不可以和女下属或女学生睡觉?！这是什么规定？你们这帮清教徒在搞什么鬼？那我们为什么当教授？为什么？’”“好啦……”最后，玛维斯说，这意味着老教授要转战到别的地方去了。

他随玛维斯一起离开，玛维斯一脸凝重地继续说：“你知道，我们男人越老越谦卑，我们的羞耻心很敏感，知道自己今不如昔，就算我们年轻时是个暴躁的混蛋，老了也变得温和驯服。就像埃里克·克莱普顿唱的：‘时间能令你屈膝……’但女人，天知道，她们越老越有攻击性，紧咬不放，相信我，她们能完全从小雀儿变成老鹰，这是我迄今观察到的男女的真正差别！”玛维斯和他握手道别，然后朝一群女人走去。他知道等这可爱的老头儿到了女人们中间，又会动用一套男人狠命自嘲的本领逗她们开心。他又走到侍者那儿要了一杯白葡萄酒，转身看看那群说笑着的丈夫们，发现没有一个人注意他，就顺着前面那条走廊去画室。

在画室门口，卢克的太太正带着一群客人走出来，她朝他笑了笑。他想，她大概早就把他忘记了。随后走出来的是漂亮的竖琴家伊莉莎，他听见她正对身边那位男士说：“尤其是这段时间，那么多的节日，空气里都布满欢乐……”

他走进去看画，发现这个房间连着一个宽大的、俯瞰花园的阳台，似乎在所有画作之外，主人巧妙地提供了一幅更大规模的、自然的画作。屋子里剩下的人不多，零零散散地分布在装框的油画前面。有一面墙上的画作风格那么明媚，以至于让人联想到春夏之交的天气和色彩。他凑近一幅画，画里一个男人独自坐在大河边。从光线看，是早晨，画得如此精细，河面远近映射出不同的波光，连景物在水中的倒影也有微妙的光色差异。就像在博物馆一样，画的右侧是镶嵌在透明小框里的画家简介，一个他不可能正确发音的人名，注明是俄国画家。同一面墙上的两幅大画和六幅小画都是他的作品。他又去看另外两面墙上挂的几个罗马尼亚画家和波兰画家的画。其中夹杂着两幅得州本地画家的画，画的是荒原、牛和石头。与那些东欧画家的画相比，这两幅画显得有些单调。但他全都仔细去看，看完画就看画家介绍。毕竟，他无事可做。等阳台上那对夫妻离开，他立即走出去。阳台上视野很美，但太冷，没有人会在这儿长久徘徊。

雨后的花园空无一人。阳台俯瞰着平整的草坪和修剪成圆形的湿漉漉的树，眺望着远处灰蓝色的天际线。他想到他应该带母亲到处去看看，但他没有。他甚至没有给予她多少经济上的资助。她一生都过得孤独而拮据，早年是为了他，晚年则成了一种习惯。他对她冷漠，他自己也在冷漠的生活里浸泡着，他不允许她接近他的生活，仿佛他正是用冷漠包裹着有关他自己生活的真相……在她去世后，他不止一次想到自己的衰弱和死亡，想到他多半会独自离开这个世界，想到他“经营”的生活、“实现”的目标其实毫无意义。那天，她靠着床头坐在那儿，突然对他说：“儿子，我不放心你，我虽然没有和你住一起，但我知道她对你怎么样。你老了她不会陪你、照顾你，你会很孤独。”他惊呆了，当一个人生活的失败和痛苦被另一个人当面戳穿时，会多么无地自容！尤其，这个戳穿你的人是你母亲。

没有风，很冷冽，空气中闪动着湿润的、若隐若现的光。他想，应该把母亲的照片都带到美国来，选一张夹在镜框里，放在他办公室的某个角落里。而此时它们正独自躺在那张油漆剥落的桌子的抽屉里，在一个缺乏光线的、冷得像冰窖的房间里。葬礼之后，他没有立即去处理她的东西，他没有心思想这些。现在，他的头脑似乎清晰了一点儿。他觉得明年他应该再回去一趟，挑选一些她的遗物带回来，把房子处理掉。

他又回到画室里，仍然站在坐在河边的男人那幅画前面。吸引他走回来的是画布上那层无所不在的晨光，那层光洒在山峦、水面、植物和坐在河边的男人的身上，弥散在天空和空气里。它并不明亮，但它是那么生动、新鲜、柔和、温暖，它糅合着蓝色、青色、银色，还有玫瑰色……他感到在那光里流溢着的东西是真正的欢乐，它是自由、跃动、漂移不定而又挥洒自如的，它是既坚固又柔软的。他想，画这幅画的人一定体会过真正的欢乐，那种灵魂深处的欢乐，他知道它的温度、颜色和光泽。伊莉莎也一定体会过，她说的那句“空气里都布满欢乐”，连同她温柔而真诚的声音都深深地打动他。但他没有欢乐，灵魂深处的欢乐。他母亲也不曾有过，他从未在她的脸上、神情里看到那种光泽。他不知道那个索要儿子照片的男人是否有过，也可能他有过，否则，促使他抛弃妻子和幼子、远走高飞的东西是什么呢？但这一切都和他无关，他没有爱过他，也不恨他，对于他，他根本不愿多想……站在他旁边不远的地方看画的那个中年女人走了，她走时发出轻微的脚步声和叹息声。

他清楚地听着大厅里传来的笑语喧哗，心想，真实的欢乐躲藏在这个安静的角落里，在一个落单的、被欢乐遗弃的人的眼睛里。这种自我安慰让他微笑了。

2016 年 7 月 22 日

岁暮

1

她丈夫去世后，每年的新年前夜，她仍像往常一样在家里摆个晚宴。晚宴的规模比丈夫在的时候小多了，因为不需要再请他公司里的同事来。最后，它变成了纯粹的中国人聚会，住在加尔维斯顿港的朋友会来，几位在休斯敦的老相识也会开车一小时赶来参加。这样的聚会已经办了三次。

她一个人住在丈夫留给她的那栋房子里，房子楼下有一间双人卧室，是她以往和丈夫住的房间，楼上还有两间卧室和一间书房，再上去的半层是阁楼。丈夫走后，她自己住在楼下那间卧室，大部分时间，只在那间卧室、厨房和客厅之间走动，除每周一次的打扫外，她几乎不到楼上去。楼下对她自己来说已经够大、够空了。有时候，她坐在餐桌那儿看书，或坐在客厅沙发上一个人喝茶。透过厨房和客厅那面玻璃窗，她看着后面小花园里茵茵的草和开着的花，觉得自己正在这个又大又空、充满寂静的房子里老去，无声无息、毫无办法地老去。他们的儿子在东部读书，一年回来一次，总是暑假回来，因为他交了一个女朋友，圣诞节和新年都和女朋友回她新泽西的家。父亲的离开似乎没有给儿子留下多少阴影，这有时候让她感到难过，但大部分时间，却觉得宽慰，对年轻人无忧无虑的风度十分羡慕。每个周末，她仍然亲自上楼打扫儿子的房间，把镶嵌着他小时候照片的相框一个个都擦亮。

她住的那栋房子根据她当年的口味，漆成了蓝色，二楼伸出去一个带木栏杆的阳台，也根据她的口味，阳台上种着一些高大的盆栽植物。从外面看，这栋房子仿佛欣欣向荣，但她知道，它早已失去了生气，变成了一个空宅。她给她国内的亲戚朋友写信，热情地邀请他们到美国来，但也许因为费用太高、手续太麻烦，始终没有人来看她。

丈夫以往在石油公司供职，他投资了一些收益稳定的基金，还给她留了一笔存款。如今，当她想到他，最打动她的竟不是他们之间的爱情，而是他对她的保护。她一直感激着他，现在仍然感激他。至于爱情，她相信他们之间有过，但结婚太久了，各种其他的事情夹杂在他们两人的生活之间，于是日复一日，爱情的感觉包括爱情的记忆也终于模糊了，模糊得她很少再想起它。只有当她黑夜里一个人躺在那个空荡而巨大的卧房中间的床上，听着从墨西哥湾上吹来的风"呼啦啦"穿过居民区狭长的街道，她才会悲伤地怀念着他，或者说怀念有一个人睡在她身边的温暖和充实。过去，如果她半夜做了噩梦，她会推醒他，而温和的他从不厌烦，会搂住她，安慰她。

加尔维斯顿是个港口小城，她偶尔开车出门，到海边走走，或沿着百老汇大道徐行，看两边看了上百遍的古老宅院和教堂。有时候，她会把车开进一片住宅区，看别人家的房子，看他们阳台上的装饰和庭院里种的花草。大部分时间，她不知道该干什么。每到周末，她就更加烦恼，因为她希望和人交往，希望有人陪伴，但她知道周六正是朋友们的家庭日，不少人的孩子就在附近读书，孩子们会回家，他们全家人会聚在一起，那些当母亲的更不可能舍弃孩子去陪伴她这样一位孤独的朋友……

只有一个人，只有一个人会在周末想起她，会在这个各家享受各家欢乐的时候给她打个电话，因为他并没有什么必须要尽的、家庭的义务。他每星期六晚上给她打一个小时左右的电话，他在电话里听起来总是温和、快快乐乐，有时还充满机趣。她知道他想让她高兴起来，因此他自己就不得不先高兴起来。不过，他们不经常见面，因为他住在休斯敦，而且他是个医生，得在自己的诊所里忙碌。但这三年来，每一次新年聚会，他都会从休斯敦专程开车过来。晚餐会吃到很晚的时候，而且新年夜总会喝很多酒，因此从休斯敦开车过来的朋友会被挽留住下一夜。有家庭的朋友多半情况下仍会开车赶回去，因他们事先已有分工，如果丈夫喝酒，妻子可以开车，如果妻子喝酒，丈夫则可以开车。

李医生喜欢喝酒，他说这大概是他最忠贞的兴趣，因为一天下来多少都会觉得累，喝一杯好得多。她丈夫还在的时候，很多次，新年聚会他也会来。一开始，他还住在加尔维斯顿，他会喝很多酒，过后坚持开车回去，谁也留不住他。他们私底下为此吵得很厉害，她说如果这样的话他就不要再来了，她记得他对她说，如果他不在她这儿喝醉，那也会在别处喝醉，然后开车回家！真奇怪，这些话她都记得清清楚楚，连他说话时的表情都记得，而那至少是十六七年前的事了。

他后来搬去了休斯敦，尽管只有一小时的车程，他们却在两三年之中完全失去了联络。有一天，她记得她刚好在二楼的阳台上给那些盆栽植物喷防虫剂，看见丈夫的车开进院子里来，但它没有直接开到车库去，而是在车道上停下来。车门打开，他从车里下来，一抬头看见站在阳台上的她。他冲她笑了笑，挥了一下手，那样子就像他并没有离开过加尔维斯顿，并没有失踪过这么久的一段时间。就这样，他们又恢复了联络，他又成了这个家庭的朋友。他再也不和她争吵了，他几乎没有什么时间私下和她见面。他一直没有结婚。有一次，别人问起他，他回答说他已经错过了最好的时间，也就没有那份心情了。

往常，新年的前夜他住在楼上的客房。这三年来，她每一年都让他睡在她儿子那间卧房里，因为房间更大，采光更好，而且它连着阳台。偶尔，楼上还会有别的客人。在他们能够单独相处的极有限的时间里，他们仍像她丈夫离开前一样。她因为自己如今成了孀妇，反而更加谨慎、克制，唯恐任何不恰当的言行会让自己显得轻浮。而他的言行则仿佛是刻意要让她放心。他安慰她，开导她，但从未提及那件事。有一次，她感叹时光又过去一年，她老了，不好看了。他望着她笑着说："你为什么发愁呢？你起码还会好看十年，十年以后，你不必在乎漂亮不漂亮了，你会有另一种风韵。"她不完全相信他真的这么认为，但心里仍感激他这么说。

新年那天，她总会醒得很早，看着窗帘被冬日早晨纯净的光线慢慢浸透，听到风摇撼着窗户、吹拂过小小的花园。她想象着这样的光也会渗进他正睡着的那个房间，想象他在同样细微的声响里醒来、正在想些什么……她想到年轻时候的激情，想到自己那时的美貌，忍不住伤心。她很害怕，害怕她在他眼里变得苍老、干瘪、可怜，变成了另外一个女人。

加尔维斯顿的冬天并不冷，但新年的早晨，她会要他帮忙把壁炉生起来。她早已从超市里买来了成捆的木材，它们被塑料袋结实地捆扎着，扔在车库的一个角落。可整个冬天，即便在最冷的天气里，壁炉也只是个冰冷的装饰。只有新年的早上，她会带他走到车库的那个角落里，让他把那捆木柴抱到客厅里去。当他忙着生火的时候，她在厨房里准备早餐，由于厨房和客厅是相连的，她总能看见他。火燃起来，他会等一会儿，然后起身把暖气关掉。起初屋子里有点儿冷，但会慢慢地暖起来，那是和暖气完全不一样的温暖，糅合着木材的香味和火焰的气息。他会坐在离壁炉很近的那张蓝白条纹的单人沙发上，专注地看着炉火烧起来，必要时往里面添一根柴，或者调整一下木柴的位置。这个时候是她一年之中最快乐的时候。她知道自己是为了这个人而维持着新年夜聚会的习惯，就是为了他一个人。她模模糊糊地感到他已经把那件事忘了，可她还没有。

2

这一年的聚会，来的人比往年更少。一对住在休斯敦的夫妇不能来，还有另一对加尔维斯顿的夫妻要到旧金山和在那儿读书的女儿一起过年。少了四位客人，但也多了一位客人，是到莱斯大学做短期访学的一个国内亲戚的女儿。这个她应该称之为“侄女”的姑娘没有车，于是她和李医生联系，让侄女搭他的车来。

下午五点半，她从当地最好的港式餐馆订的自助餐都送到了。和往年一样，她订了六菜一汤，其中三道是她每年都会订的：一道盆菜，一道港蒸石斑鱼，一道烧腊拼盘，另三道和汤她则尽量每年选不一样的。餐馆的人来帮她把长餐桌铺上桌布，他们把盛菜的金属盘放在一个个架子上，在架子下面布置好保温的装置。他们留给她一些多余的燃料，教她往保温容器里续加燃料的方法，说这些燃料足够用到夜里十二点。然后他们开车走了。她自己坐在屋里，等客人来。她知道自己为什么会穿着那件刚从百货公司买来的朱红色连衣裙，知道自己为什么心神不宁却又感到快乐……

最早来到的是董宁夫妇，带着他们十五岁的高中生女儿丽莎。他们带来一箱橘子，两瓶葡萄酒，还有一盒杰克·丹尼酒心巧克力。董宁的妻子带女儿到二楼的阳台上看新年的灯饰，董宁在楼下帮忙，把那两瓶酒打开。十多分钟以后，她的女友晓岚带着儿子来了，她是个好脾气的女人，丈夫回国创业，她一个人留在美国带孩子上学。晓岚的丈夫很少回来，在加尔维斯顿的中国人圈子里，人们私下传他在上海已经有了另一个家，但从晓岚的脸上什么都看不出，她总是略带忧虑地笑着说丈夫这段时间忙得很，创业多辛苦。晓岚的儿子凯文也是高中生，他一来就和董宁的女儿到楼上的书房里玩儿电脑、谈他们的事去了，大人们则在楼下客厅说话。

快六点半的时候，她从面向居民区小街的那扇窗户里看见他的车开过来，停在路对面。其他人还在说话，她看到了却没说什么。她的远房侄女婷婷先下了车，站在车旁等候。他很快也下了车，走到后备厢那儿。这时，一辆白色的越野车开过来，戛然停在路中间。她认得那是从休斯敦来的那对夫妻的车。

他们四个人同时到来，她忙着接那些礼物，找个地方妥善地安置它们。她丈夫生前的好友许榕涛和以往任何时候一样，显得有些憔悴、心不在焉，仿佛他做任何事都是身不由己，是被其他人或是某一股看不见的力量拖着去做的。他虽然不算活泼有趣，但为人诚恳，他妻子却是个扭捏作态、脸上写着“精明”的女人。

她的侄女婷婷穿着牛仔裤和风雪外套，外套的扣子敞开着，露出里面橘红色的紧身毛衣。她的表情快活生动，脸在车里闷得红扑扑的。那姑娘带来了一盒自己做的沙拉。他和往年一样带了烈酒、葡萄酒，还有一束花。他像走进自己家一样怡然自得地脱掉那件黑色短大衣，把它放到客厅门口左边那间书房里，穿了件棉布格子衬衫走到客厅里。

董宁把婷婷当成了医生的女友，说：“李医生，带了这么年轻漂亮的姑娘来，也不赶紧介绍一下。”

医生看看婷婷，笑了一下没说话。

她介绍说这是她侄女婷婷，到莱斯大学访学，是她让李医生捎带她过来。

他看了她一眼，开玩笑说：“你干吗这么急着拆穿我呢？这误会挺好的。”

董宁说："是啊，这是男人都喜欢的误会。"

他太太说："你自己倒想有被误会的机会，谁会误会你呀？你看看你，再看看人家李医生。"

"我这可是每星期去两次健身房取得的丰硕成果。"董宁说。

大家笑起来。客人们在客厅里落座。她让他带婷婷到二楼看看。

她在厨房准备餐具时，婷婷进来帮忙。姑娘用有点儿孩子气的夸张语气赞美她的房子。她不知道这位侄女的年龄，说她二十八九岁也可以，说她三十三岁也可以，这个年龄的未婚姑娘很难确切地判断她们的年龄。婷婷认真地数着餐巾，把它们叠成她要求的那种三角形，放在绘着一道淡金色镶边的白瓷盘里。

她问婷婷："李叔叔是去你住的地方接你的吧？"

婷婷仰头一笑，天真地说："是啊，姑姑……可是，你让我叫他'李叔叔'，我觉得好奇怪。"

"这有什么奇怪？这是辈分。"她温和地说，看了那姑娘一眼。她看到眼前是个高挑的姑娘，虽然长相不算漂亮，但有一种安静、柔顺的气质。这倒是她以往没有注意到的。上一次在休斯敦见到她的时候，她只觉得她是个其貌不扬但礼貌懂事的姑娘，不怎么爱修饰。

"我知道，可我自己也这么大了，很难叫出口。"婷婷说。

"在我们面前你就别说自己大，小姑娘一个。"她笑了笑，说。

"我不小了，"婷婷说，"姑姑，我叫他李医生，你觉得这样会不会不礼貌？"

“当然不会，这样很好。”她说。

婷婷有点儿腼腆，似乎不爱主动和陌生人说话。由于她姑姑要照顾客人，她就和李医生黏在一起，就像那些初入社交界的比较内向的人，只要找到一个他们略微认识的人，就会紧抓住不放，唯恐落单而后不知所措。他则不辜负这种信任，留意着她是否被冷落了，挑她旁边的位置坐下陪她说话。她想，他们在车里聊了一路，大概已经熟络了。

众人去拿菜的时候，他殷勤地告诉婷婷哪道菜最好吃、哪道菜营养好她应该多吃点儿。他给她倒酒，劝她品尝不同的酒，给她解释这些酒的产地和葡萄品种。婷婷严肃地问及一些喝葡萄酒的“规则”时，他则让她随心所欲，爱怎么喝就怎么喝，“最怕的是装腔作势穷讲究。”他说。他又对她说潮湿的冬天应该喝一点儿威士忌，说苏格兰人喜欢喝威士忌就是因为高地冬天特别寒冷潮湿。他给她倒了一点儿尊尼获加，要她尝一口。婷婷像喝啤酒一样喝了一大口，立刻辣得咧嘴，这让他大笑起来。那姑娘喝了酒，脸色更明媚，显得有点儿兴奋。“让我再尝尝这个。”她指着一瓶“达·芬奇”意大利葡萄酒命令他说。

这股温情像一股微妙不安的波动，屋里其他人也隐隐地感觉到了。这使得众人的注意力不时集中到年轻的姑娘身上，屋子里的气氛和以往聚会相比有点儿异样。谈话不时围着男人和女人的话题打转儿，仿佛每个人都意识到这话题有一定的危险性，会在夫妻之间埋下不必要的误会的伏笔，但每个人又想谈这个话题，于是就不时拿医生和年轻的姑娘来开玩笑。医生则洒脱地表示，如果大家特别想开这种玩笑，他倒无所谓让大家尽兴，但不要冒犯了年轻的小姐。其他人就更起劲儿了，许榕涛的太太叫他“绅士先生”，说绅士就是耐心的狼，叫婷婷千万要当心。另外两个老成持重的男士也有点儿蠢蠢欲动，脑子和口齿灵便了许多。许榕涛那张憔悴、淡漠的脸甚至也发出光彩，表示他对大家的话题感兴趣，完全没注意到他太太正更加用力地娇笑、扭动腰肢，和另外两个男人开不三不四的玩笑。

她和他们一起说笑着，对这一屋子乱哄哄的嘈杂却有些反感。她陷入一种阴暗的情绪中。每当他的目光和她交织在一起，她那双略有点儿松弛的大眼睛里温柔的光就忍不住突然冷下来。只有别人和他说话时，她才插进去不咸不淡的一两句话，除非旁边有人，否则她就避开他。她对他似乎有股控制不住的敌意，这让她暗暗吃惊、害怕。但他看起来始终高高兴兴，兴致、胃口都很好。婷婷做的那盒蔬菜沙拉放在丰盛的菜肴旁，几乎没有人去碰。为了避免尴尬，她吃了一点儿，夸奖蔬菜新鲜，因为她实在找不到可夸奖的地方，她最不喜欢沙拉里放白腻腻的多美滋酱。她觉得好笑的是，他竟然为了让那姑娘高兴而吃掉了差不多三分之一。

晚餐过后，大家喝咖啡，只有许榕涛一个人不喝，他声称保持中国人喝茶的习惯（尽管他早已申请成为美国人）。因为没有散的茶叶给他泡，而他又拒绝喝茶包，他就和晓岚的儿子凯文、董宁的姑娘丽莎一样喝 Snapple 果汁汽水。两个孩子吃了点儿东西又上楼去了。喝咖啡时，刚才因年轻姑娘而起的热烈情绪稍微有点儿冷却。他们又开始谈论过去总在谈论的一些话题，诸如孩子们的教育、回国还是留在美国的问题。

董宁的太太说："反正我不会让他回去。很奇怪，现在男人们都想回国，国内到底有什么好呢，不就是女孩子多吗？"

"什么女孩子多，是机会多。'董宁说。

"机会，你要什么机会？你也是快五十的人了，我们在美国生活得很好，国内有钱人不也就这么过吗？"

"这是一个男人的地位问题，不是住什么房子、开什么车的问题。"董宁轻蔑地反驳她说。

"而地位是相对的。"许榕涛说。

"是啊，董宁一回去说不定就是中国区总裁了，又是海归，小秘书想招几个招几个。"许榕涛的太太说着，自己先"嘻嘻"笑起来。

"这算说对了，男人急着回去不就是为了这个吗？"董宁的太太干笑一声。

她觉得董宁的太太今天火气有些大，打圆场说："你说得也太绝对了，并不是每个男人都会那样。这不是有没有条件的问题，而是一个人怎么选择的问题。"

"就是，杨姐，你要有信心嘛。"许榕涛的太太一脸幸灾乐祸的神情。

董宁勉强地笑着说："老婆大人话都说到这份儿上了，我哪儿敢提回国的事儿。"

许榕涛仿佛突然来了劲头，坐直身子说："老董，咱们现在回去也已经晚了！我带的那两个博士生，我倒是主张他们毕业后做两年博士后，都回国。就是我刚才说的，地位是相对的。他们在美国很难当上教授，如果进不去学院，一辈子也就是个研究员。要是回国，就是副教授，自己当老板，如果他们这几年论文发得不错……”

他太太不耐烦地打断他说：“算了算了，别提你那些博士生了，没一个懂事儿的。这些话我都听一百遍了。话说回来，董宁，我们都这个年纪了，还是夫妻俩待在一处好。你们不知道，有时候不是男人扛得住扛不住的问题，现在国内有些女孩子太可怕了，直往人身上扑，才不管你有没有老婆孩子呢，真是想钱想疯了 ……”

她悄悄瞥了眼晓岚，看见她神情木然地坐在窗边那张椅子上，脸上为了迎合这些完全忽略她的人，还带着一抹勉强的笑意。晓岚总是坐在椅子上，无论她来得多早，她都会把沙发让给这些自以为是、上演着和睦和小口角的夫妻。

她感到自己和这些人越来越疏远，他们不是夸口孩子读的贵族学校，就是谈论哪里有更多机会、更多钱，谈论最庸俗的男女关系……她害怕自己和他们变成同一副样子。她不经意地坐直身子，尽量把自己当成一个局外人，看着这些人：他们高谈阔论，其实疲惫而空虚。她还发现男人总是被他们身边的女人影响，如果他们和庸俗、愚蠢的女人生活在一起，他们过去的聪明、尖锐也会消失殆尽，连他们的容貌都会发生变化，他们会变得老气、迟钝，一张脸仿佛挂了下来，就像他们无精打采的、乏味的生活……

这时候，她抬头看了他一眼，发现他恰好向她这边看过来，对她微微一笑，仿佛他知道她的心不在焉。她想，他们之间可能就剩下这一点儿默契了。很快，她把头低下去，他也转过头去继续和婷婷说话。他们俩坐在一条双人沙发上，与其他客人坐的大转角沙发相对，不怎么参与这边的交谈。在他们头顶的墙壁上挂着她的大幅家庭照，照片上，她和那时刚满八岁的儿子、已经过世的丈夫都在笑。和那时候相比，她的容貌已经变了，就像被风雨吹打了一夜的花儿。

她突兀地站起来问：“灯光是不是太暗了？”

没有人觉得暗。

他语带嘲讽地说：“我还觉得有点儿太亮了。”

许榕涛的太太逗趣说：“李医生喜欢有情调的光线，不像咱们老夫老妻。”

她只好有点儿尴尬地又坐下，笑着说：“我这儿要布置成酒吧恐怕才合他的意。”

董宁说：“不过打牌是有点儿暗。走吧，大家都转移到餐厅那边去，要开局了！”

新年夜都会有牌局，视来的客人人数而定有几局，但她很少入局，除非三缺一。今年人少，只能凑一局。晓岚不会打牌，每年都是观众。董宁就建议除他们两对夫妻外，医生再配一位女士，六个人一起打双升级。但她和医生都不愿打，于是剩下了两对夫妻组成的四人局。这样，四个人打牌，她刚好陪晓岚说话，医生仍可以陪她的侄女，大家也觉得很合理。

打牌的人在餐桌那边落座。因为下了小小的赌注，一个个立刻变得神情严肃了。很久以前，他曾对她说，在美国的很多中国人无论在哪儿工作，无论学历多高、英语说得多好，最大的人生梦想仍是买房子、生孩子，周末的消遣仍是聚众打牌、搓麻将……她喜欢他语气里的嘲讽，喜欢他批判什么东西时那种孩子气的骄傲，他彬彬有礼，但任何时候都不愿随俗。

他不知道什么时候把壁炉上方的两盏壁灯关了。于是，客厅这一边的光线暗下去，另一边却灯火辉煌。她和晓岚坐在大沙发上聊天，他和婷婷仍坐在头顶悬着巨幅全家照的双人沙发上。她很好奇他们聊些什么，但只能偶尔听到一两句。从牌桌那儿不时传来一阵喧闹——有人在分析打法，有人在夸耀胜利，有人在责怪对家出牌失误，有女人在放声欢笑……

晓岚单独和她坐在一起，放松多了。她开始小心翼翼地谈起自己的丈夫，说他每星期准时打电话，每个月都准时往她账户里打钱。她违心地夸晓岚的丈夫是最值得信赖的那种男人。晓岚又讲起她一个人在美国生活的难处，这是老生常谈，就像她的生活一样。她压低声音说："你不知道，他刚走的那两三年，除了你们家，朋友的聚会我都不参加。我去了看到人家都是夫妻、孩子一家人在一起，只有我们娘儿俩，心里就难受……圣诞节我要给凯文买圣诞树，那时候孩子小，一定要他爸爸给他买的那种大圣诞树，我去商店里买，人家帮我装到车上，可我把树带回了家，自己怎么弄也搬不下来，我因为这哭了好几次……"

她想，这个善良而笨拙的女人，她不知道她是在和一个丈夫过世了的寡妇说话，她不是第一次犯这种错误。

她本来倚靠在沙发上，突然往前坐直身子，用愉快的语调说："我准备回国，我想好了，每年至少应该回去住半年。老家还有个姐姐，一个弟弟，比自己住在这儿多些照应。"

他正和那姑娘说着什么，这时问："你什么时候决定的？从来没听你说过。”

“我决定了才说。你觉得这个决定怎么样？”

他从另一边直直地看着她，她也直视着他，在大厅昏暗的光线里，没有人看到这两双眼睛的对视里还有什么别的含义。一团火苗在她心里猛地蹿起来，她又体会到那种暴躁的、带有恨意的快乐，毫不驯服、仿佛要把对方打碎再去亲吻碎片的荒唐。最后，他垂下了头，像个喝了很多酒而感到困倦的人，拿双手搓了搓脸，平静甚至有点儿冷淡地说：“这个决定很好啊，反正我觉得没什么不好。”

过一会儿，他又提高声调说：“回去吧，加尔维斯顿这个地方能把人闷死，什么都是灰的，让人受不了。一个冷漠、暮气沉沉的地方。”

“姑姑，你舍得回去吗？你的房子这么大这么漂亮！”婷婷说。

“你要在加尔维斯顿上学就好了，可以住在我这儿。”她说。

“住在这儿？”他尖刻地问，转向婷婷，“这个地方，我是说加尔维斯顿，能把人闷死，到处是老房子，连市中心的街上也看不到一个人影。待在这个地方会让人发霉，你还是待在休斯敦好一点儿。”

这时，餐桌那边传来一阵喧哗。他们听见董宁嚷起来：“你们见过有这么出牌的吗？老婆大人，钓光我的主牌，这是什么意思啊？”

“别这么大喊大叫的，不就是出错两张牌吗？有没有一点儿男人的肚量啊？心胸狭隘！”他太太不满地说。

“我说了嘛，夫妻俩不能搭帮，不然就会吵架。咱们干脆来个换妻……”许榕涛的太太说。

许榕涛笑呵呵地说：“注意措辞啊。”

“去，”他太太做作地拿手点了他一下说，“你又想歪了不是？这男人啊，满肚子都是歪歪肠子。我说的是咱们两帮错开打，我和董宁搭帮，你们俩搭帮，这样免得吵架。”

“这样好，这样好。”董宁拍手赞同。

两个男人于是起身调换座位。

她说那边热闹，就过去看牌。她自己拉了张椅子坐在许榕涛旁边，晓岚则坐在董宁的太太一边。许榕涛热心地给她解释双方的战局，给她看他的牌，神秘兮兮地小声透露他的计划，但她什么也没听进去，她心里憋闷、烦躁。过一会儿，她看到他们俩也起身走过来。医生站在董宁身后看了会儿牌，婷婷则走到窗户那儿，似乎在看外面。几分钟后，他对他们说：“今天史都华特海滩十二点放烟花，我带婷婷去看，你们好好玩儿。”

“我还没有看过呢。”姑娘走到他身后说。

“你不能走，”董宁的老婆说，“十二点你要开香槟呢，这可是专门留给你的美差。”

他假装为难地说：“那我……只好把美差给董宁。”

“好啊，有了更美的差，就把开酒瓶子的活儿给我了。”董宁说着，冲医生眨眨眼。

“哎呀呀，新年夜看烟花，这可浪漫死了。老许这种人就想不到……”

许榕涛不以为然地对太太说，“你不是更喜欢打牌吗？什么浪漫不浪漫，你们女的想到哪儿就是哪儿。”

许榕涛不喜欢医生，他曾经对她和她丈夫说，不结婚的男人就像光着脚在大街上走路的人，总有点儿不正常和不知羞耻的地方。

他有点儿不耐烦地说：“你们好好玩儿。”

他说完走开了，婷婷跟在后面。其他人脸上挂着笑，偷偷交换眼色。

她站起来跟过去，于是，他们在客厅的另一头站住了。

她对他说：“你还是不要带婷婷去。”

“为什么?”

“你喝酒了，不能开车。”

“我知道我自己什么状态。”他说。

“那也不行，我不会让你带婷婷去，太危险了，我必须……”

“你必须负责任，对吧？你多谨慎啊，我差点儿忘了。”他微笑着说。

他低头沉思了几秒钟，突然抬起头，对在一旁呆呆站着的姑娘温柔地说：“婷婷，你愿意走路过去吗？我知道一条路，走到放烟花的地方大概二十多分钟，我们就当散步。”

“我更愿意走路去，屋里太热了，我想出去走走。”婷婷立即响应道，又有点儿不好意思地瞅了她姑姑一眼。

她没说话。

“那你去把衣服穿好，”他像对小孩儿那样对她嘱咐着，“我们马上出发。”

婷婷跑去拿她搭在沙发扶手上的外套，他要去靠近门厅的书房里拿他的大衣。就在这时，他突然问她："你要去吗？"

"我不去。"她说。

"我就知道你不会去，'冰雪女王'。"他低声说。

"你喝太多了。"她说。

"我没有。"他说，径直走去书房。

婷婷走过来说："姑姑，你也和我们一起吧。"

她温柔地把姑娘的外衣领子往上拉拉，说："大家都在这儿，我不去了。你们好好玩儿。"

她把他们送到客厅门口。等她回来，董宁的太太一边熟练地起着牌，一边说："年轻就是不一样，看着就让人喜欢。看看我们，真就是走形了，自己都不想看自己。"

许榕涛的太太酸溜溜地说："如果真能凑成一对儿，这婷婷也太好命了。她年纪也不小了吧？现在大龄未婚的女孩儿很多，都是高学历。李医生又那么帅，婷婷还能留在美国。"

她不悦地说："婷婷未必会想那么多。"

"说的就是嘛，心里不想事儿的人才真是有福人呢。"那女人说。

3

差十分钟十二点的时候，董宁去开香槟。客人们又坐回到长沙发上。

凯文和丽莎也从楼上下来了，两个人刚走到客厅里，外面就响起了钟声。两个年轻人脸上带着吃惊又快乐的神情，在客厅的中央站住了。加尔维斯顿城里，教堂的钟都敲响了：基督教教堂，天主教教堂，还有离她家最近的那座小小的英国国教教堂……钟声连成了一片，仿佛相互召唤、相互回应、相互倾诉，在空气里形成绵延起伏的波涛，圣洁、宏大、安详。

厅里完全安静下来，每个人似乎都凝神倾听。直到这波涛般的音乐终于停止，那空气中“嗡嗡”的震动缓缓平息、消散，他们才回过神。他们碰杯，喊“Cheers”，房子里立刻又一片嘈杂。而她觉得，在这群吵吵嚷嚷的人当中，只有那两个年轻人——丽莎和凯文，才真正感到快乐。

过后，大家看上去都有点儿疲惓，松松垮垮地坐在沙发上。两个男人还不时往自己的杯子里倒香槟，脸上出现一种迷茫，甚至有点儿天真的神情。他们正在谈论董宁公司里一位中国同事的太太被美国人抢走的事。

董宁盯着杯子里的酒，手已经有点儿发抖了，拿腔捏调地评价说：“我可没有性别歧视的意思，不过，不少中国女人，她们不管嫁了多么垃圾的美国人，不管是美国闲汉还是美国老头儿，似乎都觉得很有优越感，这是一种虚荣心。”

“那你同事的老婆，她是被闲汉或者美国老头儿抢走的吗？”许榕涛的太太问。

“不是。”董宁瞟了她一眼说。

“那个美国人长得可帅了。”董宁的太太说。

“她老公不帅吗？”董宁反问道，随即喝了一口酒，肯定地说：“她老公很帅。就是虚荣心，虚荣心促使她跟美国人跑了……”

他太太针锋相对：“什么叫‘跟美国人跑了’，人家好好地结婚，让你说起来好像私奔。”

她笑着说：“董宁这是完全站在男人的角度说话。”

董宁的太太说：“为什么中国人的老婆容易被洋人抢走？依我看，中国男人太注重过日子、养孩子。夫妻生活缺乏浪漫。”

许榕涛的太太立即兴奋地接过话头儿：“就是，你们应该反省一下了。你们想想，一个女人天天上班，累得半死，回到家就是带孩子、做饭，甚至，”她朝两个大孩子坐的餐桌那儿鬼鬼祟祟地瞅了一眼，压低声音说，“甚至有的，连夫妻生活都没有了。然后，突然，”她马上又提高嗓门说，“一个美国人追求她，带她去高档餐馆，给她送花、说情话……”

董宁脸上笑着，眉头却皱起来：“有了实的又要虚的……哪个美国男人会把钱交给老婆保管呢？”

许榕涛的太太说：“哎呀呀，美国女人花丈夫的钱可从来不手软。我们保管着，都是替你们省下来。”

“你们真是劳苦功高呀。”董宁挖苦地说。

“屋里太闷热了！”她说着站起来，走到窗户那儿去。她把额头贴近玻璃墙壁，仿佛要看看钟声是怎么在天空中消逝不见的。外面冷冽的寒气从光滑、冰凉的玻璃渗进来，直渗到她心里。慢慢地，透过那层在客厅里飘浮移动着的幻象，她看见花园里蜡烛形状的矮灯发出铜黄色的光，那些凋零的或是仍活着的植物就在幽暗中浮现出它们那一团团暗影般的轮廓。她实在听不下去这些话，她难以忍受这种沉闷而又油腻腻的、等死一般的生活！她想走出去，在黑暗里有某种富有深意、神秘而快乐的东西。她嫉妒那两个人………

丽莎和凯文去厨房吃了点儿东西回到客厅。董宁的太太提议说："丽莎，给我们唱首歌吧，就唱你在学校排演的音乐剧里的那首歌，我喜欢的那首，叫什么？我忘了名字。"

丽莎说："叫 Memory，妈妈。"

"Memory？我喜欢那首歌。"许榕涛突然说，把大家都吓了一跳。

"妈妈，我没有准备，我又不是随时都可以唱。"丽莎怪她母亲说。

但其他人已经开始请求她唱一首，不管什么歌。

凯文说："来吧，你不需要准备呀，你刚刚在楼上没有伴奏唱得很棒。"

"不行，不行，给凯文唱了也要给我们唱。"他们说。

丽莎终于答应唱一首。她要求在她唱歌的时候任何人都不许看她，都必须盯着别的地方，墙角、地板、天花板都可以。大家同意。然后，丽莎走到壁炉和窗户之间那个灯光较暗的角落，面向窗外，开始唱安德鲁·韦伯那首《回忆》。

她唱道：

"记忆，在月光里独自寻觅，

我仍能闻到往日气息，那时的我仍美丽；

那时，我知道幸福的意义，

让记忆，带我回往昔

……"

她脑海里逐渐浮现出一条通向海滩的狭窄、路面粗糙的路，那当然不是他现在去的史都华特海滩——那个吵闹的游乐场，那是个偏僻的海滩，很少有人去。海水是灰色的，天空也是灰色的，如果下起了雨，连雨也是灰色的，一切看上去就像块涂着厚厚的浅灰色颜料的画布。很奇怪，那个情景，你可以说它美，也可以说它丑……她忍不住扫了一眼丽莎的侧影，女孩儿盯着窗外，专注地唱着她的悲歌。她想：她唱得很美，可她太年轻，根本不懂得其中悲伤的含义，不懂得时光的残酷，有多少东西都被它带走了？美丽、欢乐、活力和爱的权利，她不会懂得当一个女人回忆起自己的青春，会感到多么孤独、绝望。泪水在她眼睛里汇聚起来。她抬起一只手按在额头上，希望手臂落在脸上的阴影能遮住这个秘密。在阴影底下，她极力睁大眼睛，盯着对面那道墙的转角。

丽莎高声唱道：

“靠近我，离弃我是多么容易！

记忆中盛放的岁月，只有我独自回忆……”

他会很突然地说“我爱你”，有时候他正开着车，眼睛望着前面，他也会突然这么说，似乎他并不是对她说，而是自言自语。他会赌气地说：“你希望我离开吧？我知道你希望我走，走得越远越好，但我才不走，我不会走的。”在无情的争吵之后，他们总是更激烈地做爱。“我不可能更幸福了。”他那时喜欢重复这么一句话。在丽莎站的玻璃墙前面，他吻她，而后温柔而嘲弄地说：“你不用担心，我现在很会演戏，我不会让你尴尬的。”他们俩那时刚刚三十出头，他疯狂地追求过她，又因为这种追求没有结果而怨恨过她。如果他伤害自己却能让她也受到折磨，他就会这么做。

她此刻想躲到一个昏暗、没有人的地方。但只能一动不动地在沙发上坐着，手扶着额头，直到两眼慢慢变得干涩，原本汇集在那儿的眼泪仿佛又被吸回到身体里的某个深处。她觉得不应该回忆这些事，这些应该淡忘的东西……突然，她浑身打了一个激灵，听到大家在鼓掌——歌已经唱完了。她也急忙鼓掌，看着丽莎，那女孩儿此时已经走到她母亲跟前，她母亲站起来，亲昵地搂住她的肩膀，因为激动，眼睛红红的。

4

开始有人偷偷地看表，时间已经过了十二点半，往常这个时候，要走的客人已经开始告辞了，但因为另两个客人还没有回来，大家不好意思起身，乏味地坐在那儿，交谈的兴致和声调都明显低落下去。她又煮了咖啡，大家觉得这时应该喝咖啡提神，因为之后还要开车回家。喝完咖啡，晓岚终于等不下去了，说她住的那个街区不是很安全……大家嘱咐她赶早回去，她带着凯文离开了。凯文走了以后，丽莎没有兴致在楼下和大人们在一起，借口去查看她的“脸书”留言，到楼上去了。

院子里响起说话声和脚步声时，大家都舒了一口气。

她走过去开门，两个人的脸都冻得红红硬硬的，像冬天里的苹果。

他显得很高兴，快步走进屋里，边走边问：“香槟喝完了吗?”

他脱掉外套，顺手搭在一把椅子的椅背上，立即走到餐桌那儿，给自己和那姑娘各倒了小半杯香槟酒。

"屋里真暖和，不过，我们在外面走得也很热，身上是热的，脸是凉的。"婷婷快活地说，接住他递过来的酒。

"你总算回来了，"董宁说，"你给我们惹的祸，你走后女人都指责我和老许不浪漫，没带她们去看烟花。"

"真的?"他喊道，朝两位太太优雅地一转身，问："为什么你们不愿意跟我去?"

许榕涛的太太和董宁的太太立即嗔怪他虚情假意。

"烟火好看吗?"这时，她转向婷婷问。

"非常好看！姑姑,你也应该去,在海边看烟花真的不一样。"

真傻，她想。

"人很多，我们并没有挤到人堆里去，我们站在靠近海滨公路的那个比较高的停车场，就是那个巴西烧烤餐馆后面的停车场，你知道那个地方，我们就是站在那儿看的，最好的看台。"他对她说，又给自己换了个杯子，倒上威士忌。

很快，有人假装吃惊地叫道"已经一点了"，其他人于是说"那好吧……"董宁夫妇住在加尔维斯顿，他们先告别，带着丽莎回家了。她极力挽留许榕涛夫妇住下，但他们坚持要赶回休斯敦，说明天孩子朋友要到他们家玩儿，得老早起来做准备。婷婷说她也要走，因为明天中午系里一位教授请她去家里吃饭。

"只邀请你一个人吗?"他问道。

"当然不是，为什么只邀请我?"婷婷显得很不好意思，急忙辩解，"整个实验室的人都被邀请了。"

"你不回去吗?"婷婷又问他。

"我?"他含混不清地说，"你说呢?"

“你要是回去，我还是坐你的车吧，你知道我住的地方。”那姑娘很有分寸地说。

她惊讶她能轻轻松松地说出“我还是坐你的车吧”这样的话。她站在吧台旁，一手扶在上边，微笑着，看着要走的客人，但她的心脏剧烈的震动仿佛一直传到她的脑子里，让她的身子忍不住有点儿发抖。他这时正站在那姑娘面前，他们离得很近。他的脸因为喝了太多酒而发红，他的身材和年轻时相比没有多少变化。他们面对面站着。她想，他要走了，为了带婷婷回去，三年来第一次，他不打算留下来……他显得有点儿为难。最后，他说：“我很想回去，但是我要对你负责。你看我这个样子，我绝对不能让你坐我的车。我自己，倒无所谓。”

婷婷看起来非常失望，但仍然温柔地笑着。她有点儿反感那种温柔、天真的笑，觉得那是假装出来的。她知道，当一个女人想让一个男人爱上她，她就会这么笑，表现得她好像能原谅他的一切，但当他真的爱上了她，她就会对他残忍，就会伤害他，什么也不原谅。

“那就坐我们的车回去好啦。”许榕涛说。

“好的……那我走了。”婷婷说。她说话时看着他，而不是这里的主人——她的姑姑。

她想到婷婷并不像看起来那么简单、腼腆，她有她大胆的地方。

他说：“好吧，我送你到车上。”

他和婷婷走在前面。她和那对夫妻跟在后面，说着道别的套话。

突然，婷婷转过头说："谢谢你，姑姑，这地方真好，我今天特别开心！下次有空还叫李大哥带我来。"

这带着稚气、小女孩儿般的腔调让她一阵刺痛，她仿佛被人扇了耳光，受了羞辱。

许榕涛的妻子笑着说："这孩子乱辈了！她叫你姑姑，叫李医生大哥。"

等那辆白色越野车消失在小街尽头的夜色中，他们一起往回走。

"可爱的小姑娘。"他说。

她说："小姑娘？不小了，也三十多了吧。"

"是吗？还是很小。"他说。

5

她在厨房收拾餐具时，他走到她身后说："让我帮你干点什么。"

她说："千万不要，我怕你把东西打碎了。"

"我有那么醉吗？"

"你自己恐怕都不知道。"她说，"你喝太多了！"

他拿手轻轻拨弄一下放在旁边陈列架上的、他带来的那束花，有点儿讨好地说："和你的裙子颜色一样。"

她不答话。

她坚决拒绝他帮忙，把收拾好的一大摞碗碟放进洗碗机。在洗碗机单调的噪声里，他们很长时间沉默不语。

他叹了一口气，说："我大概又做错什么事儿，或者说错话了。”

“没有，你能做错什么？”她语气夸张地说。

她又开始收拾别的东西。他坐在壁炉旁边那张单人沙发上，看着她从客厅走到厨房，又从厨房走回客厅……

“你说你要回国去住？”他问。

“对。”

“威廉呢？他怎么办？”他问起她儿子。

“反正他不会回来，他要留在东部。我在这儿还有什么意思？”她拿着一块海绵，使劲儿地擦着吧台上的酒渍，头也不回地说。

“很好。”他说。

有一会儿，她不经意地瞥见他闭上了眼，她知道他今天比往常喝得更多，他看起来很困倦，脸上有种喝醉的人那种含混不清又似乎会随时变换的表情。等她收拾完，关了餐厅那边的灯，他立即站起来，说没有事儿的话他就上楼去睡了。

他往楼梯那儿走去，还对她说“晚安”。

她在他身后冷冰冰地说：“你等一下。”

“什么？”他停下来，转身望着她，表情有些茫然，但很柔和。

“我要和你说一件事。”她说，“我不想让你……我的意思是说，你不要对婷婷随随便便，她还是个女孩子，什么都不懂。你明白我的意思吗？”

他吃惊地看了她一会儿，突然笑了，说：“刚才谁说的，说她不小了。你现在又觉得她是未成年少女，你是她的监护人？”

“我不是和你开玩笑。”她盯着他，眼冒怒火地说，“就算她三十几岁了吧，她一个人在美国，没有一个亲人，我是她的姑姑，我得替她留神。”

他往回走了几步，站在离她不远也不近的地方，问：“留神什么？留神坏人、流氓？”

她说：“我没有这么说。如果你要追求她，如果你是认真的……”

“哦，算了，算了，你真会异想天开。”他厌烦地打断她说。

“我不希望你随随便便对待她。”她说。

“你竟然……我只是把她当成你的亲戚来对待。”

“我不管你把她当成什么，”她生硬地说，“我这么说不仅是为她好，也是为你好。”

“为我好？”他说，看着她又笑起来，好像她是个滑稽可笑的东西。

“真的？你现在开始关心我了？”他有点儿厚颜地问。

不知道为什么，这种笑和腔调比任何东西都刺伤她。

“你走吧。”她说，眼睛红了。

他的脸色阴沉下来。“真是难得，你开始关心我了。我不明白为什么。过去，”他突然用英语说道，“你想想，过去，你是怎么对待我的？你和我在一起……”

“别说了。”她叫道。

他继续说：“你和我在一起，却装作什么都没有发生。我多少次说，嫁给我吧，跟我走。你又是怎么对待我？你可以对我不闻不问，完全不闻不问。我过去就是个傻瓜！”

她哭起来。

他上前抓住她的胳膊说：“我难道没有对你说过吗？我要你嫁给我，我说我也会让你过得好。算了，都是些废话、傻话……我离开加尔维斯顿的时候，以为再也不会回来。那两年，我过的是什么日子？我还以为你会找我，我每天等着……你没有找我。你喜欢一个男人围着你转，你要他只想着你。可对你来说，他什么都不算。你自己说走就可以走！”

“不是，不是你想的那样。”她说。

“我不明白你为什么哭。”他颓丧地摇摇头，丢开了她的胳膊。

他歪着头，带着苦涩又嘲弄的笑意打量她一会儿，语调突然变得温柔：“你知道吗？任何东西，任何东西到你这儿都会变得冷，任何东西……算了吧，我干吗提这些。如果我又冒犯了你，你要知道，我不是有意的。”他说完转身就走，迅速上了楼。

剩下她一个人时，她毫无意识地又抽泣了一会儿。等她确信他再也不会从楼上下来，她就关了厅里的灯，只留下长沙发旁三脚桌上那盏台灯，回到她的卧室里去。

6

她倒在床上，在黑暗中哭得浑身颤抖。他说得对，她是个冷漠的人，“任何东西”，像他所说的，至少在他们之间的任何东西，她都只能用冷漠、扭曲的方式来表达，包括爱，因为她害怕、充满罪责感，而她又渴望……但是，“不闻不问”？并非这么简单。她相信她爱她丈夫，可是这些年如果她想到爱，浮现在她心里的往往是和他在一起的回忆。他刚离开加尔维斯顿的那两年里，她觉得自己失去了至关重要的东西，她有时突然间感到心如刀割，感到生活里再也不会有快乐，再也不会有让人痴迷的东西。半夜里，她常常醒过来，会想到他那出奇的热情和温柔，他那孩子气的抱怨，他对她的冷嘲热讽，他那双仿佛要把她看穿、将她吞噬下去的眼睛……如果不是儿子当时年纪太小，她会去找他。她不一定离开丈夫，但她会去找他。

他不可能知道这些。这些也不重要了。时间让一些东西熄灭了，爱情的欢乐已经离她而去，她也不可能再给他欢乐……一种深重的悲哀、失望让她的眼泪又流下来。她想到其实他们早已疏远了。除了每年短暂的几次会面，除了丈夫离开后他每个星期六晚上友好的电话，她一点儿也不了解他的生活，她不知道他住在什么样的房子里，有没有固定或不固定的女朋友，他在有空的时候会去哪里、做些什么……

这一夜她没睡着。当她看见窗帘缝隙中透进来的微光，她知道又一个清晨来临了，这也是新年的清晨，又一年的清晨。从海湾上吹来的风微微摇撼着她的窗户，摇撼着还在沉睡的街区里每一扇紧闭的窗户，在那些窗户里，光线变幻，时光流转；它也吹过萧瑟的公园、灰色的海滩、空无一人的街道——在那里矗立着残存着的昔日的建筑，它们因陈旧而显得阴郁、孤独；在更偏僻的巷子里，那些墙漆斑驳、屋顶倾斜的老房子已经空了，仿佛仍兀自思索、追忆。她记起他和她曾去过的一些地方，人的面孔般的房子上那些眼睛一般的窗户、似乎从来无人光顾的路边长椅、覆盖着一层薄薄沙砾的粗糙的车道、那些手掌形状的干燥的棕榈叶、黑色的礁石……难以想象，这一切都还存在着，风仍然吹过它们。但它们不会记得谁去过那里，又离开了。

那些事并没有在她心里变淡，并非她以前想象的那样。事实上，她现在更经常地想起他，当她一个人坐在屋里、站在花盆前或是开车在这小小的、灰色的城市里游荡，她都会想起他，这是她无法控制的。她似乎在一点点地、小心地搜集那些回忆的碎片，试图拿它们来补缀她那枯寂、缺乏温暖的生活。在那些场景仿佛舞台布景一般变旧、变暗的回忆里，他却仍和以往一样——各个时候的他……她在床上翻身、轻声叹气，觉得昨天夜里发生的事像很久以前发生的。她想，可怕的是那些事还让人有切肤之痛，奇怪的情绪还会醒过来、狠狠刺你一下。她为昨晚的事感到羞愧。但一切终究会平静，她想，就像丈夫过世时的疼痛一样，到时候，美的还是美的，这也是幸福。

尽管疲惫、沮丧，她仍然起了床。她拉开客厅厚厚的双层窗帘，把那束花摆放到餐桌的中央。她看了看外头冻僵的小花园，心想最灰暗、阴冷的加尔维斯顿的冬天就快过去了，到了三月，一切都会很好，城里到处刮着春风……她在光线还不太明亮的客厅里轻轻走动，脚步声仿佛这栋房子里凝结起来的空阔与寂静的回声。然后，她煮好咖啡，坐在那张蓝白条纹的单人沙发上，等他起床。

2013 年 9 月 25 日

后记

再过两个月就是2018年，我将满四十岁，算是行至人生的中途。我通常把开始写小说的时间回溯到2003年，因为那一年我才约略明白什么是小说。那么到2018年为止，我写小说也写了十五年，在这条路上，也是行至中途。在这两个中途的交汇点，小说集《在南方》出版了。这对近年来停滞不前的我是一个安慰，就像是给自己人生光明、写作生涯的一份礼物，具有某种总结性的意义。

自2013年底我随先生迁居美国以后，我们一直住在休斯敦。生活总体而言平静、孤寂，这和南方的荒凉、广袤倒很契合。对于一个写作者来说，孤寂一点儿也不可怕，孤寂起来便会更多地观照他人、思索自身。写作者怕的往往是热闹，是在生活表层的浮华泡沫上载浮载沉、不得沉静。所以，我对于来美生活是满意的，而且十分珍视这份孤独。在休斯敦，我和本地的华人移民往来不多，接触的多是所谓中产阶级移民。从我有限的观察和道听途说的故事来看，他们的生活有如死水微澜，这和世界各地的中产阶级以及移民们的生活并不迥异。八九十年代来的老一代移民还曾经历过某些酸甜苦辣，而今只是略带得意地回味着自己的奋斗史，年轻一点儿的技术移民则只是靠中规中矩的读书、工作立足此地，生活更加平淡。当人不再需要和饥寒作斗争，那他的敌人就变成了生活的庸俗和麻木，对于移民来说，还有孤独感和对自我身份的认知。集子里这些故事，无非写了对无论在哪里生活的人而言都普遍存在的问题，即那些灵魂内里的波动和幽曲的斗争。

用时间来区分人生阶段未必合理。譬如，终生未婚未育的女子从某种程度上来说，心态多少总还停留在青春时期，因为生活没有向她展示孩子、丈夫、一家主妇那面。所以，中国人俗称这类女子“老姑娘”，因为她们内心的确还是个姑娘。婚姻也一样，没有孩子的婚姻乃是一种关系，有了孩子以后，才是我们所说的通常意义上的家庭生活。如果说我以前的生活是象牙塔里的生活，为人母以后，通过每天处理一百件重复、繁琐的家务，我则接触了实实在在的生活，用现在流行的话说，就是接了“地气”。过去读过不少有关母亲“牺牲”精神的故事，以为懂得，但其实不懂。有了孩子以后，才真正懂，而且不觉得有什么可歌可泣的高尚之处，只觉得这是一个正常女人的本能，是天底下最自然不过的事。你有了可不假思索为之牺牲的沉甸甸的爱，但日常琐碎的重压、自由的丧失也会令你烦躁焦虑、脾性大变，这其中的矛盾、居家主妇的抑郁，也是我为人母后才明白的事……总之，生育后，人会意识到诸多事理和真相，生活会像你呈现另一面貌。这些新的认识日后都会渗入我的写作。

作为全职照料孩子的母亲，我这几年最大的焦虑无非是不再有自己的空间和时间阅读、写作。全身心地投入照料孩子自然是生活的重中之重，但道理如此，失落感仍会存在。保罗·策兰曾说：“一个诗人若放弃写作，这世界就什么都没有……”同样，如果一个写小说的人得放弃写小说，世界对他来说也什么都没有。现实生活的美满是一个问题，精神世界寻求的意义则是另一个问题。但我总算没有完全放弃，在写作近乎停滞的这段时间，我每年仍以爬虫的速度断断续续地写两三个短篇，都是有关移民题材的小说。四年下来，竟结出了这么一个果子。这些小说起初完全不是计划好的一个系列，但最后在题材和风格上倒是体现出一致性，似乎因相互烘托而产生了某种整体效果。当我翻完这里的所有小说文稿，我毫不怀疑这是我迄今为止风格最为统一的小说集，也是最重要的小说集。

张惠雯

2017年11月13日于休斯敦

图书在版编目 (CIP) 数据

在南方 / 张惠雯著. — 北京 : 北京十月文艺出版社，2018.2
ISBN 978-7-5302-1745-0

Ⅰ. ①在… Ⅱ. ①张… Ⅲ. ①短篇小说—小说集—中国—当代 Ⅳ. ① I247.7

中国版本图书馆 CIP 数据核字 (2017) 第 242515 号

在南方
ZAI NANFANG
张惠雯 著

出　　版　北京出版集团公司
　　　　　北京十月文艺出版社
地　　址　北京北三环中路 6 号
邮　　编　100120
网　　址　www.bph.com.cn
发　　行　新经典发行有限公司
　　　　　电话（010）68423599
经　　销　新华书店
印　　刷　北京盛通印刷股份有限公司
版　　次　2018 年 2 月第 1 版
　　　　　2018 年 2 月第 1 次印刷
开　　本　850 毫米 × 1168 毫米　1/32
印　　张　10
字　　数　209 千字
书　　号　ISBN 978-7-5302-1745-0
定　　价　38.00 元
质量监督电话　010-58572393
如有印装质量问题，由本社负责调换。